有爱的青春陪伴者

甜醋
萌晞晞·著
天津出版传媒集团
天津人民出版社

图书在版编目（CIP）数据

甜醋 / 萌晞晞著. -- 天津：天津人民出版社，2023.3
ISBN 978-7-201-18969-7

Ⅰ.①甜… Ⅱ.①萌… Ⅲ.①长篇小说－中国－当代 Ⅳ.①I247.5

中国版本图书馆CIP数据核字(2022)第212013号

甜醋
TIAN CU
萌晞晞 著

出　　版　天津人民出版社
出 版 人　刘　庆
地　　址　天津市和平区西康路35号康岳大厦
邮政编码　300051
邮购电话　（022）23332469
电子信箱　reader@tjrmcbs.com

责任编辑　玮丽斯
特约编辑　蒋彩霞
装帧设计　刘　艳　姜　苗
责任校对　周　萍

制版印刷　长沙鸿发印务实业有限公司
经　　销　新华书店
开　　本　880毫米×1230毫米　1/32
印　　张　9
字　　数　256千字
版次印次　2023年3月第1版　2023年3月第1次印刷
定　　价　39.80元

目录

目录

第一章
天上掉下个沈仙君

◆
◇

“皇天在上，后土在下，大周第十八任君主周粥，谨以至诚昭告山川神灵，佑我大周风调雨顺，国泰民安——”

大周历八百一十八年春，天子周粥东出皇城而坛于昆仑山巅，设祭天大典。

读祭文、奏雅乐过后，年轻的女帝周粥在阶下众臣的目视下，缓缓走上圜丘的最高处，面色严肃庄重，手握三炷香，对高悬在万巫鼓后的那幅东方木德青帝像躬身拜下。

“佑我大周风调雨顺，国泰民安——”

随着阶下群臣紧接着齐声山呼祝祷，周粥却一改方才的端庄肃穆之色，一双杏眼贼溜溜地转动着，带着少女特有的狡黠。她用最小的幅度撇过脸，往后偷瞧，发现所有大臣都老实本分地跪在地上叩首，心下一喜，急忙闭紧眼，双手合十在身前，这才真正拿出最虔诚的一颗心，开始默默祈愿：“天上诸位神仙啊，尤其是青帝老人家，方才的祈告只是走个章程，就算你们都睡了也无妨，但接下来是一定要醒过来听的重点啊——”

“老君！老君！她说接下来的内容要醒过来听欸——”

也不知是不是周粥的老祖宗巫灵族还传下了那么一些天人通感的能力。

此刻，仙气飘萦的天庭之上，左右两排分坐着的众位神仙里，果真有好几个已经打了许久的瞌睡了。尤其是以太上老君和月老为首的老一辈，精力那自然是比不得年轻人的。

而太上老君身边这位年轻且模样憨憨的仙人，始终正襟危坐，目视前方中央的巨大法镜中浮现出的祭天场景，里头周粥全部的心理活动都被加持过特殊法阵的宝镜自动转换成了可以听闻的声音。

“嗯？听什么啊？”留着一撇山羊胡的太上老君被年轻的仙人晃着胳膊晃醒了，迷迷糊糊地问了句。

就像是等着回答他似的，周粥的心声再度从镜中传出：“其实我是想请各路仙人大显神通，帮我解决后宫吃醋的难题，图个清静！”

这愿望，比起他国那些成千秋功业、开万事太平之类的可有趣多了。月老也来了精神，缠着红线的法杖一挥，在座众位仙人手边的几案上就多出了片新鲜的瓜。

“仙人明鉴，我先天不足，不知哪天就先走一步了！所以帝生这么苦短，我私心里是只想搞事业，不想开后宫的——但总得做个样子让满朝文武安心吧？”

太上老君这会儿也把自己的三角眼睁大了些，只见周粥合十的双手举在鼻前，上下来回搓：“唉，我本还想着封三个熟人当侍君问题不大，谁知他们也争风吃醋……”

就这样，原本打着瞌睡的老神仙也都捧场醒来，开始边吃瓜，边等着下界的周粥说出她的故事。

周粥也没让他们失望，一脸无奈地撇嘴，开始在心里疯狂吐槽……

“咳——”月老激动得把西瓜子给咽了下去。

太上老君用指尖弹掉胡子上黏住的一个瓜子：“嗯哼，这真龙天子许愿嘛，还是要意思意思敷衍一下的。我记得大周供奉的主神是青帝吧？他不在，就由你来吧，月老。你管姻缘的，专业对口——”

“哎，不对不对，她要解决的是吃醋问题，关姻缘什么事儿？让管醋的

来！”只想吃瓜不想办事的月老一本正经地胡说八道。

“嗯，也对。”一个敢说，一个敢听，太上老君眯眯眼，“我记得醋仙沈长青位列仙班也有整五百年了吧，是时候去下界历练历练了——诸位以为如何？”

“可行，可行……”这种麻烦事，在场众仙自然是默契地一致对外，选择坑一个不在场的仙班同僚。

“那就这么定了！都散了吧——”

周粥摆驾回宫，一路上銮驾徐行，直到入夜才回到皇城，进了明政殿。

跟在皇帝身边的小灯子，年纪也就二十出头，却是个机灵鬼。

他惯会察言观色，见摆膳多时了，周粥却还是无动于衷地在看折子，连眼皮都懒得抬一下，就出声询问：“陛下，可是晚膳不合胃口？不如奴才让御膳房再重做些别的花样来？”

“不必，做来做去都是那几样。你随行一路也还没吃过吧？你不用伺候了，也带着人去吃点儿吧。”周粥顺着他的话往下说，只做出一副嫌弃菜色老旧的样子，挥退殿内的宫人。

“多谢陛下体恤——”

等人都退下后，周粥将折子一放，叹气，要不是为了填饱肚子，她真不想吃东西……嚼蜡似的。

周粥耷拉着眼皮，慢吞吞地走到膳桌前，只是还没坐下，突然就发现桌上突兀地摆着一个小醋罐。

嗯？这哪儿来的醋罐？御膳房开发了什么需要把整个醋罐都搬上桌的新菜式吗？她一脸狐疑，目光飞快地把桌上菜色又扫了一遍。

嗯，都是“熟面孔”啊。莫非是哪个新来的拿错了？

正好也没胃口，周粥饶有兴致地拿起那醋罐，发现醋罐周身似乎还在发出微微的青白色光芒。她暗自好奇，摸来摸去，见罐身没什么特别，就作势要去拔罐塞。

“让我看看到底是什么醋——”

谁知她指尖才触到那罐塞，整个醋罐却猛地一阵剧烈晃动，像是在发出反抗一般！也就是在周粥惊住的这片刻工夫里，醋罐已经从她手中挣脱了出来，飞到半空，光芒大盛。

“哎！”

那青白色的光芒太过刺目，周粥下意识地眯起眼，抬袖想挡，却在看到那光芒之中竟逐渐显现出一个人影后，忘了动作。

一开始，她只能看见那人身形颀长，一袭青衣出尘。那衣袂无风而动，待其仙气飘飘地从半空中缓缓落于地面，周身光芒渐弱后，那一张白皙清冷、俊美无俦的面容才被周粥看清了。

只是这人容色虽好，眉目间的愠色却是难掩：“无知凡人，竟对吾动手动脚！”

男子的话音冷若寒泉，还颇有那么一点儿想弑君的气势，周粥不由得大惊，也来不及把他低喝的言语过脑，张口就喊：“有刺——”

“禁！”

却见男子敛眉，并指间一道青光对准她的眉心射出。

然后周粥的嘴巴就张不开了，任凭她的五官怎么在脸上使劲较劲都没用。

“呜呜呜！”

天地良心，她自登基以来虽谈不上夙兴夜寐，但也算勤勤恳恳，远离骄奢淫逸的诱惑，立志不辜负先帝赐予她以“粥”为名，愿她能施粥以济天下的用心啊！

哪个有冤情的不能坐下来好好说？非要刺王杀驾？

周粥闭眼等死的同时还不忘腹诽不止，那男子却没有下一步动作，反而一脸高傲地负手在背，用十分冷淡的目光垂眼看她，而后徐徐开口，已没了之前的怒意，只有些不怒自威：“吾乃醋仙沈长青，你莫要嚷叫，便给你解除禁制。”

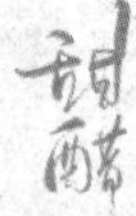

“嗯嗯嗯！”周粥点头如捣蒜。

沈长青自持着上仙身份，当然也不会与凡人计较，上前两步，对着她面目一拂袖解除了禁言术。

好香！

可就是这一拂袖，带出一股醋香飘到了周粥的鼻前。她双眼登时一亮，腹中就生出久违的空空如也之感，当下也顾不上什么帝王仪态，眼疾手快地揪住沈长青还未落下的衣袖，放到鼻前，像小狗狗一样，嗅啊嗅。

“这醋香是从你身上发出来的吗？”

沈长青低头，觉得凡人就是没见过世面：“吾乃醋仙，真身为醋，这有何稀奇？”

“很稀奇、很好闻啊！我突然就想吃点儿什么了——”

沈长青嫌弃地皱眉，往回轻扯了一下衣袖。

这凡人是长这么大没尝过醋味不成？沈长青这一扯没扯回来，眼看那哈喇子就要殃及自己的袖面，急忙用力一拽！

周粥从幻想中惊醒，失去平衡，向前扑去。

周粥结实地撞进沈长青怀里，自己也有点呆住、反应不过来的表情。

“你！怎的如此莽撞！”沈长青又惊又气，瞬间化作一道青光，转而出现在她身后，也不去纠结她方才对神仙的亵渎之举，只想速战速决地冷着声再度开口，“罢了！其余闲事勿谈，天庭闻得你的祭祀祈愿，故此派吾下凡为你解决后宫吃醋问题。你且与吾细说难处。”

“还有这种操作？无论如何，就冲这醋香，我也得先想办法留住他！”

周粥用力眨眨眼，确认一切都不是自己的幻视、幻听和幻嗅，心下便打定了主意。她转身面对他，认真地拿出了三分女帝的气势，清了清嗓子，又将两袖一展一抖，双手往身后一背，倾身靠近他：“你说你是神仙便是？你可能证明给朕看？”

在天庭上与世隔绝、清心寡欲惯了，沈长青是不谙人间事的，登仙前的记忆于他而言也是十分模糊的，不太记得前世情形。因此若换作是来人间历

练过的仙人，定能将此刻贴近自己的周粥与那调戏良家妇女的登徒子对上号。

但沈长青当下却只是皱眉，觉得她这个问题问得毫无营养：“仙便是仙，如何证明？”

这家伙居然还真上套了啊？周粥在心里直呼“好单纯一坛醋”，然后继续毫无负罪感地套路这坛醋。

“神仙不都是从天上下来的吗？若要证明，不如——”周粥站直，与他重新拉开些距离，可可爱爱地一歪头，接着抬手往上一指，“你带朕上天啊。”

沈长青一蒙：“上天？何故上天？”

“都说普天之下莫非王土，可这王土却都笼于日光之下。所以朕很好奇和太阳肩并肩，俯视苍生是什么感觉，不行吗？”周粥理直气壮地一挑眉。

“……太阳为金乌之羽所化，灼热无比，肉体凡胎靠近的结果就是灰飞烟灭。”沈长青嘴角抽了抽，表示凡人真是不知天高地厚，而且这理由听起来莫名就让人想把她烤化了事。

周粥却也不惊不疑，起范地低头理理袖子，慢条斯理道：“这个好办，你施个什么隔热的法术保朕无恙便是。”

果然俗话说得对，只要自己不尴尬，尴尬的就是别人。周粥此言一出，沈长青握拳抵在唇边轻咳一声，着实有些发窘了。

“金乌乃上古先天神，神与仙有别，吾之法力尚不能抵挡其神力……”

果然，连天都上不了，还非要扯出一套歪理来装神仙。周粥于是换了一边眉毛高高挑起，也不回话，只是也开始围着沈长青转圈打量，边摸着下巴，做思索状。

不知道的，见她神情高深莫测，眼神也变换不定，大约都会被她这三年来苦修的表面功夫骗过。但实际上，周粥此刻可没想什么正经事儿，反而是在脑海里一页页唰唰唰地翻起了她帝业之余最热爱的一种消遣玩意儿——话本子。

话本上说了，那些法力一般的精怪化形成人后，往往都无法完全藏住真身的某些特征。

像什么狐狸精的白尾巴啊,乌龟精的绿龟壳啦,还有老鼠精的灰须子……

于是沈长青的形象也在周粥脑海里不断变换，时而变成一只高贵冷艳的狐狸精，尾巴半扫地遮在身前；时而化作一只憨憨的乌龟精，肚皮朝上，怎么都没法把笨重的龟壳连带自己一并翻过来；时而又成了一只机灵的老鼠精，抱着偷来的米正啃着呢。

当然了，这些都只是发散思维的恶趣味，周粥转了两圈，十分确定沈长青既没尾巴，也没壳，面上更是白白净净没须子，唯一藏不住的就是他身上的醋味——

说起来，小时候自己好像确实是问母皇要过一坛子老陈醋埋在了宫里，后来去挖却不见踪影，还以为是被哪个胆大包天的宫人给偷挖了去……周粥想到这儿，扭头眯眼看他的侧脸，脑洞大开。

啧，难道是当年她的真龙之气助他修行成了仙，于是回来报恩的？

“看吾作甚？”沈长青扭头与她对视,略一扬眉,带了几分倨傲之色。

毕竟仙神之气本就超然,何须以术法高低证明？想来她此番是看明白了,凡间天子还算有些眼光。

谁知沈长青刚在心里夸完周粥，后者就十分欠揍地摊手一笑：“想找找看你到底哪一点像神仙啊。”

“你——”到底是高估她了，沈长青一拂袖，背过身道，“简直夏虫不可语冰！”

“阿……阿——阿嚏——”

他这袖子一拂，一阵刺鼻的浓酸直冲周粥而去。周粥被酸到鼻子一痒，五官皱成一团，最后还是没忍住，毫无天子形象地打了一个响亮的喷嚏。随之那一点儿鼻涕星子飞出老远，眼看就要溅到沈长青的衣摆——

沈长青急忙并指：“移！”

一道青影瞬间移到周粥批折子的书案后，沈长青低头看向自己衣摆，干干净净，再看自己原来所立之处，地上已多了一点儿可疑的液体。

在天庭以端方著称的沈仙君得以保住了自己袖子的“清白”，这才没有奓毛地松了一口气，然后抬眼，隔着老远冷眼看正在一把鼻涕一把眼泪，拿帕子擤着的周粥。

“这老陈醋怎么还能变成浓白醋的？也太呛人了吧！”周粥掩着帕，嘴里低声嘟囔。

沈长青其实同样也在心里疑惑地犯起了嘀咕。

以往仙班同僚从下界回来，都道凡人一听仙人下凡无不敬奉有加，怎么这大周天子却如此反常？果然有病。

沈长青私以为正确地暗自点点头，随即又想到了什么，无奈叹气。如果她就是月老所说的此番下界可助他磨炼心性的存在……

都道天上一日，凡间一年，这要按天庭的时辰来算，只怕他那醋香殿内缭绕的雾气都还未飘动半寸，沈长青就已经开始怀念起自己在天庭过的清静日子了。

彼时，沈长青正盘膝打坐修炼，抿唇皱眉，额上有薄汗。这些年来，修炼每到关键之时，他便总觉体内经脉突然阻滞，还似有两种真元相冲相撞。

他又咬牙支撑了一阵子，最后还是没熬住，霍地睁开眼，发出一声痛苦的闷哼，捂住心口，单手向前一撑，这才稳住了身形。

“典籍上的突破之法我都一一尝试过了，为何全无作用？”沈长青的脸色有些苍白，困惑地皱眉，低声自语。

“沈仙君——”

正调息间，殿门外传来了一道苍老却语调轻快的声音。

“月老？您怎么有空过来？”沈长青一愣，抬头看去，见月老正一手掂着红毛线球，溜溜达达地走过来，忙起身上前施礼。

月老笑呵呵地抬手，轻拍他行礼的手：“沈仙君多礼啦。你这脸色不太好看啊。要不找老君买颗金丹来补补？报老夫名字能打折的！”

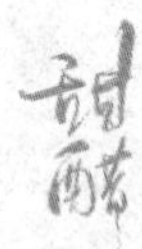

“不必，不必。不过是修行总停滞不前罢了。”沈长青讪笑摆手，暗忖着太上老君的金丹就算是“打骨折”，他都是卖身也吃不起的……

“哦。那就好，不影响下凡就好说！”

“下凡？”沈长青微讶。

“不错。昨日大周天子祈愿，说是求我们给解决后宫侍君们的吃醋问题——按规矩，天庭仙员每五百年都要下凡服务一次。你的仙龄正好，专业又对口，我与老君一商量，就决定派你去了。”月老笑眯眯的，手里的红毛线球不知何时一分为二，被当成了核桃那么转着玩儿。

好一个专业对口……您真说得出口。沈长青听得十分无语，虽然神仙再不谈情爱，但起码的常识也还是有的。

“沈仙君？你在听吗？”月老手里的红毛线球又变回了一大个，被他拿到沈长青眼前晃。

心知这差事是逃不过的，只当历练了，沈长青勉强露出得体微笑，拱了拱手：“下仙这就去准备，稍后下界，先失陪了。”

“哎，别急别急啊——”月老却拉住了转身要走的沈长青，挤着眼神秘一笑，“老夫这里还有样东西，你得带上。”

说完，他大袖一挥，半空中就出现了一卷牛皮纸。

沈长青仰头看着那卷纸，内心升起一种不祥的预感的同时，那卷纸已经缓缓落到了他手中。

“快打开看看——”

努力忽略月老那一脸令人瘆得慌的期待，沈长青硬着头皮打开一看，觉得自己孤陋寡闻了：“天庭下凡服务满意度调查问卷？”

“咳咳，上神们近来觉得不少小仙不思进取，极为懈怠，常将下凡任务敷衍了事——”月老一清嗓子，一手把红毛线球又顶在食指上转着玩，一手背在身后，转身往旁边走了两步，说到这儿，才又停住脚步，回身笑着指指沈长青手里的问卷，“所以责令进行天庭工作整改，以后但凡仙员下凡服务，都要对服务对象进行满意度调查！沈仙君有幸成为试行新政策后第一位下凡

服务的仙君。”

沈长青默然，神色复杂地又低头仔细读了读问卷上的项目。

左一列：

天庭下凡服务满意度调查问卷

左二列：

服务对象 大周帝王周粥

左三列：

下凡服务仙员 醋仙沈长青

左四列：

仙员仪容仪表满意度星级

……

从仪容仪表、业务能力，到服务态度、服务结果……这满意度调查项目之全，简直令人，哦不，令仙头大。

每个项目后都有五颗虚线勾勒出的暗淡星形。

“这些都要调查？”沈长青眉心拧出了一个“川”字。

“可不是？而且对待像人间帝王这种客户呢，服务质量尤其要严格把关，需要每项都拿到五星好评。”月老指了指那五颗还是虚线状态的星星，完全不掩饰自己的幸灾乐祸语气。

沈长青保持沉默。

“不要这么愁眉苦脸嘛，年轻人。”月老嘚瑟着一张脸，接着他又踱步回沈长青身边，按着沈长青的肩膀，谆谆教诲，“对了，年轻人可不要想着敷衍了事或者动什么歪心思——问卷有神力加持，一式两份，天庭上同步更新，需要被服务对象发自真心，亲口承认。”

“……是，多谢月老提醒。”沈长青无奈地笑笑。

看他情绪不高，月老又凑近些，手挡在嘴边，神秘地低声说了句：“沈仙君也别太抗拒，此番下凡或许也是机缘。若能圆满，说不定还能找到突破修行上瓶颈的办法。”

“月老此言当真？不知机缘具体指的是？”沈长青果然比初时看起来上心多了。

但月老却不打算继续说了，从他身边退开，送了他一个“自己体会”的眼神，故弄玄虚地摆摆手，道：“唉，方才所言已经是泄露天机了，不可再说。”

“是，多谢月老告知。”沈长青也不疑有他，当即正色作揖道谢。

“好说好说，那老夫就先回去了，祝诸事顺遂啊。”

送走月老，沈长青望着他溜达离开的背影，心头若有所思：“这百年间我在卷帙阁内遍寻典籍，却仍找不出问题在哪儿。或许答案真的不在天庭……”

“喂，你想什么呢？朕喊你都不应——”

回忆陡然被打断，一张眼圈和鼻头都发红的脸突然放大，出现在了沈长青的面前。

沈长青一凛，险些条件反射地就要击出一道法术，那恐怕就当真要坐实“弑君”的罪名了。下意识抬起的手转了个弯儿，摁了摁眉心，他深感自己此番心性若能耐得住磨炼，说不定会比那溪头的鹅卵石磨得还要光滑几分了。

“你身上的醋香还会变的？”隔着书案正背手打量他的周粥浑然不知自己刚才已经在生死一线间徘徊过了，只是一脸探究地单手摸着下巴，好奇发问。

沈长青被她这一问，也皱眉思索起来。他方才也感受到了自身的异常，在天庭完全可以收敛无踪的醋香，在人间却无法做到。应该是受了人间浊气的侵扰，才难以控制自如，甚至还会随心绪起伏变化……

唉，当真是半点儿都不顺遂。沈长青有点儿泄气地摇摇头，并不答她。

所谓爱美之心，人皆有之。怜香惜玉是一种好品质，周粥也有。她见这好看的醋精情绪不佳，又笑眯眯地试图哄人：“哎呀，你也别灰心，上不了天，那你给朕表演个呼风唤雨也行啊。朕就信你了！”

“……吾又不是雷公电母。”沈长青一脸冷漠。

“啊，所以就是也不会呗。”周粥撇嘴，觉得这醋精真该多修炼几年再来找自己报恩才对，眼睛却没闲着，巡视一圈后，寻找新目标，“那就再换一个——”

沈长青也不知道自己怎么想的，不自觉就紧跟她的视线，也把整个大殿扫了一遍。最后两人一起看向了角落摆着的盆栽树，叶子有些枯黄掉落了，看起来蔫蔫儿的。

“你帮朕让它重现生机，这总能办得到吧？”周粥抬手一指。

“这个容易。吾非但能将它复苏，还能令它上天——”闻言，沈长青总算是展露出了下凡以来的第一个笑容，显得如释重负。

周粥却没顾上抽出心思来欣赏美男含笑的风姿，只是一脸的问号：“让它上天？”

“不错。”沈长青素来也不是话多的，吐出两个字后当即并指一挥，指向那盆栽，“枯木逢春，生！”

他话音甫落，盆栽下方就骤然出现一个绿色的符文光阵，光芒乍现，小盆栽也瞬间抽芽长叶——

哇，这醋精还是有几分本事的啊！周粥睁大了眼，看着那盆栽枝叶越发繁茂，嘴巴也张得越发大了……

等等，这树好像不对劲啊？

“不是，你快让它——”待到周粥察觉哪里不对劲，试图阻止那树一路蹿高，直逼宫殿顶端时，一切都已经晚了！

话音被“嘣”的一声巨响打断，梁灰掉落，周粥望着屋顶僵住，生无可恋地说完了剩下的两个字：“停下……”

情知理亏，沈长青面上也有几分挂不住的微妙尴尬：“抱歉，忘了这是在人间，都是些寻常屋瓦……”

“谁和你说，”周粥咬着后槽牙，一字一句，心在滴血，“这是寻、常、屋、瓦的？”

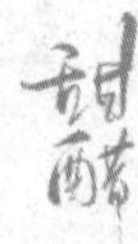

沈长青没看出哪里特别，便不耻下问：“哪里不寻常？”

“朕的琉璃瓦很贵的——”

“好像是陛下的喊声？出什么事了？”不远处巡逻的一队侍卫先是听见一声巨响，紧接着又似乎是天子咆哮，不由得朝明政殿方向望去。

“你们……你们快看——”其中一个反应最快的，指着宫殿方向，惊到结巴，“那是什么？”

一棵巨树直接把明政殿顶捅破了一个大窟窿，而后笔直地长进了云端里！

侍卫们都用力揉了揉眼睛，那树还在，同时一道虚影已经从他们身边疾速掠过，带起一阵风，只留下恨铁不成钢的喝声。

“愣着做什么？还不快去救驾！”

而殿内被救驾的对象，此刻正蹲在地上可怜兮兮地捡着瓦，想着能救半片是半片，拼一拼还能变成一整片。

这家伙哪里是来报恩，怕不是来报仇的吧！周粥边捡边在心里暗骂。

沈长青则是想着等会儿自己帮她用法术修补复原便是，于是袖袍一挥，收回了法阵。那盆栽树眨眼就从屋顶的窟窿里缩了回来——又带下几片琉璃瓦，砸在地上碎成几块……

来不及接的周粥额角青筋暴起，索性也破瓦破摔，不捡了，直起身气鼓鼓地背过手，大踏步地来回踱着。

不行，这些精怪什么都不懂就敢来人间混，做事不知轻重，必须严厉批评教育！她心想着，正巧踱到膳桌边时得了灵感，露出奸笑，不如就罚他——

当“开胃菜”好了！

洗干净的沈长青被卷在一大片菜叶子里的画面在眼前一闪而过，周粥背对着他，用食指把自己的嘴角按住往下拉，努力板下脸后，才回身对沈长青严肃道：“你，给朕过——”

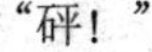

“砰！”

“来”字还没出口，这已经是大周这位九五之尊在短时间内第二次被巨响打断了。

这次遭殃的是殿门，被一股内力直接从中劈开，震飞向两侧。

而以此方式闪亮登场的，正是大内侍卫统领兼侍君之一的——燕无二。

只见他飞掠进殿内，右手一柄斩马刀带着寒光破风疾速刺来，转眼刀尖便已逼至沈长青侧颈，寒光映在沈长青的侧颜上，荡起一绺墨发！

“小心！”周粥大惊。

方寸夺命之际，沈长青只是凤眸微眯，燕无二扭头看向他，以为他是压根儿做不出任何反应，唇边勾起一个势在必得的睥睨弧度。

错身而过的刹那，斩马刀从右手一丢，换到左手，燕无二回身就是一个凌厉的横削！

没有鲜血飞溅的场面，更没有刀身入肉的声音，不仅燕无二睁大眼愣住了，紧跟着赶进来救驾的其他侍卫也震惊了——

“他刚才是躲过了燕统领的大周第一快刀？这么轻松的吗？”

燕无二有些茫然地盯着自己原本该削过某人脖颈的刀尖，可沈长青早已不立于那处了，而是背着手站在周粥侧后方，衣袂半分未动。

然后他就听到那人用很认真的语气问周粥。

“吾听闻人间帝王时常遇刺，可要吾顺手替你解决这些刺客？”

“噗——”他这一问，让周粥终于从方才的一幕里回了神，忍俊不禁。

燕无二则是气得跳脚：“你才是刺客！”

“阿燕冷静……他不是刺客，就是个来报恩的。”周粥双手忙在虚空中做了个下按的动作，安抚燕无二。末了，她还又特别不赞同地回眸睇了沈长青一眼，仿佛是在指责他不该这么侮辱一个忠心耿耿的侍卫统领。

沈长青哪里能看懂她的眼神，当下只对她的言语感到不满，皱眉反驳：“吾已说过，吾乃天庭第三十一任醋仙沈长青，掌六界之——”

“哎，你不必说了！”周粥抬手制止，神色颇为沉重地感慨了句在沈长青看来没头没尾的话，“这无数精怪百年苦修就是为了成仙。可资质有高低，

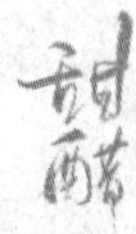

登仙也有门槛——”

随后，她又深表遗憾地摇摇头，道：“你修为有限，法力不济，自知醋生无望，唯有自欺欺人，聊得一丝慰藉。朕也不是不能体谅你心中之苦……”说着，周粥抬手郑重地拍了拍沈长青的胳膊，以善解人意、千古一帝的人设，露出了十分宽厚的笑意，“所以朕今日可以答应你，从此之后，不会再在人前揭穿此事。”

沈长青被这么“安慰”一番后，脸色不出所料地更难看了。

他几乎已经打算放弃寻找月老口中所谓的天机了，尽快完成任务回天庭交差，方为上策。可转念想到天庭下凡服务满意度调查的新规，沈长青又不禁薄唇紧抿，面露难色，只觉十分棘手——

眼下，或许可以先拿仪容仪表那项一试？

“你若有什么难处，只管和朕开口。”周粥见沈长青面对自己，脸色一变再变，最后变得别别扭扭的，只当是自己猜中了他的心思，心下实则非常欢喜，毕竟长这么大，她还是第一次见到精怪。

旁人不知，只道大周国原是一修仙门派创立，之后登仙者渐渐迁往大周之外的远海，国内只剩凡人，偶有异能之士出没，也多半是仙没修成的半吊子。可只有皇族知道，这大周乃是上古天地浩劫过后，幸存下来的巫灵族大巫女周氏后人所创。

相传上古时期，人、神、仙、妖混居，巫灵族人居于昆仑山，上染天界灵气，虽不会术法，但体魄和寿数胜过其余普通凡人，有大巫数人，都可借由万巫鼓通天人之感，行祭祀之礼，为主神祝祷的同时，也受其庇佑。后来颛顼“绝地通天”，这才将天界与凡尘隔绝，巫灵族各脉迁徙，只留周氏一脉仍旧居于昆仑山为其主神青帝祝祷。至于之后周氏一脉是如何在那场浩劫中存活下来的，或许是祖辈并不愿多提及，也或许是年深日久，在口口相传中日趋模糊，周粥也不太清楚。

但这段远古的历史始终在皇族内得以代代相传，也将周氏信奉东方青帝的传统流传了下来。只不过如今的大周国百姓绝大多数并非巫灵族人，所以

距离洪荒时代越久，这大周便与寻常凡人国家并无二致了。

事实上，随着血脉延续，一代代巫灵族人在与普通人族的通婚中，也已渐与凡人无异，因此拥有巫灵血统的皇室也从不刻意去纠正朝野普遍流传的修仙立国一说。但要说异类，这近千年来，也确实出了个不同寻常的，那就是她周粥了。

“你不满意？”

“嗯？什么？”

忽然从遐思中被拉回现实，周粥并未听清沈长青方才对自己说了什么。

“吾是问你——”本就是万分勉强才问出口的话，此刻要沈长青再重复一遍，当真是如鲠在喉，怎么都说不出口了。

倒是燕无二十分“热心”地插了一句：“陛下，此人处心积虑混入宫中，竟还恬不知耻地询问您，定是没安好心——”

沈长青已经充分意识到了自己与这些凡人之间的鸿沟，一个两个都是“不听不听，坚决不信”的模样，也只得暗自咬牙忍下这没有文化的武夫。

周粥听完燕无二这话，不禁摸着下巴又将目光在沈长青的脸上流连了许久，这才露出话本子里传统意义上的邪魅一笑：“满意，朕心甚悦。”

同一时间，天庭月老阁中的月老正无聊地端详着一式两份的备用满意度调查问卷，琢磨还有哪里可以改进时，仪容仪表那一栏的五星突然齐齐光芒大盛，差点儿亮瞎了他的眼！

月老急忙把那问卷一收，揉了揉昏花的老眼，一脸的失算：“哎哟！了不得，了不得，沈仙君的样貌在天界都是数一数二的，女仙们都犯花痴，更别说凡人看了得有多心动了！往后这问卷上的满意度不能只放五颗星，还得再加几颗——”

而沈仙君本人，也已通过施术窥得了袖中那卷羊皮纸上的星芒变化，脸上容色总算稍霁。

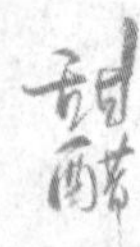

至少成功获得了一项五星好评，早日回天庭还是有希望的。

“陛下！您不能被美色所蒙蔽啊！万一他图谋不轨——”燕无二看看周粥，又看看沈长青，显得痛心疾首。

周粥于是将他拉到一旁低语：“阿燕放心，朕自有分寸。何况他若想害朕，刚才他的本事你也见着了，朕与你二人不都得束手就擒？”

这一番话说得燕无二羞愧难当，登时涨红了一张脸，自责道：“是属下无能，保护不了陛下……”

“唉，朕不是那个意思——”周粥知道自己这个青梅竹马是个武痴，刚才自己那话怕是伤其自尊了，于是赶忙找补，“他是精怪，你是凡人，这种族之间的差距是人力所不能企及的！绝对不是因为你武艺不够高超！”

谁料燕无二听完，握住刀柄的手更用力了，一脸倔强地梗着脖子：“陛下不用安抚属下！是属下学艺不精，练武懈怠，属下这就去勤加习刀。”

丢下这话，他也不听周粥再劝，“锵”一声归刀入鞘，就快步踏出了大殿。

其实周粥最后想对他说的是：这殿门打坏就不管了啊？好歹也收拾收拾吧！

“陛下，那卑职们也告退了？”其余御前侍卫面面相觑，也觉得这里没自己什么事儿了。

“等等，去给小灯子传个话，让他吃完饭以后带人将青月殿打扫出来——”周粥唤住他们，眸子含笑地瞥了眼沈长青，“朕要将青月殿赐给这位沈仙君居住。”

第二章

真香的开胃醋精

◆
◇

一夜之间，天子当众宣布将青衣男子留在宫中侍奉御膳，并赐青月殿居住的消息，就不胫而走了。

尤其是后宫里那些穷极无聊的宫人更是添油加醋，传得绘声绘色，说那沈长青是陛下出巡祭天途中一遇钟情的，于是大伙便将天子每月能多踏足几次后宫的希望全部寄托在了他的身上。毕竟周粥自登基以来，勤政爱民的形象那是塑造得没话说，简直到了沉迷帝业不可自拔的程度，但在对待个人问题上却显得兴致缺缺。

不过沈长青倒也确实没让大家伙儿失望，自从他入住青月殿，周粥就几乎是以一日三餐的频率往青月殿跑。

知道的都知道，皇帝陛下就是踩着饭点去吃饭的。

总管小灯子，就是走在知情前线的第一人。

现在他每天最重要的任务，就是命人把御膳摆到青月殿去，哄着里头那位主子从盘腿修仙谁都不理的状态中睁贵眼，移贵足，到膳桌边等候御驾。待周粥批完奏折从御书房赶来用膳，小灯子就可以功成身退地守到殿外，按照周粥的吩咐守着。

他看得出，他家陛下每次来去，心情都是极佳的，从前鸡啄米一样的饭

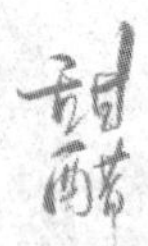

量也大了不少。但里头那位号称仙君的沈主子，广袖一挥间，一脸严肃地说要出殿办事。

沈仙君头一遭出门办事，是找青月殿的小太监问了路的，小灯子也是事后才知道。

但小灯子却认为其中另有隐情。当然，以上都是对沈仙君寄予深切同情的小灯子一厢情愿的猜测，但自那一遭回殿后，小灯子很明显地发现这位主子脸更沉了，更难哄了……

“你就别躲了，都这么多天了还别扭什么啊？”

“不然你玩点花样给朕看看？朕就答应不来烦你了！”

“朕知道，朕知道，仙君大人只要屈尊降贵，配合朕一下——”

机敏的小灯子神色一凛，交代了旁边的小太监守门。

周粥对这醋精颇感兴趣，为了能缠着沈长青给她展示有趣的法术，她熬夜看奏折，挤出白天的时间，踩着饭点来青月殿逗逗他，顺便再把他当成“开胃菜”嗅嗅，以达到神清气爽、促进食欲的目的。

不过沈长青身上的醋香大部分时候还是很淡的，所以每餐开吃前，周粥都得使劲嗅才行。

对此，沈长青当然是不肯轻易就范，难免就会弄出些响动来。

“你——周粥，吾一介仙君，岂是用来给你当开胃菜的？”

“那你这醋精，除了酸还会做什么吗？又不能上天……”

沈长青怒极之下，身上的醋香也随之急剧变化，那股呛鼻的白醋味瞬间充斥了整个内殿，周粥连连后退几步抬袖掩鼻，也还是被刺激得喷嚏连天！

眼泪鼻涕一起流的感觉，可谓十分酸爽，但周粥却在打出第六个喷嚏后，蓦地一怔。

舌尖隐隐约约似是触及了某种全然陌生的滋味，她不敢置信地眨眨眼。

周粥自顾自跑到膳桌前坐卜，端起碗，拿起筷，双手都还有些颤抖，却还是一样样地把饭菜往自己的嘴里送。越吃到后面，她整个人就显得越激动，越吃越猛，腮帮子鼓得快要胀破了也不在乎似的，活像街边饿了好几天的小

乞丐。

沈长青稍显纳闷地望去，只见向来吃一顿饭磨磨叽叽大半个时辰，动不动就要拉着他袖子闻两下才肯再随便吃几口的周粥，这会儿居然吃出了风卷残云的架势。

而且吃着吃着，她还在抽鼻涕，肩膀抖啊抖，眼眶还发红，半点儿没有往日刻意摆出来的装模作样的帝王架势。

“你……这是何故？”沈长青这些日子可没少义正词严地呵斥她。

周粥仿佛这才意识到殿内还有旁人般，背脊一僵，而后就放下了碗筷，语调平淡地吐出三个字：“没什么。”

话毕，她又取了帕子，把仪容整肃了一番，才重新换上了那副沈长青再熟悉不过的面孔，调笑道：“想来是沈仙君的醋香太烈。”

此人面上唤自己“仙君”，心里却只把自己当作“醋精”。沈长青无视她恶趣味的调侃，板着脸下了逐客令：“今天的午膳也用完了，你可以走了吧？”

“嗯……朕还有一事要问问你。”饱了口腹之欲的周粥却是不急，做出了一副要与君促膝长谈的姿态，起身走到茶榻边，不太文雅地一倚，然后拍了拍自己身边的位置，“朕是今早才听说，前两日你去找了燕无二，还把他气到吐血了？”

沈长青当然不打算坐过去，相反十分提防地与她站在了内殿的对角线上，敛眉颔首：“吾是去找了他，但本意并非是要令他呕血。吾实不知你们凡人所想为何。”

“这样啊。那不如你把前因后果说给朕听听？朕或许能帮你参谋一二。”

“并非帮吾，而是帮你自己。”沈长青纠正她，“吾便是为完成你祭天时所祈之愿，才去找他的……”

事情还得从两日前的一个午后说起。

那日，沈长青痛定思痛，觉得不能再拖，决心迅速摆平周粥在祈愿时提到的问题，趁早回天庭复命解脱。

于是他调整好了情绪，打听了燕无二的所在，令小太监引路造访一趟燕鸣殿。

燕无二那时正化羞愤为力量，在后院把一柄快刀耍得让人眼花缭乱，围观的侍卫们无不交口称赞，直呼燕统领的武艺和身法又上了一层楼，再遇上那沈长青定能扳回一局。

谁知他们才夸完，这沈长青就到了。

“你找我？”燕无二将斩马刀往肩上一扛，语气不太友善。

“不错。吾想让你开个条件。”沈长青倒也不介意他的态度，开门见山道。

燕无二狐疑：“开条件？什么意思？”旁边的侍卫们也是一头雾水。

“嗯，只要你能专心当回侍卫统领。吾就可满足你的一个心愿——吾观你对武道颇为执着，也有些天赋，你若肯答应，吾可助你一臂之力，让你在这下界无敌。”

沈长青说这话的时候，面上也没多少表情。凡人看似漫长的一生，在天界诸神列仙眼中，也不过是一朵花开谢的时间罢了。他并非轻视凡人的生老病死与贪嗔爱恨，只不过当一些事物短暂到了某种程度，对此无知无觉，才是寻常。

那么如此短暂的生命中，选一样事物去交换另一样，想来只要合适，便也没什么不能换的。

他并没有想到，燕无二听了他的话后非但没有露出喜色，反而眼底冒火：“我燕无二堂堂正正，光明磊落，就算现在还当不了天下第一的高手，也绝对不会用你那些旁门左道来练功！你休想以此利诱——我定会死死地盯住你，不让你蛊惑陛下！”

旁门左道？沈长青长眉微敛，摇了摇头，心道凡人一个二个当真是有眼无珠，要知道只需仙术稍加点化，他的武功便可日进千里，又岂是下界那些旁门左道可比？

“吾希望你仔细考虑清楚，再做回答，莫要错失良机。”于是沈长青又

耐着性子奉劝。

“好啊！要我考虑也行，我们再打一次——”燕无二对那日自己的快刀被轻易躲开，耿耿于怀，轴劲儿上来，二话不说就要动手。

沈长青见他莽莽撞撞地提刀来砍，只觉这一番事是顺遂不了了，也无意与他过招，更何况凡人想与神仙过招，根本就是无稽之谈。

燕无二举刀斩下，扑空。

燕无二横刀劈过，扑空。

燕无二跃起斜挑，扑空，还摔了个狗啃泥。

……

“可恶！有本事你别躲啊！你的兵器呢？”

院里，侍卫们都不约而同地捂住了眼睛，不忍直视。他们的燕统领太惨了，被那袭飘忽不定的青色身影耍得团团转，直到被掀倒在地再也砍不动，只剩嘴巴能叫嚣时，也连沈长青的一个衣角都没摸着。

一个趴在地上，狼狈不堪；一个立于飞檐，纤尘不染。天壤之别，高下立见。

武功逆天，以快刀闻名的燕无二，再次惨败。

侍卫们万分同情，却又不敢上前搀扶，生怕被燕统领迁怒去跑圈站桩，只得狠下心看他自个儿撑起身子爬起来，背靠假山山石喘粗气。

“现在按你的要求，打也打过了，你考虑得如何？”沈长青见状，施施然跃下飞檐，耳畔的青丝在半空中扬起一个优雅的弧度后落下。

“沈长青，我如今确实不是你的对手！但你别得意得太早——”谁知燕无二反手把斩马刀狠狠插进地里，半截刀身都没了进去，抬手指天誓日地负气道，“我燕无二对天发誓，一日不打败你，就一日不会答应你的交换！”

沈长青虽然隐约觉得哪里不对，但还是十分正直且好心地出言劝告:“你肉体凡胎是不可能赢过吾的。若是你转世投胎跳出凡人道，再修炼个上千年，或许还有可能。但那时周帝也早已轮回过好几次了，这赌约于你我也就不存

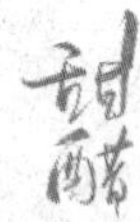

在任何意义了。”

“你——你——”燕无二听他用最平淡的语气，说着最恶毒的话，本就因连番动武血气翻涌，此刻更是急火攻心，“噗”的一声，当场呕血三升！

“燕统领！”

“快去叫太医——”

一群侍卫把昏迷的燕无二团团围住，随即七手八脚地将其抬回了屋里，只留沈长青在原地摸不着头脑，只得无功而返……

“哈哈哈哈——不行了，笑死朕了！”周粥听完沈长青的叙述，笑得连手中的茶盏都拿不稳，“你打赢他两次也就罢了，最后还要劝他早登极乐，你说你能不把人气到吐血吗？”

“吾何时劝他早登极乐？”沈长青不解。

“你都教他只有转世投胎才有可能打赢你了，不就是在告诉他此生无望，趁早自我了结吗？阿燕这人认死理，在习武这事儿上，你越劝，他越钻牛角尖！只有哪天真刀真枪赢了你，他才能释怀。”许多精怪在变幻成人形之前，都并未踏足过凡尘，故而在人情世故上较为懵懂，周粥可以理解，便细细与沈长青解释了一番。

也是难得听她这么正经说话，沈长青认真地琢磨了片刻，才缓缓点了点头，表示自己似有几分理解了。但现在的问题是，燕无二确实永远无法打赢自己，那自己还怎么完成任务，回去复命？

“沈仙君这是又愁起什么了？”正经不过三弹指，周粥又忍不住起身凑过去，笑盈盈地一挨他，“放心，阿燕身子骨铁打的，太医也去看过了，没啥事，昨天就能在皇城里打圈巡逻了。”

“那你可还有别的办法，让他答应与吾交换心愿？”

沈长青不着痕迹地侧开身，周粥挨了个空，挑眉答得肯定：“没有。”

“这是你自己祈求之事，你怎的又毫不上心了！”

周粥觉得沈长青此刻像极了幼时给她授课的先生，皇帝不急先生急。

要知道，那日祭天大典，她也就是心血来潮，随口一提，哪里会真指望有什么神仙下凡来排忧解难。更何况，他不就一个醋精嘛。

小样儿。

于是周粥挑起嘴角，哼笑一声，又挨过去牵过他的宽袍大袖说：“啧，朕看这位郎君倒着实是比朕还要心急，莫非是瞧不得朕身边有人？表面以替朕完成祈愿之名，私心里其实是想独占恩宠？”

“松手。”沈长青深吸一口气，吐出两个字。

其实周粥说到底也就是个双十年华不到的少女，现阶段对沈长青也没什么非分之想，玩笑起来也懂得适可而止。于是她杏眸含笑一转，又道：“朕知道你脸皮薄，不好意思，如果是这么回事，你就眨眨——

“哎哎哎！”

没能顺利解决燕无二，沈长青本就心中不豫，终于忍无可忍，放弃不以仙术碾压凡人的修养，一个法阵甩出，将她直接一巴掌糊到了半空的墙上。

伴随闷响一声，周粥的脑袋差点儿都撞到房梁上了，在半空中双脚并用地扑腾了好几下，对下面的沈长青大喊：“你……你疯了？快放朕下来！”

“对仙神不敬，惩罚本该比这重上许多。”沈长青冷眼斜睨着她，“以后可还敢再犯？”

“喂！你这小醋精装仙君还装上瘾了？你就这么对待恩人的吗？”周粥知道下不来，索性也不扑腾了，叉腰指着他鼻梁质问。

沈长青只觉额角突突直跳，周身的白醋味儿又浓郁了起来，于是他冷笑一声，将这刺鼻的味道催发到极致。

“你……你要干吗……”周粥的鼻子已经开始痒了，心中生出不好的预感。

“陛下不是爱闻醋味来开胃吗？吾便遂了你的愿。”沈长青这回掌中结印，屋内平地生风，白雾弥漫，气旋倒流，最终把周粥和这无形的醋味一起裹成了个巨大的蝉蛹！

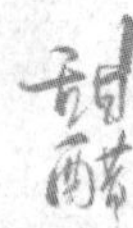

完全密闭的空间里蒸普通白醋都够呛人的，更别说是沈长青特意用法术加码过的，那浓烈程度，迷得周粥痛哭流涕，只能哀声讨饶。

“沈长青，你……你快停下！朕答应你还不行吗？”但她才张口，那醋味就仿佛有形似的，和水一样从嘴里倒灌进去，引得她一阵恶心，胸口骤然憋闷得慌，“咳咳！”

沈长青却是浑然不知，只道起先周粥刚吊在半空时还喊得中气十足，后来被醋一熏不知怎的气焰骤减。

他还不识人间险恶，自不会往她做戏方面去想，也所幸如此，他当即收了法力，双掌一翻，青光便托起了跌落下来的周粥，将她送回茶榻上倚着。

“咳……”周粥脸色苍白，眼角带泪，有些睁不开眼，只有气无力地低咳了两声。自十岁那年后，她就再没感到过这种周身发沉之感，此刻心下也不由得有些慌了，只能任由沈长青将手掌在她眉心上一覆，青光稍纵即逝，又被收回他的掌间。

沈长青收掌，眼神中带着几分不确定的迟疑：“你……”

“朕没事！”周粥此时已觉得恢复了些气力，急忙挥开他。

这倒是她头次见了自己不往上黏，反而还避开。沈长青眉梢微动，又思忖了一下方才自己给她疗愈时，顺手探查到的怪事。

这周粥的魂魄之力，似有先天不足。

初时见她生龙活虎，他还未将月老转述的祈告之词中先天不足那段放在心上，如今倒是记起来了。可魂魄若有残缺，这人怎么可能还好端端站在这儿？纵使不曾早夭，也该是缠绵病榻的……

“你可还有哪里疼痛？”沈长青思及此，也觉是自己冲动了，思虑不周，竟对魂魄之力不足者施用法术，致其亏损虚耗，便破天荒地放柔了些语调问。

“没有了，没有了。”周粥连连摆手，“朕就是刚才被熏晕了，身子骨好着呢！”

她这是不知，还是有意掩饰？沈长青略一蹙眉，但也没再深究，左右凡

人寿数，无论自不自知，都有天定。

“嗯哼，那朕就先走了。你……你就暂时别去找燕无二了。”

沈长青很给面子地应了声“好”，甚至也没有像往常那样兀自立在原处，任周粥一个人出殿，而是往外送了几步，一直到门边，才没什么语气地开口道：“你身子若还有什么不适，可来寻吾。”

谁知他这一句，却换来周粥伸手去拉门的手一顿，回眸肃色道：“今日殿中之事，你不可告知任何人。”

“吾知道了。”沈长青应得简单。

就这样，匆匆赶回的小灯子得见了与前几日完全相反的情景。

沈仙君神色如常，而他家陛下却是一副精神萎靡的模样，甚至一出殿门就喊了他叫人抬銮驾来，看起来乏得很。

“最近那青月殿可是门庭若市啊，各家塞进后宫的小郎君都想见上沈长青一面，瞧瞧陛下究竟喜欢什么样的男人——”

“荒诞可笑。”

明玉殿内，瑞脑金兽，黑白玉的棋子在古朴的檀木棋盘上摆成了一副残局。

唐子玉一袭鸦青色文士袍服端坐于棋盘边，黑子被他执于修长白皙的指间，显得他那手也似白玉雕琢的一般。

对面坐着的百里墨却与他截然不同，穿着相当正经的大理寺仵作官服，坐姿却大大咧咧的，很是随意，手执白子，不太上心地往棋盘上落。

“其实我也想瞧瞧他长什么样。不过他们看的是肤浅的皮相，而我想看的，是他的骨骼——这么多年了，还是头一回有人能接连两次、轻轻松松就挫败燕无二。”百里墨面露憧憬地眯起眼，未执棋子的另一只手下意识摸了摸自己的腰间。那里有一条特制的双层腰带，里面用精铁打造的小刀、小锤按型号大小排列着，全是他解剖时的用具。

“嗒！”

对他那瘆人的笑容已经习以为常，唐子玉沉吟着略做思量，跟着落下一

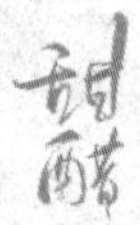

子。棋子与棋盘触碰的轻响，在静谧的室内格外清晰。

“择日不如撞日，你不如和我一起去青月殿走一趟？”百里墨见他不接茬，便索性摆明了意图，怂恿其一道。

唐子玉瞥他一眼，哂道：“怎么，你这大周第一金牌仵作，什么死人没见过，大半夜也敢一个人去挖坟。现在去见个活人，反而还要找个伴儿？”

“你这御史台中丞当的，就挖苦人的嘴皮子一流，难怪人人都怕被你参一本。”百里墨没好气地翻了个白眼，正想往下再落一子，可仔细瞅了眼棋盘，就果断把棋子丢了，“不下了！不下了——每次找我推敲残局，最后都是我输。”

“承让了。”唐子玉笑意浅淡，一枚枚收拾棋盘上的棋子，也不忘纠正他，“不做亏心事，不怕鬼敲门。为官者若能忠君爱民，两袖清风，就不会怕被本官参奏。”

百里墨好笑，边给自己倒了一杯茶边道：“你这是把自己比作鬼了啊？”

“对贪官污吏或是心存不轨者，本官便是要做那能吓破他们胆子的‘厉鬼’！”唐子玉挑眉。

“霸气！”百里墨对他竖起大拇指，绕回正题，“所以你到底去不去？左右也是闲着。你难道不好奇，沈长青凭什么能让陛下突然转性？不仅每每用膳都要令其侍奉，从前陛下批阅奏折从不喊累，最近竟也劳逸结合起来，得空就去青月殿探望他，据说殿内常有嬉笑声传出。”

闻言，唐子玉却是不以为意，连眼皮都没抬地冷哼一声：“不过是个会些戏法、哗众取宠的伶人罢了。有几分姿色又如何？陛下平日装得沉稳，到底还是少年人心性，图个新鲜乐子，过段时间腻了，便将其放出宫去了。”

“我看不见得。”百里墨放下茶盏，挠了挠下颌，欲言又止。

唐子玉收拾棋子的手一顿。

“以你的性子，应该已经派人去探查消息是否可靠了吧？”当仵作的人，何其眼尖，观察力也是极强的。百里墨了然地笑笑，就知道这位当朝亚相对

于沈长青的突然出现，没有表面上这么沉得住气。

也正巧了，百里墨话音刚落，殿外就有人来禀告：“大人，奴才有事要禀。”

一个眉清目秀的小太监立在门外，百里墨对此人有些印象，也是跟在陛下近前的，好像还是总管太监小灯子的老乡。做御史的，若想要一参一个准，必得长目飞耳，前朝后宫有些自己人，也是见怪不怪的。

“何事？”

唐子玉将那小太监召进来，那小太监对他附耳低语起来。

见状，百里墨吹了声口哨，很是自觉地把身子侧过一些，做出避嫌的姿态，实则却是把一只耳朵拉长了在听。

“灯公公那天……太医院……方子奴才着人查了……补肾补血……”

话音时有高低，百里墨听不齐全，但凭借仵作对医术的那点触类旁通，也隐约听出了几分端倪，暗自咂舌着偷眼观察唐子玉的脸色。

果然，唐子玉一改方才的不以为然，眉头紧蹙，眸中更是阴云密布。

“本官知道了，你先退下吧。”

半晌，那小太监才总算事无巨细地汇报完了，直起身。唐子玉不置可否，只沉着脸挥退了他。

“怎么样？改主意了？”

“看来本官确实要去会会这个来历不明之人了。”唐子玉倒也直截了当，当下伸手在棋盘上一抹，这剩下的黑白子便乱了，“同去？”

“好啊，同去同去。”

就这样，百里墨屁颠屁颠地跟在唐子玉身后出了明玉殿，一路走在宫道上，颇有几分狐假虎威的架势。

“唐大人，百里大人，二位怎么来了？”

待两人入了青月殿，就有守门的小太监急忙迎上来作揖。

“两位大人可是来找沈仙君的？”小太监侧过身子将两人往里头让，“不如奴才先去通传一声——”

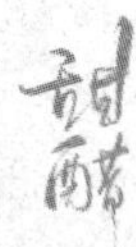

“仙君？子不语怪力乱神，你可曾亲眼所见他是天庭下凡的仙人，便喊什么仙君？”唐子玉不悦地皱眉。

后宫里的小太监哪里遭得住当朝亚相的几句挑刺，当即吓得磕磕绊绊，说不完整话了：“唐大人恕罪！主要是这位沈……他未得封任何位分，奴才们也不知该怎么称呼。听陛下平日总这么喊他，奴才们就想随着叫总不至于出错……”

“所以你的意思是，都是陛下害你这么喊的喽？”

百里墨吊儿郎当地拨了拨额角的碎发，却把小太监噎得欲哭无泪，“扑通”一声就跪下去了，连声说自己嘴笨失言。

“好了。不必再说，起来吧。”唐子玉手一抬，示意他前面带路。

要知道，便是陛下见了这位亚相有时候都想绕路走，小太监就怕撞唐子玉手里被参到找不着东南西北为止。此刻见其没有追究自己失言的罪过，如蒙大赦，颤颤巍巍地爬起来，擦了擦额角的冷汗，小心翼翼地把两人往主殿的方向引。

主殿的殿门紧闭，小太监恭敬地站在一边，态度谨慎地朝里头问：“沈……您午歇可醒转了？”

里头没有任何回应，小太监又拔高嗓音问了句，就算是睡着的人也该被叫醒了，但还是全无动静。

“不在？”百里墨挑眉。

小太监摇摇头：“在的，今日他就没出去过。但不瞒您说，里头那位一天中除了应付陛下时会睁眼下榻，其余时候不管奴才们怎么进出或是请示，他都和老僧入定似的，一概不理。”

“那就直接进去。这宫里还有什么地方是咱们的唐大人不能进的？”百里墨说着，上手去推门，却没推开，“嗯？大白天的还闩门？”

于是百里墨回身望向唐子玉，后者微微颔首，给了他一个眼神，他就跃跃欲试地从腰带间抽出一柄极薄的短刃，从门缝里伸了进去。

可百里墨腕上使劲，信心十足地将刃往上一挑后，却笑容一滞，紧接着

又撬了两下，才抽回薄刃，纳闷地扭头对唐子玉确认道：“没落闩。”

“是这样的。我们也经常打不开门，里头那位不喜有人打扰他清静。”小太监在旁补充，又怕两人不信，侧身用肩头使劲往门上一撞——人被弹出好几步，门却纹丝未动。

“我刚才是不是眼花了？”百里墨揉揉眼，又伸手去摸了摸那扇门。

唐子玉眉间不由得拧出了一个疙瘩：“大周开国千年，你何曾真见过什么正经修士？学了些旁门左道的邪术，就出来招摇撞骗的心术不正之辈倒是不在少数。”

“嗯……那些术士多半也只敢在富户商贾处作法骗钱，混吃混喝。很多发不义之财的，自己就先心虚，所以才轻易听信。”百里墨闻言，不由得歪头笑出声来，“但里头这位怎么想的，竟敢来骗一国之君？咱们陛下看起来也不像昏君吧？”

“纵观他国史料，也曾出方士媚上惑主，以求富贵，甚至勾结权臣党羽者，那些帝王初时也算得上明君，最终却因沉迷修仙问道，而致使江山易主。”唐子玉的神色更加冷肃了。

百里墨咂舌，都有点儿不好意思再继续嬉皮笑脸了：“也没这么严重吧？”

“前车之鉴，不可不防。”吐出这几个字后，唐子玉沉默片刻，又对那小太监道，“报我二人名号，就说有关于陛下的要事相商。”

“是——”小太监连忙点点头，按着他的吩咐扬声道，“沈仙，二位大人前来拜访，您还是见上一见吧？”

这回话音才落，门就从里头自个儿打开了。

百里墨啧啧称奇，觉得有些旁门左道还有点用，至少关门关窗不用自己动手，很适合懒人。奈何唐子玉就在身边，百里墨只得调整了一下表情，也面色肃然地随他一道踏入了门内。

两人后脚才跨过门槛，身后的门又自个儿合上了。百里墨回头看时，确定那小太监站在离门两三步远的地方，压根儿没动。

如此看来，做这青月殿的奴才倒是闲差了。

就这么胡思乱想着，百里墨已经跟着唐子玉的步子转到了内室，只见沈长青诚如小太监所言，正闭着眼盘膝而坐，像是在修炼某种功法。

百里墨上下打量他，没有妖邪之气，也没有那些方士常年招摇过市而沾染的市井气与浮夸相，反倒是眉宇间含着静默的高贵。

“你就是沈长青？”唐子玉也已端详完毕，沉声问。

沈长青于是缓缓睁眼，微扬起下颌回视两人，不答反问：“你们和燕无二一样，都是侍君？”

“你籍贯何处？家中从事何业？因何入京？如何得见陛下？”唐子玉也同样是不搭理对方的问题，以自己在御史台办公监察时的一贯口吻，对沈长青进行户籍调查。

“吾听闻你二人在朝中亦有官衔，”这回，沈长青自感吸取了劝服燕无二时的教训，为两人考虑得很是妥当，“只要你们能够远离皇帝，吾可为你二人各满足一个不损天道的心愿——”

“你死了之后给我随便解剖也行？”

百里墨脱口而出，还未等沈长青反应，已经先挨了唐子玉一个凌厉的眼刀，只得缩缩脖子噤了声。

“换一个吧。仙人寿尽，肉身与元神都会归于天地，吾是留不下尸身给你解剖了。”沈长青本想说的是“仙凡寿数有别，定是你先入土，哪里还能解剖得了吾”，但又想起那日周粥替他做的分析，这才“悬崖勒马”，换了个说辞，以免又被当作劝人早登极乐。

想到这儿，沈长青就觉得与凡人说话十分麻烦，一阵心累。

果然，百里墨还没说什么呢，唐子玉先冷笑出声：“本官劝你装神弄鬼前也需先弄清自己在何等处境，陛下会一时被你蒙骗，我御史台及满朝文武却不会！”

“吾乃仙身，不敢称上神，却也亦非冥鬼。”沈长青这些日子被周粥也磨得没了脾气，见难得有个不把自己当醋精的，竟都异常宽容，只面色淡淡

地解释了句。

“你——”唐子玉主掌御史台这么久，满朝文武哪个不是一见他上下嘴唇一碰就觉脑仁疼的？今日竟叫个来历不明的人不咸不淡地驳得一时语塞，只道此人奸猾得很，决计不可留在圣上身侧！

“简直满口胡言乱语！本官不管你接近陛下所图为何，但只要有本官在一日，你就休想以怪力乱神祸乱宫闱，扰乱圣听！”丢下这句话，唐子玉就拂袖而去了。

百里墨心知他大约是要去调动所有消息网把沈长青的背景查个底儿掉，也不拦着，但自个儿却也不急着走，拍了拍腰带，试探道：“既然死后没有尸体，那不如趁你肉身现在还在，就给我剖了？反正你不是号称仙君吗？剖一下应该也不会死？”

“凡人刀剑伤不了仙身，你剖不了。”沈长青耐着性子与他分说。

“这愿望也不行，那愿望也不行，你还有交换的诚意吗？”百里墨挑眉，“我一个仵作，生平就这点嗜好。不然你帮我把燕无二杀了，让我解剖他也行。”

再不懂人情世故，也听得出这是刻意刁难了，沈长青眉目间覆上几分霜色，寒声下了逐客令：“蝼蚁尚且有其命数，吾不可能助你伤人性命，请回吧。”

沈长青的断然拒绝，倒令百里墨心生几分好感。他虽整日和死人打交道，挖起坟来毫不手软，但他深知，任何一个好仵作，都需先怀有对生的敬畏，才可谨记还死者以公道的初心。

“开个玩笑，不要这么认真嘛。”思及此，百里墨眯了眯眼，还想再套几句话，却听得外边一阵急匆匆的脚步声。

一阵风刮到了他身后——

“妈呀！你这垂死病中惊坐起啊！我给你助眠的药，你没吃？”百里墨回头，燕无二那张眼圈浓重的死灰色的脸骤然放大在眼前，惊得他往旁边跳了两步退开。

“我身负守卫陛下安危的重任，怎能喝你那蒙汗药来安眠？”燕无二飞去一个白眼，揭穿了他的恶劣行径。

原来，被二度打败的燕无二这几日身体虽是恢复了，但精神上却遭受了重创，耿耿于怀，夜不能寐，每每一闭上眼睛，沈长青那该死的身影就会浮现，惹得他反反复复地琢磨，百思不得其解——人真的可以有那么轻快的身法吗？

燕无二觉得空想无用，再这样下去，自己迟早要崩溃，便提刀冲来了青月殿——

第三章
串一串红尘烟火

◆
◇

“不好了，陛下！”

“你家陛下好得很。”目视小灯子边喊边往御书房里跑，周粥表示自己要做一个泰山崩于前而面不改色的君王，“遇事如此慌张成何体统？慢慢说。”

“燕统领想不开，大中午的磨了刀，跑去青月殿了，谁都拦不住——还有唐大人和百里大人不知怎的也前后脚去了！”

“什么？”

这回崩的可是昆仑山了，周粥“啪”一下就把手里的毛笔丢了，紧赶慢赶，赶到青月殿时，正瞧见百里墨掩着鼻子从殿内跑了出来。

“阿嚏！这也太酸了吧？不过若能在验尸过后用来去味，铁定比苍术、皂角之类的管用啊……”百里墨揩泪，嘟囔着和周粥迎面撞上，“陛下？您怎么来了？”

周粥大老远就闻着味儿了，那日醋熏过后，她整整泡了一个时辰的花瓣浴才把那白醋味儿去了，此时也是不敢贸然上前，拽着百里墨往旁边又挪了几步，才问道：“你们做什么了？把他惹成这样？”

“您的御史中丞职业病犯了，盘问人家户籍，结果牛头不对马嘴地吵了一架，就甩袖走人了。臣是顺着沈长青话说的，提了个交换条件，想解剖他

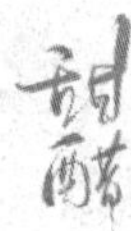

尸体，他也没答应——后来燕无二就来了，嚷嚷着要和人打一架。”百里墨说话向来是这副不太正经的调调，但好在信息传递很准确到位。

周粥扶额：“那两人又打起来了？”

“没呢。”百里墨摊开两只手，一只手代表一个人，特别生动地比画来比画去，“姓沈的不想打，姓燕的偏要打，于是姓沈的就开始酸，姓燕的就开始闭气，泪流满面地朝姓沈的挥起了刀——”

“然后呢？”周粥用不耐烦的眼神催他快点说。

百里墨一耸肩，道：“然后，臣又不会闭气，受不了就出来喽。不过出来之前，臣回头看了一眼，姓燕的不管怎么劈砍，那刀尖都近不了姓沈的一尺之内，好像是有什么无形的屏障挡在了两人之间吧……”

“朕还是去看看吧。”周粥叹气，抽了条帕子把口鼻捂了个严实，跟冲入火场似的埋头冲进了殿内。

结果她还没拐进内室，就发现百里墨也跟了进来：“嗯？你又进来做什么？”

“陛下对臣有知遇之恩，臣怎能丢下陛下一人进入这危险之地？”百里墨捏着鼻子说话的样子很滑稽，却是难得正色。

百里家本是世代的书香世家，家人都不支持他当仵作，认为是下等行当，但他却从小痴迷，便偷偷摸摸地学艺，帮人验尸。直到十五岁那年，他才偶然间得到机会，帮助大理寺破获了一桩京中疑案，从此一举成名，被当时也只有十四岁的皇太女周粥召见，面陈了志向与情由。周粥赏识他的才能，命人为他打造了一条特制的仵作腰带，借先帝名义御赐。百里家纵使心中再不愿，也不敢再有异议，百里墨这才能够正大光明地进入大理寺任职。

因此周粥就是他百里墨的伯乐，当然了，他本性跳脱，与小自己一岁的周粥私下相处起来也不讲那些君臣之礼，很有几分投契的好感。

不过此刻他正义凛然的模样却让周粥很是鄙夷，不就是被醋熏一下吗？值得用上“危险”二字？

然而，周粥的这份心思还没来得及靠眼神传递，眼角余光突然瞥见有什

么东西朝这边飞了过来——

是把打着旋儿的斩马刀！

百里墨惊骇，眼疾手快地按着周粥一弯腰，那斩马刀越过二人头顶，之后“锵”的一声砸在了门框上……

两人回头去看那落地的刀，都是心有余悸。百里墨更是在短暂的失声过后，不嫌事大地嚷嚷起来：“燕无二你疯了！你的刀差点弑君啊——”

“陛下！”他话音才落，内室的燕无二已经惊慌失措地跑了出来，拉过周粥前后左右地打量，“您没事吧？”

“还好躲得快。”周粥瞪了身边的百里墨一眼，就怕燕无二太认真，把这事儿放在心上。

百里墨一脸“我不就是说了句实话吗”的无辜表情，战术性撤退到门边，去捡那把刀。燕无二虽使的是快刀，但这把斩马刀却是极有分量的，居然让他这个整天把尸体搬来搬去的人，都得用上双手才能捧起来。

“你这刀豁口了啊。”宝刀难得，百里墨不无惋惜地摸了摸那刀刃上豁出的几道口子，却到底是惯常被燕无二武力碾压，心中不爽，难得看其吃瘪，顺嘴就说了句风凉话，“人家沈长青不想和你动手，你非要勉强，这下好了吧，赔了夫人又折刀。”

闻言，燕无二也没了往日一言不合就挥刀的底气，神色黯然地走过去，从他手里夺回斩马刀，竟是一声不吭就要离开。

“阿燕——”周粥喊住燕无二，有些担心他接二连三遭受打击，还不知会怎么钻牛角尖。

“陛下不用安慰我。”燕无二却是头也没回，胳膊一抬似乎在脸上抹了一下，“以后有沈长青在，陛下就不需要我来保护了……”

就这样，周粥没能有幸得见猛男落泪，但从他的动作与竭力控制的话音中确认燕无二是生生给打击到委屈得哭了……

“还不去追？”周粥又瞪了百里墨一眼。

“我？”百里墨发蒙地指着自己，都忘了讲究自称，只觉得自己的台词

被抢了。就算轮到沈长青，也怎么都轮不到他去追吧？

周粥才不管这些，把他往外一推："让你去你就去！啰啰唆唆，小心朕不让你去大理寺的验尸房——"

打蛇打七寸，捏百里墨只需"验尸警告"即可。

"没哄好他，别回来见朕！"

周粥对着百里墨急急忙忙追出去的背影又补充了句，这才又抬袖扇了扇醋味，继续往内室走。

只见屏风后，沈长青已经撤去了法术屏障，周身醋味也渐趋浅淡，只是仍旧眉头紧锁，看起来心烦意乱。

好家伙，分明是他把后宫搅得鸡飞狗跳，把她的侍卫统领闹得自尊受挫，凄然请辞，她这个当皇帝的还没表现出不悦，他倒先臭起张脸来。

于是周粥走过去，一时间还真不知该说点什么来开场，倒是沈长青冲她吐出的第一句话，有些一鸣惊人的意思。

"吾稍能体会汝之烦扰了。"

比之前都要文绉绉，但这感同身受着实来得莫名其妙。

"怎么突然这么说？你体会到什么了？"周粥失笑。

"是帝王后宫多出怪人，还是你的后宫尤其特别？"沈长青深感这后宫里没一个正常人。

"呃……估计是朕的比较特别。"周粥深刻反思过后，很中肯地承认了自家后宫奇葩多的事实，但也不忘调侃沈长青帮倒忙，"不过凡事都从他人身上找原因也是不对的。在你来之前，他们整天吃醋归吃醋，还真没闹到这么大过……"

沈长青闻言默然片刻，而后不耻下问："那要如何善后？"

"千万别——你去多半不叫善后，只会'不得善终'，还是放着让朕来收拾残局吧。"周粥果断拒绝。

见她把头摇得像拨浪鼓似的，沈长青也想到自己和燕无二的几次交涉，似乎确实是一次比一次糟糕，遂也放弃了自行善后的念头，"嗯"了一声转

而问道：“那吾可以做些什么？”

这醋精今天怎么这么好说话？周粥动手给自己倒了杯茶，在茶几边坐下，趁着这喝茶的间隙，思索刚才是哪句忽悠对了沈长青的路子。

“嗯哼，不如这样吧。作为害朕劳心收拾残局的赔偿，你悄悄带朕出宫去城西刘奶奶家买糖葫芦吃吧。朕喜欢吃她家的糖葫芦。”

“你没有味觉，谈何喜欢？”

沈长青说这话时，语气平淡，既没有怜悯，也没有嘲弄。

闻言的周粥一怔，虽不知他是如何发现的，可被他如此道破，她竟突然从心中升起一股坦然，仿佛那从小就被讳莫如深的隐疾，也不是多么难面对或是承认了。大概是沈长青的神色当真太过平静，如同只是在谈论一个和太阳东升西落一样、无甚特别的事实。

是啊，在这些修行怪眼里，没有味觉应该也不是什么大不了的事。

只有俗世中的人，才会因不过匆匆百年的光阴，而格外看重甘酸苦辣。

于是周粥歪着脑袋沉吟了片刻，才勾唇笑起来，不自觉地换了自称：“我确实尝不出滋味。但有些吃食的味道并不真正来自舌尖，而是一种记忆。困在这宫中吃的御膳再精致，也比不过小时候无忧无虑，调皮贪玩偷溜出宫吃的一串糖葫芦——”

“你能明白吗？”末了，她见沈长青似是在听，又似是在出神，便问了句。

沈长青像是认真地想了想，而后很实在地摇了摇头。他的全部记忆都囿于那云雾缭绕的一方殿阁中，天庭中不分四季，不感年岁，此时与彼时，何来区别？

见他如此，周粥只当精怪在世间来去是十分自由的，心中羡慕之余，也只是眼睛微眯地一笑：“不明白也是好事。旁人都道普天之下莫非王土，看似天下臣服，但事实上这普天之下的万民也同样是困住王的樊笼，以至于连出趟宫都要偷偷摸摸的。所以你得替我保密，帝王失去味觉不是一人之事，若让群臣得知，引得龙体抱恙的猜测，难免会影响朝堂稳固。”

对人间帝业的艰险，沈长青其实并不是很了解，至少天庭的五方天帝是

闲得很，常年神龙见首不见尾，折腾人的法子倒是一出一出地没完没了。反思及这半个月来，他每每修炼之时，纵神思游于宫内，总能见到她勉力勤政，不过子时，御书房便烛火不灭。

相比起来，那些寿数不知凡几的上古大神，倒真不如个十几岁的凡人少女靠谱。

沈长青不由得心中微动，点头应下之余，又鬼使神差地添了句："你既自知身体有恙，就该当早些休息。"

"你怎么知道我何时才歇？"周粥挑眉不解，"下面宫人不是说你整天大门不出二门不迈的吗？大半夜你晃悠到御书房了？"

沈长青言简意赅地解释："吾纵神思游走，可窥得周遭百里内情形。"

"那你不会——"周粥听了，双眼瞪得溜圆，抄手护在身前。

"不会什么？"沈长青见她突然反应极大地从椅子上弹起来，很是诧异地追问。

"咳……没……没什么。朕觉得你应该不会。"想到这些日子以来，哪次不是自己调戏得沈长青恼羞成怒，周粥就讪笑着放下了手，为自己那格调不太高雅的多虑之处而汗颜。

这小醋精尽管磨人，但确实又很纯情，没跑了。

"何时出宫？"沈长青也不是个有好奇心的，问回正题。

"现在？"

"在"字才出口，沈长青已经揽过周粥的腰，口中念诀，青光一闪，内室便空无一人了——

不得不说，沈长青是个典型的行动派，但眼前一花，就身处深山老林的周粥意识到了一个很严重的问题，这醋精不认路啊！

"错了错了！太远了，这都到城外好几里了——"

"那就近些。"沈长青的手还没松开她的腰，又一念诀，比起所见，闹市的喧嚣几乎眨眼间就钻进了周粥的耳鼓。

糟了！周粥没顾上还有些眩晕，一把将沈长青拽进了无人的巷子里："你

在街上玩大变活人，不怕被围观啊！”

“……那这次地方对了吗？好像是在城里。”沈长青这才发现原来带人出宫这么麻烦。

“嗯……”周粥勉为其难地点点头，“但这里好像是城南。”

“那就再——”

眼见沈长青的长臂又要搂上来，周粥忙把人一推，表情十分严肃：“其实现在还有一个更大的问题。”

“什么？”沈长青蹙眉。

“我得换身衣服啊，哪有穿着黄袍四处逛荡的？会引起骚乱的。”只怪沈长青还没等她说完，就把她直接带出来了。

“那就换个颜色。”沈长青听完，表示简单，随手一挥。

醋香拂面，青光乍现过后，周粥身上的黄袍就变成青色的了。她穿的不是朝服，而是帝王常服，服制虽精细烦琐，暗绣了龙纹，但衣料变成青色后，若不细看，倒也能混作大户千金的锦绣衣裳。

只不过，她一出生便是尊贵的皇太女，之后登基为帝，一应服色从来都须依循规制，不曾像任何一个妙龄少女那样，为自己挑选过一匹喜欢的布料，簪上过一支心仪的花钗。

这青色的衣裙，周粥还是头一次穿。

“不妥就再换。”沈长青见她低头怔怔地盯着衣裳发呆，以为她是不喜这颜色，才要挥袖，却被周粥一把按下。

“别换！我很喜欢！”周粥对上他不解的眼神，眸子一弯，又问道，“你觉得我穿这青色好看吗？”

沈长青深以为然地点头：“比土黄顺眼。”

“那是天子才能用的明黄！”周粥气得叉腰，指着沈长青的鼻子质问，“你色盲啊！”

“吾倒以为世人多心盲，喜便美，不喜便不美。非要辨那许多颜色作甚？”

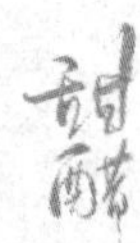

沈长青懒懒地掀了掀眼皮，仿佛只是随口一论，但周粥却听进去了。

她穿什么衣裳喜不喜欢，欢不欢喜都能看出。这醋精果然是来以身相许的吧。她没有过多沉溺在不得自由的感怀里，一抹狡黠的笑意在眼中划过。只听她突然发问："所以你觉得我美不美？"

美不美？在这一问出口之前，沈长青对此是全无概念的。他从来只想着仙凡之别，至于凡人的样貌如何，他不认为有再细细分别的必要。

因此周粥这一问，是着实把他问住了。

周粥也不催他，只笑盈盈地耐心地望着他，像是定要等到一个答案。

而沈长青呢，他原本是想认真回忆一下自己见过的仙、凡两界的女子容貌，再与周粥进行对比。可她就这么直勾勾地瞅着他，沈长青的脑海中就渐渐凝聚不出其他任何画面，只剩下她那双在街市初上的华灯下熠熠生辉的璀璨瞳仁……

一个"美"字，终于还是被他不够深思熟虑地脱口而出了。

随即沈长青一愣，周粥也是一愣。

沈长青不过是诧异自己何来的结论，而周粥愣就愣在，分明是自己早就设好的陷阱，只等着他跳了，她就道上一句"沈仙君既觉得我美，那便是喜欢我"来调侃他。

可当那个字真被沈长青用沉沉缓缓的话音道出时，她却忘了词儿，只匆忙地别开视线，顾左右而言他："我也不能出来太久，被人发现我不在宫内就麻烦了，还是快走吧。"

"你确定不用传送术？"

"这里离刘奶奶家只隔了两条街，不远，陪我走几步吧。"周粥像是怕他拒绝，又补充了句，"你也不识路，传送不准还得绕。"

两条理由相加，显然很有说服力。沈长青没有任何异议地随她走出了小巷，一高一矮，一颀长一窈窕的两道淡青色身影便这么没入了红尘俗世的繁华当中。

大周国力强盛，京都更是繁华之地，夜市千灯照碧云，高楼红袖客纷纷，

往往三更才消停下来，五更天便又起了人声。周粥当然不敢带着沈长青往什么酒坊、舞楼走，只随意逛逛街市两边的小铺子。虽都是些寻常的小玩意儿，但她从小在宫中见惯了好东西，反倒对这些充满市井生活气的小玩意儿更感兴趣。

因着周粥总是东瞧瞧，西瞅瞅，说好的不远的两条街之遥，两人却走了半晌都还未走出半条去。所幸沈长青并未表现出任何不耐烦，偶尔也会将目光追随着周粥在几家铺子前流连片刻。他深邃的五官像是被煌煌灯烛笼上了一层淡黄色的薄雾，整个人都柔和了不少。兴许是在人潮中沾染了些许烟火气息，他平日里分毫不差拿捏着的仙君气度松减了不少，就连眸光也不见了那份高高在上的漠然。

周粥也是如此，抛开帝王的身份与责任，哪怕仅仅是面人铺子前的一只小白猫，都能令她莞尔，重获久违的轻松开怀。

“老板，我想要这个——”周粥驻足，指了指那只面捏成的小白猫。

上了岁数的老板掩袖咳嗽了两声，才张开一只手：“这个便宜的，五文钱一个。”

“好！”

别说五文钱了，就是五两黄金，周粥一个大国之君想掏来买个小面人，也是绝对败得起这个家的。但眼下的情状是，她摸了摸自己空荡荡的腰际，才想起懊悔没有养成自个儿带钱的好习惯。

老板大约也是没想到，衣着如此华贵的女子居然会掏不出五文钱，笑容半僵在脸上，不知该不该敛去。

“是这种钱吗？”

周粥正准备用尴尬而不失礼貌的微笑表示打扰了，一只手却掌心向上，托着五枚铜钱伸了出来。

“对，对！正好五文！”老板比周粥反应还快，已经用他那还沾着些彩面的手从沈长青掌中把铜子儿收了去，另一只手将竹签子一拔，递过来了，“夫人您收好！”

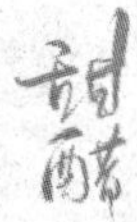

夫人？周粥下意识接过那只小白猫面人，又瞥了眼身旁沈长青的神色，后者恍若未闻，没有任何反应，也不知是不理解这词的含义，还是身正不怕影子斜。

周粥低头瞧了眼两人的影子，被那街边高楼挂起的灯盏烛辉映得斜长，最后不分彼此地依在了一处。

那一瞬间，周粥再抬眼审视二人同为青色的衣裳，心头升起一种奇异的滋味。

“还想要什么吗？”沈长青看她拿了东西还不走，就问。

周粥这才猛地一惊回神，将他往旁边拉远了些，才压低声音问：“不是……你哪儿来的钱啊？”

“变的。”沈长青神态自若地吐出两个字，还下颌微抬地指向那铺子，老板正将刚收的铜钱放进瓷碗里。

敢情是照着人家已经赚到的真钱变假钱啊！

“私铸与使用假铜钱可都是大罪！他不知情，回头把这钱花出去，是要惹麻烦的——”周粥蹙眉，别自己偷溜出宫一趟，还整出个冤假错案来，转身就要回去把面人还了，换回假铜钱。

沈长青却拦下了她：“他花不出去。”

“什么意思？”周粥脚步一顿。

“那是我用仙术凝结周遭清气幻化而成，投入碗中后遇着铜臭，便会消散。”

“消散？”周粥无力地扶额，“老板带病出来卖面人赚钱糊口，你这不是更坑人了吗？”

“你们大周，花五文钱可能看好风寒之症？”沈长青却问得没头没尾。

虽不太明白他为什么这么问，但周粥还是答了：“不能。郎中诊费加上两三服药起码得二三十文。”

“那他便不亏。”沈长青挑眉，“吾方才凝出的清气已渡入他体内，小小风寒，瞬间便可痊愈。”

周粥闻言，终于不再急着去还面人了，反而在原地观察了那老板好一会儿，见他非但不咳了，叫卖声也清亮起来，听着中气十足。

一人眼底映着另一人，说的便是此时情景。

沈长青注视着周粥逐渐展开的笑颜，不由得想到她那一句“普天之下的万民也同样是困住王的樊笼”，忽觉她虽困于其中，尽管失了自由，却仍是甘之如饴的。

下凡来助一个明君解决后宫之乱，总比帮昏君要强。至少五方天帝大约是从不知道普通小仙常用来疗愈暗伤的养气丹要多少晶石一枚。照着这个思路自我宽慰了一番，沈长青突然觉得近日来和那些侍君侍郎打过的交道，也不是那么闹心了。

“如此可安心了？”他问。

周粥笑眯眯地一点脑袋，而后很是大方地把手里的面人朝他一递：“借花献佛，这个送你！”

“吾要这面人何用？”沈长青并不给面子，没接。

“你不觉得这猫的表情很像你吗？”周粥把面人强行塞到他手里后，转着竹签子调整好一个角度，让白猫以一种极其高傲冷酷的角度乜斜沈长青，并心平气和地指责道，“你也感受一下，你平时就是这么看我的。”

盯着眼前这猫，沈长青语塞片刻，之后一言不发地又折返回那面人摊前，一只手指了指摊上的一个面人，另一只手转腕在空中一捻，便又凭空生出五枚铜钱，付给了老板。

“送我的？”周粥自诩比沈长青通情达理，没怎么犹豫地接下了他递过来的面人。这小老鼠脸上心满意足的笑意挺可爱啊，这是被以德报怨了？那多不好意思啊。

“嗯，也和你很像。你平日也是如此看吾的。”沈长青颔首，唯恐冷嘲不够，想了想又补充一句热讽，“见了灯油的硕鼠。”

“硕鼠又肥又大，用来形容我这样的姑娘家怕是不合适吧！”周粥咬牙切齿。

“在猫眼里，老鼠被吃掉的时候都一样。”

沈长青嘴角抿出些许带笑的弧度，扬了扬自个儿手里的面人，留下这句话，青衣拂动间，已继续往西去了。

好毒的心机！好深的城府！

对他的这一番操作，周粥表示大为震撼，他不仅成功实现了对当朝天子的人身攻击，还用猫鼠间的强弱悬殊暗喻示威——而这一切，竟仅仅只凭借了一个五文钱的面人。

但为了寻找扳回一城的契机，周粥还是忍下了这口气，小跑着追到沈长青身边，沉默地走了好一阵，才状似无意地发问：“对了，那老板的风寒都治好了，你再给清气所化的铜钱不是没用了吗？”

“怎么无用？”仿佛刚才的烟火气只是灵光乍现，沈长青又变回了那个靠面无表情拿捏气质的仙君，目不斜视地回答她，“清气在人间较为稀薄，故此散逸时无甚作用。但凝聚汇入人体后，便是有病治病，无病强身。”

“……这说辞好像有点耳熟。”

“耳熟？”沈长青的疑惑才问出口，便已有人替周粥解答了。

“包治百病的神药！有病治病，无病强身，还能驱邪避鬼！五十文一壶，买不了吃亏，买不了上当——”

吆喝声从身后不远处传来，两人不约而同地驻足扭头，只见一个穿着道袍的中老年男子，一手摇铃，一手拿着个白底黑字的布幌子，迈着悠哉又招摇的步子正往这边踱来。他下巴上长了个黑痞子，足足有拇指的指甲盖那么大，上面只一根看起来又黑又硬的须子，独苗苗似的特别骄傲地往天上翘。

不消走近，就能看到那布幌子上写着的三个大字——

徐仙人。

“那分明是人，为何自称为仙？”沈长青沉默了片刻后，才蹙眉问。

“唉，说辞像不像不重要，这人一看就是招摇撞骗的！”周粥也觉得把沈长青和这痞子老道相提并论，实在是太欺负人了，“毕竟你长得看起来就比他可信千百倍了——”

“你们大周这种人很多？受骗的多吗？”沈长青像是没听出这话中的不怀好意，反倒以一副忧国忧民的口吻问她。

那一眼仿佛在说，励精图治之下，怎么还能让这类江湖骗子大摇大摆于街市？周粥见他忽然有种被唐子玉夺舍上身之感，登时后背就冒起了涔涔冷汗，求生欲蹿入脑海，犹如吃撑了就要打嗝般自然：“朕回去一定下令各地官衙清肃此种不正之风，取缔假道观，严惩假道士，不让百姓再有受骗的可能！”

“嗯。”沈长青低应一声，也不知听没听进去，面上表情没什么变化地又移了视线，正巧落在经过的那老骗子脸上，从那个丑陋非常还跟着嘴唇翕动一抖一抖的痦子中，悟出了那日唐侍君对自己抱以强烈敌意与厌恶的原因。

这大周臣民，是该正一正视听了。

想罢，他低垂的食指指尖上青光浮动，那老骗子布幌上的字就变了——

徐假仙。

老骗子兀自专心叫卖，并未察觉，一路继续往前，直到周遭路人哄笑起来，一个个都在对自己指指点点，这才急忙检查了一下自己这一身行头哪里不对。

“这……这——别看别看！搞错了搞错了，我的天……”

骗子也有脸面，一时挂不住，灰溜溜地反抱起布幌就丁零哐啷地撤了。

周粥“扑哧”一笑，不禁对身边这位充满正义感的醋精竖起了大拇指。虽然没能位列仙班，但从精神上做到一荣俱荣、一损俱损，维护仙人声誉，也未尝不能感受一番“与有荣焉”的快乐。

沈长青知道她心里想的必然是给自己添堵的，故而也不欲去探个究竟，抬步再次向前。就这么不疾不徐地又走完了一条街，直到眼前景象变作了高矮排布错落的连片民宅，沈长青才被周粥喊住。

“到了。我记得应该就是这片。”周粥走到他前边，一眼望去没寻找，就回头使唤沈长青，“你不是能窥见方圆百里范围内的情形吗？帮我看看，有一户人家门前应该有个老奶奶在卖糖葫芦——”

这要求也不过分。沈长青于是闭目凝神，神思只在弹指间就在这附近游走了一遍，下一刻就睁眼道：“并无。”

“不会吧？这天色也不晚啊！我记得刘奶奶没这么早收摊，就摆自家门口的。”周粥挠挠头，心想，总不会是自己这三四年都没偷溜出来，认错地儿了？还是刘家搬家了？

沈长青摇摇头，表示她都弄不清，他一个初来乍到的，更是什么都不知道了。

“我们再往前走一段，找人问问吧。”周粥当然也没指望他能给出什么有建设性的提议，继续往前溜达了没几步，就听到右手边的木门“吱呀”一声响，有户人家的大人牵着小孩正打算出门逛夜市的模样。

“大姐，您好啊。麻烦问一下，城西卖糖葫芦的那个刘奶奶，你知道吗？就是有很多孩子都会围在她家门口，我记得以前是在这片，可是今天找不着了……”

“噢，刘家老太太啊。”大姐显然是知道，抬手给她指了指斜对面那户人家，“原本是那户的，不过现在不是了。”

“搬走了？”

三四岁的孩子急着想去夜市，也不关心大人们的对话，只是用软乎乎的小手拽了拽母亲的衣摆催促。那大姐边摸摸孩子的脑袋安抚，边叹了口气：“唉，老人家上个冬天不小心摔了一跤，没熬过就走啦……刘家人其实很早就想回老家去，是老太太一直坚持，说怕喜欢吃她糖葫芦的孩子惦记着又吃不到，这才一直留在京里。所以老太太的丧事办完不久，一家人就退了租，搬走了。”

周粥一时间竟有些怔然，没发出声音。

在她的印象里，刘奶奶的身子骨特别健朗，“嘿哟”一声一使劲，就能抱起个四岁大的胖娃娃在空中荡上一荡。大冷的天，刘奶奶也很少像其他老人家那样穿特别厚实的棉袄，一件普通棉衣就敢在寒风里支摊，递给自己糖葫芦的那只手还暖烘烘的。惹得周粥这个小病秧子着实羡慕。

“怎么会……”

“老人家就是这样，年纪大了，平时看着康健，但经不起病，倒下去了就很难再好了……刘家儿子孝顺，大夫请了好几趟，汤药天天熬，但也就是吊着一口气，早晚得撒手。”大姐像是听见了周粥的低喃，随口感叹罢，就牵着孩子离开了。

好不容易聚集在心口的那点暖融烟火，才出市集，就被死亡顷刻间击溃散尽。

她现在的情况，不正是“吊着一口气，早晚得撒手”吗？无心的一句话，却像撕开了最后的遮羞布般，将生命的不堪一击彻彻底底暴露在周粥面前，让她不得不去正视。

一股子凉意从骤然空荡的胸腔中往外向四肢百骸泛滥，周粥下意识地抱着胳膊搓了搓，如今是春夜，习习晚风吹着人，本该极其舒适，她却想找个避风的地方躲一躲。

她也确实这么做了，挪了挪脚步，挨到沈长青身边，让他挡风。

沈长青难得没有嫌弃地和她拉开距离，只是立在原地，低头便见她的长睫在昏黄的月色中扇动阴影。如此静静看来，她五官小巧精致，只要不用来做那些或是夸张、或是微妙，乃至于难以言喻的面部表情，确实挑不出瑕疵，但他却不喜在周粥脸上看到这种黯然时才流溢出的美。

短暂的默然后，沈长青轻咳一声：“如此愿望便不算达成，你不妨另许一个。吾说到做到。”

“沈长青。”

“什么？”

这还是周粥第一次这么一本正经地唤他名讳，虽有冒犯之嫌，但沈长青却鬼使神差地没有计较，眉目平和地应了，回视扬起脸的她。

“你活了多少年了？还能活多久？”她问得没头没脑。

“从登仙算起，五百年。至于寿数，”沈长青抿唇顿了片刻，似在思索该如何措辞，“若非横死，年岁对仙神来说，便是至为短暂又至为漫长的存

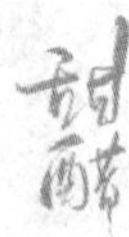

在，无甚可思虑的。你可明白？”

周粥听后摸着下颌沉吟了一会儿，难得没有挖苦他在成仙这点上入戏太深，只是总结道：“那就是活出了一种连死的希望都看不出的境界喽？”年岁对神仙来说，就和铜钱对富人来说一个样，多得数不过来时，就没有去数的意义了。

“……算是吧。”分明是同一个事实，不同的表达之下差别竟如此之大。沈长青开了眼界。

“真好啊。”周粥圆圆的杏眸笑眯起来，发出一声听起来并不怎么走心的慨叹。

虽然比不过能活到天荒地老的神仙，但精怪也都是冲着登仙去的，那寿数怎么也得有个上万年，这醋精才活了个五百年的零头——按照同类年龄换算统一之后，是不是有点老牛吃嫩草的嫌疑啊？

面对道德上的难题，周粥在心中象征性地挣扎了一下，随即就用社稷稳固胜过个人荣辱的大无畏精神克服了阻碍，直勾勾地盯死了沈长青。

“我想好了——”

光看周粥的眼神就知道，这个愿望的难度和偷溜出宫吃糖葫芦不可同日而语。饶是沈长青在心里已经劝自己接下来无论听到什么都要泰然处之，却还是被她的言论噎得面红耳赤。

“你正式进后宫吧。”

“胡闹！”

沈长青噎住半晌，才想起袍袖一挥，甩脸走人。

如果可以，他当然希望可以多训斥这不知天高地厚的大周天子几句，什么仙凡有别、成何体统、痴心妄想之类的词儿在他脑子里跑马似的奔涌而过，跑得太快太急了，最后反而只剩下放之四海皆可用的“胡闹”二字。

这对周粥来说显然力度不够。只见她笑意不改地追到他身边，拽着他衣袖，拉拉扯扯地做软磨硬泡状：“你别急啊。先听我说完，这愿望对你也有好处的，不是胡闹——”

闻言的沈长青没有停下，但也没有用法术瞬移直接甩她十八条街。

知道他这态度就是有戏，周粥趁热打铁地开始讲歪理：“你看啊，你不是要帮我解决问题吗？你不先当上侍君，自己体验一下，怎么能了解敌情，从而制定出正确的计划呢？”

下一瞬，沈长青脚步一顿，转身，周粥一个没刹住，拽着他袖子就是一个踉跄。

沈长青也不急，等她稳住身形，才抽出袖子，轻抬下颌，示意她继续。

“你这两次的实践不也证明了吗？越搅和越乱——这都是因为你还什么都不了解。古人有云，知己知彼百战不殆。真理啊！闷头做事怎么能成？”周粥笑容满面，觉得现在的自己和刚才那老骗子只差一个黑痦子。

紧接着是一段漫长的沉默，沈长青似在敛眉细思这真理的奥妙，又像是在谨慎提防这套路的险恶。

“也罢，吾便试试吧。”良久，他才从唇边逸出声几不可闻的低叹，像是终于对某种周粥不得而知的神秘力量妥协了。

近日满意度调查问卷上的星级毫无进展，是该想想办法了。

“口说无凭，你得抵个信物在我这儿。免得你中途反悔，一施法跑得无影无踪。”如此轻易就答应了，周粥这下更料定这醋精一开始就是打算以身相许的，就等这台阶下了。

“仙者岂会失信于凡人？你大可放心。”沈长青不以为意。

“不管——”周粥挑着眉，把掌心摊到他眼前，“话本里好多来报恩的精怪都会给主人一样信物，还能靠着信物取得联系，心意相通，多远都成那种。这样你在后宫行事也方便啊，就算捅出个大窟窿还能叫朕及时去兜住。”

最后一句话倒还真打动了沈长青，于是他略一思量，抬手抚至额间，食指轻点在额心处，那里便隐隐有青芒迸现，轮廓似是成形状的，但瞧着模糊辨不清。

直到他指尖一点点离开肌肤，光芒越发强盛，映得男子俊美的容颜更添绝世的清贵风华，那轮廓也逐渐清晰起来，是一颗将落未落之时的水滴。

“呀！”

周粥正看得入神，却见沈长青那覆在额前的手骤然一握，光线瞬间隐没不见，不由得低呼一声。

随之檐下又只余月影昏暗。

等沈长青再次将修长的指节张开，掌心里便多了枚类似水滴状琉璃坠的东西，内里隐隐有青光流转，映入少女点漆的瞳仁。

“这是什么？”周粥也不贸然伸手，只歪着脑袋打量。

“吾的一滴本命醋，凝成这坠子模样，方便你贴身佩戴，也好心意相通。”沈长青说着，另一只手并指，青光于坠上划过，那坠子随他所指飞向周粥心口处，透过衣裳，直接没入进去，惊得周粥急忙转身，背对着他，用不太斯文的方式拽着脖领，低头往自己的衣襟里瞅了瞅。

不知哪来的一根细银线，穿过那“本命醋”尖细的一端，挂在她的脖颈间，与普通项链一般无二。

于是她转过身，指着自己心口的位置问：“那我现在不管想什么，你都能知道？”

“自然不是。”沈长青摇头，“只有你想让我听闻你心念时，我才可听闻。”

“哦……那本命醋对醋精来说是不是很重要啊？就比如妖怪的内丹一样？要是碎了，你就会死？”保住了自己天威难测的帝王设定后，周粥开始思考相对实际的问题，忽然就又有点儿想退货。

自从放弃争论自己是醋仙而非醋精之后，沈长青觉得和周粥沟通起来顺畅多了：“只是其中一滴，若是被毁去，至多元神受损，调养一番便是。不过你放心，凡人那些刀劈斧砍火烧是毁不去这本命醋的，除非有胜于吾的仙神出手，或是天道要在你身上降劫。”

“那要是被人偷了抢了呢？这东西能拿去为非作歹吗？”周粥考虑得倒也全面。

“不会。吾在上头施了术，认你为主，只能你自愿摘下。旁人若要强取，

只会伤了性命。”沈长青耐心地给她解释，“遇上危险，你只管拿它抵御，不必吝惜。”末了，他像想起什么，又补充了句，“有了此物，你那个防刺客用的燕统领确实是没什么用处了。”

周粥听到这儿，小脸登时一皱，食指摆在唇间，拿出了千叮咛万嘱咐般的苦口婆心：“这话你在宫外说说也就罢了，回宫以后千万别提！这要是传到阿燕耳朵里，他真会赶着去投胎转世，和你再战三百回合的——”

“……吾记住了。”

也不管沈长青脸色多差，周粥兀自牵着那银线又把“本命醋”拎出领口，对着月亮端详了半天，只觉得那里头幽光时隐时现，漂亮极了。这玩意儿虽不能算个正儿八经的首饰，却还是让她的嘴角止不住上扬——内务府统一置办的，和凭自己本事忽悠来的，显然后者更香。

“时间也不早了，带朕回去吧。”

窃喜罢了，周粥才把坠子小心地藏回衣中，特自觉地凑到沈长青身边，拽过他胳膊往自己腰间一放，摆出一张“可以起驾”的脸。

隐约觉察到自己此刻存在的价值，似乎与太上老君的那头青牛坐骑无甚分别，沈长青眉心一跳，当下却也还是暂且忍了，垂眸默念咒语，周身法阵骤起。下一刻，两人身形便化作一道青光，穿破夜幕，眨眼就入了宫墙。

“哎！”龙榻上传来一声闷响，周粥被不怎么怜香惜玉地丢在了榻上，而后就看到身旁一道青色流光一闪，不见了踪影。

沈长青这厮竟是连面儿都不露一下就走了，白和他逛了这一个多时辰的街，半点儿感情都没培养出来。

周粥一撇嘴，揉着屁股爬起来，在榻上盘腿坐好，又忍不住摸出那晶莹剔透的坠子，放在手心里摩挲摆弄。

像是无聊时会盯着池塘里的鱼儿游来游去般，她的目光始终追随着这滴“本命醋”里的暗纹青光，以某种规律来回游走，最后瞧得恍惚了，似乎凭空竟多出了一角在眼前拂来拂去的青色衣袂……

凡人那点儿可怜的寿数，即便活到长命百岁，在精怪看来也不过是过眼云烟。短命之人的那些自哀自怜，想来更是入不了他们的眼。

思及此，周粥忽地轻笑起来，带着几分释然。左右在人家眼里都是朝生夕死的蜉蝣，反倒没了凡尘人世中那劳什子的长寿短命之别，那么就算她自私地“霸占”掉沈长青醋精生涯中的“弹指一瞬”，他应该也不会太在意吧？

第四章
后宫争宠多作妖

◆
◇

“哎哟，陛下您还真在寝殿啊！”

正出神间，只听得一阵“噔噔噔”的脚步声从外边传来，很快小灯子那张略显惊疑的脸就出现在了周粥面前。

“唐大人派人传话说有要事请您相商，奴才琢磨着您在青月殿内迟迟不出来……”小灯子很有艺术性地一顿，拿求知的目光瞥了眼周粥脸色，才继续道，“所以奴才就想方设法守着门，拖延到没法再拖了，才进去通报。谁知您根本不在殿内，可把奴才吓坏了！沈仙君说直接用法术送了您回来，奴才还不信——”

“哎，行了行了，别废话了。”周粥手下麻利地把坠子藏回衣服里，从榻上起身，“摆驾明玉殿吧。”

小灯子很理解他家陛下这一路那一脸的慷慨悲壮。一言不合就写奏本参人，是唐大人作为御史中丞的基本素养。仔细算来，从他在青月殿吃瘪到现在，已近两个时辰，以唐中丞那下笔如有神的惊人手速，只怕陛下此一去，只得通宵拜读了……

被小灯子以一种极其同情的目光送至殿门前时，周粥心下还存着一丝侥幸，或许唐爱卿不是找她谈沈长青的事儿，而是有别的什么紧急政务？但转

念一想，又觉得这不扯吗？真要闹出什么大晚上还得惊动帝王的大案，她早该移驾勤政殿了。

周粥抬手揉了揉已经开始胀痛的额角，张嘴吐出一口浊气，认命地推门而入，连圈子都不想兜了："唐爱卿何事要见朕？"

谁知门甫一打开，不太寻常的声响就传入了耳中。

低低的水声和屏风后氤氲而出的白色雾气般缭缭绕绕，若有似无。

那屏风是镂空雕花的，并不能完全阻隔视线，男子正背对她坐着，脊背上优雅又紧实的线条不难窥见。

门槛前的周粥不禁咽了口唾沫，手势转前推为回拉："朕方才进来时，见你那片园子打理得不错，突然想先去赏赏花……"

"陛下且慢！"

一只臂膀隔着衣料从后环住周粥腰身，将她轻松地一把带离地面，圈入了门槛之内。

随即"砰"的一声，殿门在周粥眼前被关了个严严实实。

"春日漫长，花何时不可赏？陛下何必如此心急？"唐子玉俯身到周粥耳边，顺势将另一只手也环过她的细腰，微微用了些力道。

周粥讪笑着，拿手想推开唐子玉的胳膊，却发现对方纹丝不动，只得把字音加重："有什么事儿还是都等会儿再谈吧！"

这唐子玉莫不是被沈长青气到失心疯了？还是用来吓唬朕的新手段？

周粥也不回应他，继续低头掰扯箍住自己的手臂，心里暗骂唐子玉作妖也没个尺度。他屋里常焚的淡雅沉香都沾上了几分意乱情迷，在和脑中极力维持的清明作对……

等等！这香味不对！

本就震惊于今晚唐子玉的一反常态，一定是这熏香有问题！

"唐子玉！朕命你立刻放开朕——"周粥当机立断，将自己在有限的帝王生涯中积攒的无限天威都灌注于这一声低喝。

身后之人果然被唬得怔住，双臂上的力道一松，给了周粥推开他得脱的

机会。转身一眼锁定了几案上的那尊狻猊香炉，周粥扑过去，一手捂鼻，一手拿了茶水就往上泼！

一整杯茶水把香炉浇了个“透心凉”，袅袅轻烟散了个干净。

也不知这一浇，被加进去的东西还能不能从香灰里查出来。周粥用手在半空中又扇了扇，这才伸手要去把香炉上的罩子打开，却被唐子玉从旁握住了。

“一个香炉罢了，改日再命人进来收拾便是。长夜漫漫，陛下若不喜这新香，臣再换一种可好？”

周粥眼角抽动地瞧着唐子玉牵过自己的手，平日在朝堂上多么清正严肃的一个人啊！

“唐爱卿，你都不觉得你这香不对劲吗？”周粥恨铁不成钢地抽回手，指着那香炉。

“哪里不对？”唐子玉问得漫不经心。

“这香有问题，被人动过手脚——”

不料唐子玉闻言，竟是面不改色地抬眸，勾动嘴角，慢悠悠道：“陛下口口声声唤臣爱卿，却忘了御史台最擅长的是什么。臣监察百官，靠的就是耳聪目明，所以……”

说着，他再次一步步逼近周粥：“没人敢对臣使这种不入流的伎俩，也使不了。这香药性缓和不伤身，只是稍稍愉悦身心，增进情感罢了。陛下大可放心。”

话音落下时，周粥已经被逼退到了床柱边。

疯了疯了……要说这后宫之中，谁最支持她周粥清心寡欲？那必然是唐子玉啊！他恨不得日日夜夜拿奏本荼毒她的双眼与脑瓜，又怎会突然要拉着她一道为传宗接代而浪费这一晚上的宝贵时光呢？

周粥心下一凛，眉头一蹙，当即隔着衣料握住心口前的那滴“本命醋”，扬声大喊：“沈长青，快来啊——”

一个婉转悠长的“啊”字还没收尾，青光一闪间，周粥发现自己已经被

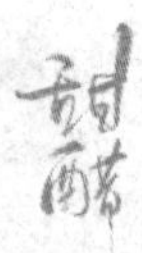

沈长青带离了床边，双腿不由得一软，很没形象地直接一屁股往后坐到了身后的几案上，顺势也把自己的半个身子都藏到了那袭青衣之后。

“怎么回事？”

沈长青拧紧了眉头，强自按捺下那股莫名的不爽，侧首问她。

“不关我的事儿……嗞！”周粥才为自己辩解了半句，就忍不住倒抽了一口冷气。

也不知怎的，沈长青周身醋香大盛，闻得她像是生嚼了个柠檬似的，觉得牙都软倒了一排，只能“哼哼哧哧”地拿手扶了腮帮子继续往下说：“你快看看他，平时不这样的！”

而另一边，唐子玉也是一时没回过神来，不太明白这沈长青是什么时候突然出现在殿内的。殿门与窗牖纹丝未动，今日守在外边的宫人他也特地叮嘱过，有人擅闯，不可能不阻拦也不通报！

莫非这家伙还真有两把刷子？

“陛下——”

混御史台的官员都深知一个道理，先声夺人，后出声则受制于人。

唐子玉飞快地调整了心态，正要开口向周粥论述帝王若耽于旁门左道，则将带来的种种祸国殃民之弊端。却不承想对面这位仙君这几日在后宫习得的乃是“多说多错”这四字真理，直接广袖一挥，被子一裹，让唐子玉登时只剩下个脑袋还露在外头。

“沈长青，在陛下面前你也敢使妖法戕害朝廷命官？快给本官松开！”唐子玉大惊，奋力想要挣脱出锦被，可任由他如何扯拽蹬踢，那被子都像一个网兜，死死地缚着他，还有点儿越是挣扎，就越裹越紧的意思。

最后唐子玉连人带被滚下了床，砸在地上发出一声闷响。

但这并不能阻挡满腔怒意的唐子玉继续把自己扑腾蠕动成了条没手没脚的大毛毛虫，嘴里还在不断叱骂：“只要本官在一天你就别想用妖术惑君！来——呜呜！”

“他行为有悖伦常。”沈长青面色淡淡地又丢了个禁言术过去，耳根清

静后，才转身对周粥道，“吾已施了法阵，三个时辰后自会消散。”

“哦……不过夜里地上凉，不如把他弄回床上吧。”周粥瞅一眼地上骂不出来又憋不回去，涨得通红满脸的唐子玉，心中不忍。

让一个御史闭嘴有多难，只有天子知道。更何况唐子玉还是统领一干御史的中丞大人呢。

“天灵地气，凡人平时难以感知。如今他有我术法在身，接点地气对他有好处。”沈长青撂下这话，连余光都吝于再给唐子玉半分，伸手把周粥搀起来，“走吧。”

大约是距离太近，没必要用传送术，沈长青是和周粥一起大大方方地从明玉殿里走出来的。小灯子一头雾水，又见自家陛下的脸色古古怪怪，便十分有眼力见地挥退了其余跟班，自己提过宫灯为两人照亮。

就是这亦步亦趋的，也不知这两位主子是打算去青月殿呢？还是一道回天子寝殿？

岔路到时，沈长青明显是要分道扬镳，却被周粥先一步用两根指头拈住了衣袖。

“还有何事？”他回头瞥她，有些诧异于这一路分明走得不紧不慢，她如何能额上渗出薄汗。

周粥冲小灯子使了个眼色，确认其退到足够远的墙根低头立着后，开口时才发现自己嗓子干得发紧：“朕觉得自己也有点儿不对劲……”

“你没有。”沈长青很笃定地回给她三个字。再病弱的帝王，都会有真龙之气护体，更何况还在皇城之内。

“唉，不是唐子玉那样的不对劲！”周粥咬唇一跺脚，在他耳边嘀嘀咕咕说了半晌，退开时又不太确定地问，“你能听懂吧？”

被她一脸忧心地望着，沈长青是又好气又好笑，仙神感大道无情，又并非没有常识。

“那就带吾去你殿中吧。吾替你解除药性。”

“朕……朕不是那个意思——”周粥双眼瞪得溜圆，没想到这来报恩的

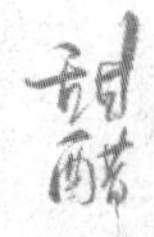

醋精居然这么具有自我献身精神。她对天发誓，自己只是单纯地想让他施个法术，或者也弄个法阵，免去宣太医的诸多尴尬，绝对没有坏心思！

沈长青哪管她想到什么意思去，懒得废话地将她一揽。小灯子就在这夜晚无人的宫道上目睹了一出灵异事件：眼见着青光一闪，两位主子就都不见了！

没提灯的手死死把自己的嘴巴捂住，小灯子两股战战地吸气呼气，呼气吸气。

“都说了是传送，没什么好大惊小怪的……不能声张，不能给陛下添乱……”

嘴巴仿佛有它自己的想法，小灯子怀揣着一颗淡定的心，胡言乱语地迈开步子，扶着宫墙，一点点往天子寝宫蹭去。

殊不知，此刻寝宫龙榻上，他家陛下也正用一种自以为淡定的脸掩盖其犹如擂鼓般怦怦作响的心跳。

“这不合适吧……”

周粥咽着唾沫，目光一瞬不瞬地盯着对面的沈长青。一点儿心理准备都没有，两人就都坐到床上来了？虽然人家是来报恩的，但她堂堂天子总不能没名没分就占了人家便宜吧？

“你也像吾这样坐好。”沈长青垂眼，似乎无声地哂笑了一下，只将膝上的衣袍理好。

“就这样，坐着就行？”周粥心中暗暗叫苦，莫非精怪间的方式就是这样？那真是种族之间的巨大鸿沟啊。

仿佛惨遭打击，周粥脸上写满了“难以接受”这四个大字。沈长青却已经平心静气地手掌向上，手背轻搭于膝上，肖然道：“抱元守一，跟着吾念。清心如水，清水即心。微风无起，波澜不惊……”

种族差异无端被冤，只是她自作多情罢了。周粥觉得双颊烧得更烫了，也不知是药性作用，还是单纯臊的。

沈长青又往下念了几句，还没等来对面人的动静，有些不满地睁眼，道：

“怎么不念？这是清心咒。”

“……朕念。”周粥羞愧地埋低了脑袋，二话不说就把自己当作了一只有口无心的应声虫。

一篇清心咒刚念完第一遍，她就发现唐子玉那点儿熏香的微末药力，果然远比不上枯燥经文的法力无边。她心头的燥热本就是若有似无，很快就消散不见了。

“再来。清心如水，清水即心。微风无起，波澜不惊……”

沈长青却像个严厉认真的夫子，唯恐学生不能全部掌握，又开始了他的第二遍谆谆教诲。估计他也不太清楚这种情况下，该把这经念多少遍为宜，总之不会是一遍。

于是周粥就这么念啊念，也不知念了多久，念到了立时三刻就能入睡的地步——

“不念了，不念了，朕要歇了，今晚谢……”

还没谢完，她身子往前一仰，就人事不省地往后砸去。

眼见她后脑勺就要撞上床柱，沈长青掌间青光一起，周粥的身子便似被什么骤然托住一般，悬停在半空，随即缓缓坐直回去。

及至沈长青将掌一收，那身子就转而没什么骨头地又往前栽进了他怀里，在并没有转醒的情况下，她还下意识地耸耸小鼻子，在他前襟用力嗅了一下。

睡着了还不安分……沈长青无奈地低叹一声，也不用法术了，亲力亲为地把人在榻上安置妥当，掩好被褥。

直起身时，他忽然若有所感地在虚空中一取一握，那卷羊皮纸就出现在其掌中。沈长青将羊皮纸展开，“服务态度”一栏原本暗淡的五颗星子轮廓被点亮了三颗。

从无到有，质的飞越，一个看起来不错的开端。

彼时的沈长青嘴角微勾，只觉复命指日可待，心情愉悦地念诀回了青月殿，还并不知道这三星是道什么样的坎……

自古以来，前廷与后宫的诸多关联都令帝王颇感头大，却又难以杜绝。

这不，次日早朝正式开始前，身为御史台中丞的唐子玉邀宠不成，反被沈氏半路截和的“丑闻”，就不知怎的传了个沸沸扬扬，直把这位当朝亚相的形象刻画得凄凄惨惨戚戚。

“唐大人仪表堂堂，也是我大周出了名的美男子，都自荐枕席了，陛下不应该啊。也不知那沈氏得是何等姿容？”

“慎言慎言，小心他查你啊……”

“本官行得正坐得端，怕什么？再说了，后宫和前朝的事儿若掺和在一起，那算是滥用监察权——”

同僚之间，有幸灾乐祸的，也有扼腕叹息的。周粥坐于明堂之上，也是一副心不在焉的模样，对阶下的唐子玉察言观色。

他还是一如既往的一张无私铁面，用板正清冷的语调狠狠参了工部尚书一个督办不力，御下无方之罪。

“钦天监已推算出今年多涝，汶河防汛的水利拖延日久，若再不竣工，只怕无法应对夏汛。汶河中下游一带县郡乃天下粮仓，良田遭大水一淹，减产饥荒随之而来，不可不重视——”

乍一看心态极稳，但眼下的那片青灰还是稍稍出卖了他。

周粥深感于唐子玉这份先公后私、爱国忧民、恪尽职守的精神品质，顺着他的话罚了工部尚书三个月俸禄，勒令其在一个月内完成水利兴修。

一来工部尚书是个标准的官场“老油条”，睁一只眼闭一只眼地和稀泥，不愿得罪人，周粥是知道的，难得借此机会敲打一番，省得养出官官相护的风气来；二来这也算是给足了唐子玉排面，免叫后宫乌龙惹得他在前廷失了威望。

散朝之后，周粥连正牌丞相都晾在一边，只特别点名唐子玉这个亚相一人随驾御书房，继续议政。

周粥没那个谈情说爱的心思，便是积极主动入了后宫的唐子玉从一开始心里想的，也就不是那么回事儿。

从唐子玉的曾祖父那辈儿起，就是御史台谏官，香火延续至今，可谓一脉相承。据说唐爷爷还指着先先帝的鼻子把人骂到狗血淋头过，很是霸气。

在先辈的影响下，唐子玉耳濡目染，小小年纪就已经深刻领悟到了谏官的精髓，加上苦学上进，很快就在年轻一辈中脱颖而出，金榜题名。初入御史台，他就凭借着惊人的记忆力与参人不打草稿的专业素养，在先帝的授意下，扳倒了先先帝时期遗留在朝中的一颗大毒瘤，查抄家财无数，把瘦小的国库充成了个大胖子。

那一年，皇太女周粥十四岁，唐子玉也才年过弱冠。

裴老丞相还不太老，领着自己那刚刚立功擢升至五品侍御史的年轻门生，参加了宫廷举办的中元宴，并在唐子玉心里种下了一颗名为“政治理想”的种子。

直到先帝病逝，周粥登基，唐子玉成为御史台主官，那颗种子才完全破土发芽。

他从周粥身上看到了明君的潜质，勤政爱民、克己自律，他决心全方位辅佐她成为青史留名的帝王。

为此，在裴老丞相的教诲下，唐子玉深入后宫，把自己摆在未来“皇夫”的位置上，以同时看顾好前廷与后宫为己任，监察朝中百官、肃清纲纪之余，也提防着某些居心不纯的小侍郎为争宠夺位，博求自家权势向周粥献媚。

在他的淫威下，整个天子后宫始终空有“佳丽”，却全是有名无实的摆设，歪打正着地合了周粥心意。对于不知内情的唐子玉来说，他只认为周粥年纪尚轻，一心朝政就挺好，不必急着开枝散叶。

因此昨夜的破例，实是万不得已。

唐子玉不信神仙妖魔之说，对周粥又素来如“老母鸡护崽”般护得紧，怎可容忍一个来历不明又颇擅旁门左道的沈长青在短短时间内把帝王迷得七荤八素？

原本他去青月殿还存了试探与观望之意，却没料到周粥会从御书房急忙

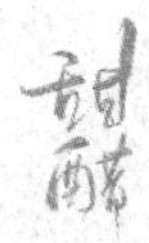

赶来替其解围，还留在殿内安抚入夜，唐子玉心中便已大感不妙。

远水救不了近火，撒出去调查沈长青的网一时半刻收不回来，就算收回来，周粥若是情根深种了，那只怕也没多大作用。

史书中不爱江山爱美人的亡国之君都可算作前车之鉴，唐子玉不敢轻忽，当夜便决定亲自出手承龙恩以分宠，想着少女情怀嘛，心性未必就定了，及时遏制苗头也许就能化解危机于无形。谁知道会出师未捷——

先气死！

“唐爱卿，你身子……还好吧？”

御书房中，周粥十分亲切地招呼唐子玉坐下，又命人看了茶后，就见他端着那茶杯死盯着并不去喝。

“谢陛下关心，臣无碍。”唐子玉这才作势抿了口茶，便把茶杯搁回了案上，主动提起昨夜之事，竟摆出了一副讨教的姿态，“就是今日早朝的那些流言，微臣听得有些糊涂。陛下昨夜去过臣那儿？”

周粥“噢”了一声，思量着顺他的话往下问：“朕其实也觉得奇怪，不知这流言是怎么传的。唐爱卿昨晚在明玉殿可有遇着什么不同寻常之事？”

唐子玉摇头，答得不假思索：“臣用过晚膳后颇有困倦，早早就沐浴更衣歇下了。”末了他又好似才突然想起什么，沉吟片刻，而后朝周粥投去一个虚心求教的诚挚目光，“要说唯独哪里不对，那便是清晨醒来时，臣发现自己竟不是睡在榻上，而是裹着被子躺在地上。陛下觉得是何故呢？”

“……可能是爱卿的睡相不好吧。”

管他是吸了太多地气真失忆，还是往事不堪回首装失忆，周粥皮笑肉不笑地下了一个不太客气的定论，想以此结束这个话题。

相互演什么的，大可不必。别记她把他搁地上的仇就成。

“原来如此。”得了这个答案，唐子玉似笑非笑地点点头，“不知陛下找臣前来，有何事要商议？”

见其大有将前篇就此揭过之意，周粥急忙从善如流地从手边翻找出一份奏表：“盐运赋税案是你们御史台的巡按最先揭发出来的，这是大理寺所呈报的审讯情况与判词，刑部正在复核案卷。若说单凭个不入流的江湖脚帮就能神不知鬼不觉地偷漏近乎三成盐赋，朕可不信。思来想去，还是再交由御史台介入重审监察吧。”

唐子玉起身，几步上前从周粥手里接下奏表，沉声道：“盐赋是块肥肉，怕是这后边牵涉利益的浑水不浅，这才有人敢私相授受，只找明面上的替罪羊点到为止。”

“把浑水滤干净，不是唐爱卿所喜欢做的事吗？”周粥笑了。

“生我者父母，知我者陛下。”

目送准备大干一场的唐子玉背影出了御书房，周粥脸上那点故作高深的笑意瞬间土崩瓦解，很没形象地往椅背上一瘫靠，吐了吐舌头，放松自己的腮帮子。

小灯子对自家陛下这臣子前一个样，臣子后又一个样的两副面孔早就习以为常，很淡定地上去添茶，顺便问了句在旁人听来莫名其妙的话：“前些日子您命奴才送去修复的古籍昨日终于得了，可要奴才替陛下取来？”

“嗯，是那本《申鉴》吧？”周粥双眼浮起某种兴奋的笑意，答得却很是矜持，“先帝在时就总说让朕好好研读此书，你快去取来吧。”

于是小灯子熟门熟路地打开墙边书柜中的某个暗格，从中取出了一卷书。从泛黄封皮上端端正正的“申鉴”二字到金镶玉的装帧都透着股正经古籍的气质。

可到了周粥手里一展开，就和这位帝王一样，露出了其不太正经的真面目。

这哪里是什么匡议帝王霸业的古书，分明是刻意做旧了外观，里头纸页上辑录精怪故事的墨迹都还泛着崭新的油光呢。

也许是从小身子弱夺去了孩子好动的天性，哪怕是后来面上好了，课业之余，周粥也只喜欢抱着民间搜罗来的精怪话本解闷，悄悄在半夜溜去那时

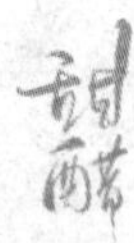

还未封王在外的小姨周琼那儿，点一支蜡烛，绘声绘色地讲。

小姨只比她大了十岁，反倒是能和周粥这个晚辈处到一块儿去。父后虽内心慈爱，却不善表达，不苟言笑，母皇又管她管得严，只有小姨能让周粥偶尔感受到一点儿该对半大孩子表现出的纵容与溺爱。

可周粥未曾想过，母皇会在盛年时病重驾崩。生怕满朝文武不服自己这个才十八九岁的新帝，她把自己所有的少年不识愁苦，都随着母皇的龙棺葬入了皇陵。从此失去退路，她只能戴上一张严肃深沉、天威莫测的面具目不斜视地前行。

幸亏啊，小灯子是一早就跟着她的，非常机灵地想出了这么个法子，替她把精怪故事誊抄在伪造的古籍卷本里，趁私下无人时对一对暗号，就能安心地摘下面具，去触摸旧日余温了。

不过这事儿不好假手他人，于是小灯子这个太监总管当得也是不容易，忙前忙后管着方方面面，背地里还得做个手艺人。因此产量不大，每月至多一本，却也能足够周粥从月头看到月尾。毕竟帝业繁忙，忙里偷闲也同样不容易……

她才读了两三个故事，书房外就传来小太监的通报声。

琼亲王到了。

周粥不慌不忙地命人将小姨请进来，随手把书一合，就大大方方地摆在了书案上，打算等谈完事儿再读几页。

“陛下朝事缠身，还能在闲余读史为鉴，果真是长大懂事了。”果然，琼亲王周琼款款步入御书房中见了个家常礼，瞥见那书就笑了。

“小姨可别打趣朕了。快坐吧。”周粥从书案后起身，亲近地拉着对方一道在旁边的八仙桌旁坐了。

等着小灯子上前看茶的工夫，周琼也不耽误地问：“陛下找臣进宫，不知所为何事？”

按照大周成例，周琼作为亲王，在西境有自己的封地昌西，无诏不得回京。但两年前她产后落下了病根，西南潮热多瘴气，气候不比中原宜人，先

帝才特许其回京休养。周琼大部分时候都离群索居在京郊一处府邸，这才能昨夜收了宫中消息，今早就至。

“有一事想请小姨帮忙。给一个人安排个体面的家世身份，不用特别显赫，只要不影响纳君就行……”周粥眯眼一笑，有点儿心虚。

“纳君？臣记得当初劝陛下纳君时，陛下可还是一脸的勉为其难。”周琼半是诧异，半是揶揄，“也不知是什么人这么大魅力能让陛下回转心思？不如和臣说说。”

“其实也没什么可说的，朕还以为小姨多少听到了点风声……”别看周粥整日叫沈长青时是仙君长仙君短地叫，旁人其实都没太当回事，昵称嘛，叫成玉皇大帝都不犯法。因此大部分人对沈长青身上那些神道的地方，要么就理解为变戏法的障眼法用得巧，要么就和唐子玉一样，认为他是个学方术的修士罢了。

周琼见她似不愿多说，也不追问，眼底一道精光在低头轻呷茶水间隐没，只笑道：“这陛下可就冤枉小姨了，亲王不在封地本就已惹人闲话了，哪里还敢胡乱刺探宫中事？”

“哎，朕不是那个意思！”周粥怕她敏感多虑，以为自己话里有话，赶忙扯开话题，“小姨想必也猜到了，得重新安排身份的人多半是不方便说由来的，但他绝不会对朕不利，小姨只管放心……”

“也罢。只要身份清白，能安分守己地待在陛下身边服侍就行——反正只是纳君，又不是封为皇夫，还是你自己中意最要紧。”周琼放下茶杯，语带宠溺，“不知陛下想何时办纳君典礼？”

“越快越好！”

“大人，琼亲王奉诏入宫，只和陛下在御书房密谈了不到一炷香的工夫，就被陛下亲自送出宫了。”

“本官知道了。”

明玉殿内，昨夜被浇的香炉已收拾妥当，重新焚起了沉香。轻烟袅袅旁，

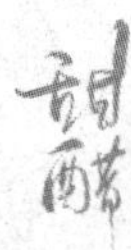

唐子玉对着一盘残局自弈，却始终找不到破局之法，有些烦躁地捏了捏眉心，挥退前来禀告的耳目。

亲王无诏不得入京，是大周的祖制。琼亲王因养病破例的这几年里，始终深居简出，十分谨慎低调，除了之前在充盈后宫一事上颇多出力，前朝事务是从不逾越妄议的。入宫也多半是因着宴饮集会，到场皇亲国戚众多，甚至有从外地专程赶来的，故此她的出席也就并不那么惹眼了。

那么唐子玉几乎可以断定，周粥忽然召见这位亲王小姨的目的为何了。

看来沈长青成为侍君，已是板上钉钉，左不过是得等些时日，等琼亲王把他的身世都编造妥当而已。

知道什么事得用什么人，至少在这点帝王之术的运用上，周粥的成长令御史中丞唐大人略感欣慰。

但身为四侍君之首的唐侍君，心里就不是那么好受了。

唉，早知今日，何必当初。管他是燕无二那个武痴还是百里墨那个怪人，好歹都是知根知底的忠良之后，随便哪个承恩得了圣心，先入为主，位分稳固，不都比那邪门的沈长青强上百倍吗？现在倒好，处处被动……

唐子玉把棋子丢回棋盒里，起身负手，来回踱了几步，思来想去，为今之计也只能找人去争宠了。

“来人，去请燕侍君来一趟。”

第五章

霸道女帝沈家郎

◆
◇

“兹有沂州名门沈家六郎，字长青，柔明而专静，端懿而惠和，深得朕心。特封侍君进内，望其宠越加而越慎，誉益显而益恭，荣膺显命，永荷嘉祥。钦此。”

纳君的册文向来名不副实，虚伪得很。比起册文里“温良恭顺”“娴静宜家”，周粥以为沈长青的这份册词，至少还有一个“静”字是贴切的。

这不，纳君典礼当晚，比起关起门来就开始上蹿下跳耍酒疯的周粥，盘膝在榻上修炼的沈长青就静多了。

“你是不是还会分身术啊？怎么变成这么多个了？”周粥踉踉跄跄地摸到床柱边，脑袋一歪，一个个点起数来，“一，二，三……”

被册封典礼的繁文缛节摆布了一天，沈长青耐性已经耗尽，心情和脸色一样不好，着实是懒开金口，只任由她在那儿瞎嘀咕。

“唔，应该只有一个是真的，其他都是假的吧？”周粥点完数，又掩着嘴咯咯傻笑了两声，像是找到了有趣的游戏，她眯起眼，松开床柱，双臂一张，“我猜是中间这个——”

话音未落，周粥对着床上的人影就是一个虎扑。

“嘶——”沈长青没防备，肩头被她脑袋狠狠一撞，竟真被她“扑倒”

在了榻上。

喝醉的人身子会不会变沉，他不知道，但这脑门八成是会变硬的。沈长青都被她撞得一蹙眉，周粥却好似全无痛感，两手胡乱扒拉着就把自己整个都挪到了他的身上，牢牢抱住他一条胳膊，还要哼哼唧唧地拿脑袋往他怀里拱。

扑面而来的淡淡脂粉香中夹了点儿花蜜的甜软，在人心头一勾，就勾起了沈长青大约两百多年前的回忆。

那时有个仙班同僚完成任务返回天庭，带了不少人间的胭脂水粉，在女仙间也流行过一阵子。那段时间的沈长青，但凡远远瞧见擦粉敷面的仙子们就都得屏息，他一挨近闻了那香就觉浑身黏腻不适，立刻就得回醋香殿沐浴，实在难以理解其有何迷人之处。

但刚刚事出突然，加上周粥平日也没涂脂抹粉的习惯，愣是害得沈长青闻了个清楚明白，还辨了辨那其中隐约夹杂的该是桂花蜜的香气。他几乎不用刻意观察就能知道，周粥常常只在御膳房准备的一大盘糕点里，单挑出桂花糕吃得最多，沐浴也用桂花瓣，想必日久年长就沾染不褪了。

或许正是有了这份天然的甜香，沈长青居然没有产生要立刻就去沐浴更衣的冲动。

"嗯？你身上的醋味好像又变浓了哎，好香……"醋劲提神醒脑，貌似把周粥的酒气也冲散了些，馋嘴似的舔了舔嘴唇，还能从他胸前把埋着的脑袋扬起来，对着他的下颌问得认真，"一会儿是老陈醋，一会儿又是白醋，还有柠檬味儿的……是你自己在控制吗？能……能随意转换不？"

沈长青闻言，却是愣了。

修道便是修心，得道成仙，便是将心境修成了一面平稳如镜的湖水。时日一久，没有哪个仙神还会着意去关注自己的心绪是否有起伏动荡，无为便无波。

自下界以来，浊气侵扰固然会让真身的特质难以完全掩盖，但气息的不断转变，却是全因心境。如果说此前不论哪次的醋香越发浓烈，都可以解释

为任务不顺导致心情烦郁，那么此时此刻呢？

分明什么都没有发生，没有不悦，没有气闷，也没有那三个不知所谓的侍君来找麻烦——

只有一个重新趴回自己心口、昏昏欲睡的周粥。

人是老实了，可她发顶那左一支右一股的发簪、金钗却不消停，在灯下明晃晃的，仿佛在沈长青的眼底也点起了一簇烛光。

老陈醋的醋香已经全然盖过了周粥身上的脂粉香与花蜜香，连本该最冲鼻的酒气都败下阵去。沈长青为自己无端的心神激荡感到无措，猛地一凛，抽出胳膊将周粥往旁边一掀，起身就要离开。

谁知周粥醉是醉了，身体反应却是乖觉得很，顺势滚下榻，一屁股坐在了榻前的脚蹬子上，紧接着眼疾手快地用极其无赖的姿势抱住了沈长青的大腿。

"……松手。"沈长青眉心一跳。

"你今日刚……刚册了侍君位，哪有大晚上跑出殿去的道理？会被人传闲话说，嗝！"周粥说到一半打了个响亮的酒嗝，然后不怀好意地抬头冲沈长青眯眼一笑，"嘿嘿——"

沈长青见她这副德行，不知突然联想到了什么，脸色骤然沉下来，从喉间溢出一声明显不悦的冷哼："既然你对纳君一事如此受用，却还向天庭许什么心愿？"

沈长青止住了，下意识觉得这并不该出自一个超然世外的上仙之口。

"我就这次喝多了点儿……你反正不是人，在人面前我不喝醉……"

周粥忽然鼻头一皱，不由自主地松开了手去捂住腮帮子，龇牙咧嘴地抱怨："你怎么又酸了？柠檬醋倒牙，你好歹变个苹果醋啊，还能……能助眠！"

他酸了吗？沈长青摆脱了束缚，从床边退开，侧对她在桌边坐下，做出一副只想落个清静，连眼角余光都欠奉的模样："吾观那唐子玉为人臣子也算忠心耿耿，真心实意，不是不能琴瑟和鸣。想闻香便去他那儿，莫再喊吾相救。如果可以的话，倒是希望你能尽早去昆仑山祭台上把之前许的愿给还了，吾也好回去交差。”

话音落下后许久，屋内果然静了。

这静很是不同寻常，没道理周粥竟不回嘴。仙神的五感敏锐至极，纵使不去看，沈长青也能知道她并未正巧醉倒昏睡过去，而是确确实实地沉默了。

而短暂的沉默过后，他听到有什么东西“吧嗒”一声砸落在衣料的缎面上。

沈长青终于忍不住侧头望去，却见周粥已经抱膝把自己蜷成了小小的一团，下颌搁在膝头上，眼泪不声不响地从眼眶里往外淌，可怜巴巴的。

“你这是为何？”沈长青双眉一拧。

周粥仿佛强忍委屈，撇着嘴，抬眸和他对视了好一会儿，才吐出几个字来：“你戳我心窝子。”

“吾何时伤你心脉？”沈长青闻言，哭笑不得，这莫非就是仙班同僚常提起的人界特色传统之一的——

碰瓷？

“能不能不要每次理解都只停留在字面意思？朕说的是精神层面的伤害！”伤心抽泣之余，周粥还不忘先鄙夷了对方的情商，才顿了顿，道，“你那天应该发现了吧？朕看起来健健康康的，其实命不久矣……”

见她两颊虽还红扑扑的，但头脑多半比之方才清醒多了，连自称都换回来了，沈长青便只低低应了声，算作承认。

“那你能看出原因吗？那些太医诊不出来，便只能说什么先天不足。朕知道自己这病不是普通的病，凡人是看不出端倪的！”周粥突然又燃起了一丝希望，或许有什么修炼之法可以改善她的情况？

她晃晃悠悠想站起来，又觉得有点儿腿软，就索性往后一靠床沿，放弃了。

“倒也能说是先天不足，你的魂魄受损，并不完整。”这算不得什么天机，沈长青没太多犹豫地将实情告知了她，也问出了那日心头的疑惑，“你幼时是否有过什么奇遇？或是遇到什么仙神相助？否则以此等残魂，寿元早该断绝，更不可能和常人无异地活到现在。”

闻言的周粥拿手背抹了抹眼泪，点了点头：“算是吧。大周皇室的先祖

也不是常人，是巫灵族人。你听说过吗？”

“略有耳闻。”沈长青倒是微讶。他在卷帙阁翻阅典籍时，偶尔一次看到过这个上古部族的记载文字，族内曾有数名大巫，能以万巫鼓为天神祝祷，与天神沟通，并受其供奉的主神庇佑。但其相关记载止于那场几乎将整个人界抹平的天地浩劫。因此他还以为巫灵族一脉也已在那次之后灭绝。

“巫灵族中有一脉大巫女周氏，她的后人创立了大周。周氏祖上有一朵灵花世代相传，据说是用来给后人保命的。”周粥拿食指指着自己的鼻梁，“朕自出生起就病弱异常，逐渐尝不出任何滋味。是母皇在朕十岁那年，从宗庙里请出了灵花续命。但那花的效果应该也不能撑太久，刚用那两年尚能恢复些味觉，但一年年过去……”

后面的话，周粥没有再继续往下说，也不需再说。

五感的衰退，与人之大限往往是息息相关的。

所以她才道沈长青这话扎心，有哪个桃李年华的女子不想寻一段浪漫缱绻的爱情？不想觅一个举案齐眉的意中人呢？纵使是该先家国大事，后儿女情长的帝王，也不至于将后宫虚设。无非是心中重情，既不可能与所爱之人相守一生，便不愿拿这短命残躯害人伤怀，也担心子嗣会和自己一样先天不足，待她过几年驾崩了，还得在比自己更小的年纪里用风雨飘摇的身体，去经受朝堂的风雨摧折——

何苦来哉？

只不过除了已故的先帝，朝野内外都只当周粥龙体很是康健。毕竟幼时多病，长大后自然而然就壮实起来的孩子也很多，并非什么怪事。为了朝局稳固，先帝病重，周粥监国时，更是把一切都瞒得滴水不漏，就连小姨周琼也是只知其一，不知其二，还道是灵花将她的体质完全改变了。

作为先帝长女，自她之下便只留有一位血脉至亲的皇弟，年岁尚小，周粥只能自承其重。

既然对谁都不能说，那么周粥便只能更封闭自己，不敢去付出与回应任何感情。与其把爱人蒙在鼓里做一个白头偕老的梦，到最终不过几载就要死别，岂不是徒为情伤？

倒不如一心帝业，没准儿还能在青史上留下两笔痕迹，也算没白来这世间走一遭。

这些千回百转、暗藏多年的心思，周粥当然不会说出口，也并不知从何说起，更不曾指望一个不懂人间事的小醋精能懂。

“灵花？”

她眼中的“小醋精”倒也确实没往这方面琢磨，只是沉吟着重复了句，思忖这三界之内可称之为“灵花”的花类仙品无数，但能强行弥补魂力，逆转寿元的，却是闻所未闻，可谓有违天道。

既然有违天道，那必然是早有人以身代之，偿还了代价……

谈不上好奇，但沈长青还是起身移了尊步，单膝支地地在周粥面前矮下身，右掌覆上她的额心。周粥倒也难得配合，只不过到底是酒劲未过，青芒大盛下也不闭眼，就直愣愣地睁着一双茫然的大眼睛瞧他。

以法力游走探查了一番，和上次的结果一样，只能感知先天魂魄残损之症，却并未探视到有什么灵花在其体内作用。沈长青抿唇收了手，对上周粥的那双眸子，或许是还带着泪光的缘故，显得格外澄亮稚气，心底一时间竟生出愧歉之意。

“可能是吾位列仙班时日不久，才不知那灵花来历。待此间事了，吾回天庭复命时，可替你问问有无同僚知道此花……”

“所以就是没戏了吧？”周粥苦笑，也不清楚自己为什么对沈长青这么了解。

他若是含讥带诮地讽刺她一两句“巫灵族的传家宝也没什么了不起”“寿元岂是凡人自己可以预料”之类的话，那没准儿这世间还真能再找着那么一两朵能给她续命的灵花，好歹能让她活到年过半百。

可他现在浅浅地蹙着眉，却把语气放得那么柔，语调放得那么缓，看似说着颇有希望之词，但周粥明白那便是彻底没机会了。

被周粥这么毫不含糊地揭穿，沈长青没能去反思自己的言辞拙劣在哪儿，只是透过她此刻因醉酒而绯红的双颊，仿佛望见了今后会出现在那上边的苍白病色，在心底陡然涌起一股强烈而深沉的悲哀，分明全然陌生，又似已暌违千载。

这已是他今夜第二次凛然心惊。

周粥却不管他在想什么，酒劲一阵阵上头，就福至心灵地扒拉住了他的袖子，没头没尾地来了一句："不过朕觉得你可以——"

"什么？"沈长青下意识问。

"朕觉得可以喜欢你，也可以和你生个皇太女！"

屋内有片刻死寂，之后就是沈长青又重又急的呛咳声："咳！咳咳咳……"也不知是惊的、恼的、憋的，还是臊的，总之比起周粥，他那脸、那脖子，还有那耳根子，倒更像是喝醉酒的那一个。

这么大动静，自然也惊动了天庭月老殿中正透过姻缘镜边吃瓜，边实时欣赏世间痴男怨女故事的月老。被他随手摆在一旁的问卷突然星芒大盛，业务能力的满意度噌噌上涨，竟有爆表之势，搞得姻缘镜都受了干扰——

"这真是好戏刚开始呢……"

月老把一双绿豆眼睁成了蚕豆大小，起身走到那问卷前，似是不满又似是惊叹地连连啧啧，抓了一把红线，把那问卷来了个"五花大捆"，姻缘镜上的画面这才恢复，只不过还是受其感应，把频道自动切换到了下界持卷的沈长青那里……

只见他咳完之后，两指一并划过袖间，索性把半截袖子留给了周粥，好像是生怕拽袖子时还得拉拉扯扯，失了清白，给对方以可临幸之机。

刺啦一声，沈长青又退回了桌边，才勉强维持镇定道："你好歹也是真龙天子！休得这样胡言乱语！"

而周粥则是低头瞅着自己手里的半截袖子，开始酝酿情绪。

话本里都说半人半妖的孩子往往是逆天的存在，即便她的妖怪爹仅仅是一只字面意义与实际意义上的弱鸡，这混血的孩子都能变成一只捉鸡的鹰。那么以此类推，周粥觉得自己和沈长青的孩子应该能免于先天不足，说不定还可能拥有极强的体质和法术。

可她好不容易酒后吐了真言，并想顺便鼓起勇气，再酒后乱一下那什么，倒是没想到这醋精还不乐意了！

“是啊，就没见过这么惨的真龙天子，短命不说，从小到大也不敢喜欢谁，现在好不容易看上个来报恩的醋精，结果人家不肯从……生无可恋啊……”

说着说着，她仿佛悲从中来。

沈长青听得头疼，闭眼狠狠按了按自己的眉心，陷入了他五百年仙生中的第一次进退两难：进吧，难免被得寸进尺；退吧，又怕服务态度拿不到五星。

周粥其实也很尴尬，原本是干号没眼泪才挡了这袖子，现在对方不上钩不心软，她只好再接再厉地做戏。可哭着哭着，她突然发现原来自己是真的想哭……

真戏假做，才能肆无忌惮。

这个念头一旦冒出来就止不住，母皇病重敌国虎视眈眈那年她不能哭，第一次面对大小政务全无头绪时她不能哭，母皇驾鹤西去那晚她不能哭，察觉到味觉再次严重衰退时她也不能哭——

现在她终于找到了一个无足轻重的、哭一哭也无妨的理由。

她心思一转反倒噤了声，只有偶尔几声呜咽与抽泣传入沈长青耳中。

世间的真真假假有时并不全然相悖，也不必太过计较。沈长青抿唇垂眼，凝视着再次把自己缩成一团的周粥，抬手一挥，珠钗、玉冠便都从她发间消失，安静地在墙角的梳妆台面上整齐排开。

哭已经很累了，何必再顶着满脑袋沉甸甸的身外之物，不得解脱？

周粥肩头的颤动极短暂地顿住片刻，却没有抬眼看他，只是把脸往那片袖间埋得更深了……

红烛又燃去了半寸，呜咽声也渐歇了，周粥终于在酒力与疲倦的作用下

昏沉睡去。在桌边守了上半宿的沈长青这才走到榻前，俯身将她抱上床安置。

被她攥在手里的那片袖子上泪痕深深浅浅，皱巴巴的早不成样子了。略一犹豫，沈长青还是施了个法将半截袖子又变得干干净净，接回自己的衣上，算是帮这位趁机哭哭啼啼的大周天子“毁尸灭迹”了。

替她掩好被子，沈长青屈指一弹便熄去了灯烛。

明澈的月光替代了莹然的烛火，殿内暗下来，他在床边坐下，感到身后的人好像在不老实地摆弄被子，侧头瞥去，瞧见周粥在睡梦中把被头拉高遮住了下半张脸，只露出眉眼和一小截弧度柔和的鼻梁，然后又往床里头滚了一圈，用被子把自己裹了个严实，才彻底不动弹了。

眼梢微微眯起些许笑意，沈长青重新收回视线，望向窗外的天色。

人心何其复杂？平日里再怎么显得张牙舞爪的人，竟也会藏着一颗敏感、细腻又脆弱的心。

下半宿仍是无眠，沈长青数不清自己和周粥的被子大战了多少个回合，才想起卷帙阁里也有些卷集专门记载那些一看就非常无聊、无用且无赖的“三无”小法术，其中有一种不太入流的追踪术，名叫“死缠烂打”，很不高明，但用在周粥的被子上就正合适，踢不开也扯不掉。

直到曙河低垂，沈长青才得以闭目潜心修习。

他并不知道，当自己的侧影在晨曦中成为周粥醒来映入眼帘的第一抹翠色时，这位大周天子就决心要拿出为君者最宽厚的胸襟，不仅要原谅她那不知天高地厚的沈侍君，还要动之以情，死缠烂打，将其拿下——

痛定思痛的周粥，很快就制定好了一系列博君一笑的方案。

周粥觉得在体贴入微间不经意地展现个人实力很重要。

于是，某年某月某日，清晨。

沈长青在酸爽无比的气味刺激下醒来，连打了好几个喷嚏，冲出殿门，一看院内，大大小小近百十缸子的醋堆叠成山，后面还有十来个小太监一手捏着鼻子，一手拿蒲扇使劲地往殿门方向扇风。

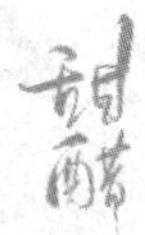

“怎么样？这可是朕命人从大周各地收集来的好醋。”全副武装裹着面巾的周粥从旁边冒出来，眼里全是邀功请赏的自得，“有没有觉得很亲切，仿佛回到了家乡？到处都是亲人的气息——”

说着，她还作势用双手在空中一捧，就如同掬起了一捧母亲水、一把故乡土，全没有在意沈长青的眼神。

“吾没有这种亲人。”

青衣仙君的掌心翻覆间，满院子的醋缸瞬间消失不见，各回各家了。

小太监们如蒙大赦，周粥则是如遭雷劈。

“这可是朕为你打下的醋山啊——”

“大可不必。”

又某年某月某日，晌午，饭后。

就“开胃菜”一事，两人在纳君当夜就达成了和平共识，每到用膳时分，周粥还是会风雨无阻地出现在青月殿，由沈侍君割让出半截袖子给周粥当围领那么系着，那醋香就在鼻间，足够她下一顿饭了。

饭后，青色火苗一蹿，旧袖子没起一点烟尘地就告别世间，很是方便。

可惜才消停了三五天，这日沈长青本是要照例送客后就去闭门修炼，周粥却先一步抢到了床榻边，在床柱边倚出了一个看起来仿佛刚安上四肢的“婀娜”姿态，冲他抛出一个媚眼：“沈侍君，一人修炼多没意思？不如试试和朕双修？”

“你一不是修士，二不在仙神妖鬼精灵魔这数道之内，有什么可修的？”沈长青径直越过她身边，盘膝坐到了榻上。

眼见他即将老僧入定，周粥也顾不上拗造型了，赶紧扑过去据理力争：“那朕是上古巫灵族后人啊！还能比现在那些修士差了？”

“巫灵族以祝由术立足，能沟通天神是源于与生俱来的强大精神力，后天修不来也不必修。莫要胡搅蛮缠。”沈长青懒懒地半掀着眼皮，几乎觉得她该修一修的是脑子。

“对——”周粥被气笑了，索性直起身，抱臂斜睨他，“是朕胡搅蛮缠。也不知是谁啊，扯谎说什么自己是下凡来帮朕解决后宫吃醋问题的，结果到现在一个多月过去了，也没见有什么进展，就这么不明不白地赖在宫里白吃白喝了。”她是不信这说辞，但这醋精好面子啊，非要装上仙寻理由，留在自己身边，那就得被她用这套说辞拿捏得死死的。

“吾从未吃你的喝你的。”

回忆起这几日在燕无二与唐子玉那里吃到的闭门羹，和找百里墨交流的鸡同鸭讲，徒劳无功之感深深地刺痛了沈长青。他皱了皱眉，月余的摸爬滚打，学会了避重就轻。

“那……那这榻总是朕的吧？你住——”周粥一噎，随即弯腰用力地拍了拍床板。

谁知她话还没说完，沈长青已然稳坐腾空，距离床板两寸有余。

“干得漂亮。”见状，周粥从牙缝里挤出四个字来，这怕不是传说中的“恃宠而骄”，她可不能惯着！

在心里狠狠鄙夷了沈长青的恶劣态度，周粥转身就要走，身后的沈长青却忽然主动挽留：“你等等——”

“怎么？”

周粥尽量拖出一个傲慢而矜持的尾音，也不回头，错失了沈仙君此刻尤为“精彩”的面部表情。

调查问卷会忽然对自己发出满意度暴跌预警，是沈长青万万没想到的。

匆忙感应之下，他发现是“服务态度”一项出了问题，月老居然设置了倒扣一星的功能，体现为原本仅是虚线勾勒的星形轮廓整颗变黑。

于是周粥就在自己并不知情的情况下，捏住了这位上仙的“命门”，逼得他只好“就范”。

“你真想和吾双修？”沈长青也不和她对着干了，忍辱负重地重新落回榻上，连询问都比平日格外平和，端正态度嘛，先从语气语调做起。

周粥听了，心却猛地跳漏了一拍，没想到这沈长青也没多少节操，倒弄得她有些措手不及了。

毕竟这也是她昨晚好不容易批阅完奏折，临睡前偷看志怪话本时仓促起的意。

到了关键时刻，妖怪应该会控制不住地露出原形吧？那醋精岂不是会化成一摊醋？但这行不通吧？变成醋了那还怎么修？

天马行空，胡乱想象的周粥一时间忘了答他。沈长青见她似乎犹豫了，当即抓住机会晓之以理，麻烦能省则省:“你想清楚了再决定，可能会很疼。”

腾的一下，周粥的脸彻底红了，刚才那些胡思乱想都被抛在了一边，扭扭捏捏地转过身，眼神都不知道往哪儿放，虽不敢瞧那袭青影，嘴上却已冲动地回了句。

“你温柔点不就好了嘛——”

“……如你所愿。”

满心欢喜地入了帘幔，周粥特别配合地按照沈长青说的一步一步来，最后发现这动作套路有点熟悉，像极了念清心咒的那一晚……

她脸上的笑容还没有完全消失，沈长青已经执起她的双手，将掌一对，将气注入了周粥体内。

“啊啊啊——”周粥登时痛得吱哇乱叫，想缩回手却动弹不得，“沈长青你是不是故意报复我？”

“不是。”沈长青挑眉，“人有四海，分别为气海、血海、水谷之海与髓海，修行时便是将自身的气汇集贯注，游走于周身各大经脉，将四海充盈。双修的精要就在于融修行双方之气，运行其间，更会充沛，从而达到自过其度的目的。你此前并不懂气，经脉从没锻炼过，故而吾才贯注些许，你便感疼痛。”

忍着痛听完了他的长篇大论，周粥只觉得身心俱疲，眼泪掉下来：“那朕现在不想双修了，你给朕停下！”

“双修一旦开始，就必须至少要让气在体内运行一个大小周天，否则会受暗伤。”沈长青表示爱莫能助，然后语重心长地又补充了句，“忍忍吧。

其实这延展一下经脉，对你身体也是有益处的。”

“朕现在只想放弃治疗——”周粥咬牙切齿地翻了个白眼。

她低吟着艰难地翻了个身，萎靡不振地眯起眼，看到沈长青特别风姿绰约地一敛衣袍从榻上起了身，神清气爽的模样，不知道的还以为她是刚被这醋精吸干了身上的精气，才对比如此鲜明。

“如何？”

沈长青也不屑绕弯子，一心想挽救满意度问卷上的“服务态度”评星。

“哈哈哈……”周粥没忍住笑出声来，可一笑吧，又扯着腰腹酸痛得紧，直到在床上缩成了一只煮熟虾子的模样，这才抿唇收了声，只是偏不肯说出“满意”二字，勉为其难地道了声，“还行吧。”

沈长青急忙用意识窥探了一下问卷的情况，这“还行吧”总算是抵消了倒欠一颗星的状态，让一切回到了原点。

“那明日还双修吗？”他想了想，觉得为服务对象提供除本次任务之外的额外服务，大概是提升服务态度星级的有效办法之一，便又问了一次。

“大可不必！”

周粥觉得自己输就输在了不了解上面，还是该整点儿他们人间的东西——

于是，又某年某月某日，夜幕四合，在青月殿内放下筷子的周粥觉得是时候开展“爱的教育”了。

纳君已有月余，她天天往青月殿跑，学着话本里那些美女蛇撩白面书生的桥段，媚眼都抛到眼皮抽筋了也不管用。昨儿个更是豁出去了脸皮，装喝醉腿软，直接一屁股坐到了沈长青的腿上，可这家伙竟也坐怀不乱，任由她坐着，还很淡定地给她夹菜，跟给腿上趴着的一只小猫咪喂小鱼干的神色没区别！

那一刻，周粥意识到，对方是根本不会啊！

这也不怪他，毕竟只是个五百年的小醋精，修行不足，见识也没到位。

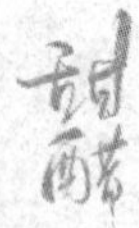

周粥这才想起了那本被束之高阁的画册，翻出来给沈长青启蒙启蒙。

“所以你从前看过？也这么用过？”

几息之后，沈长青那仿佛打翻了颜料盘子的脸总算恢复如常，没什么语气，不答反问。

“看是看过，但还没用过。”周粥发现这醋精的接受和学习能力挺强啊，这么几眼看下来就面不改色了。

哼，食色性也，古人诚不我欺。

“为什么？”沈长青低着头也不看她。

“之前用不上啊！你又不是不知道——哎哎哎，你干吗？”

周粥的话音未落，只见沈长青指尖已燃起了青焰，火舌舔舐纸页，眨眼间那画册就灰飞烟灭了！

“既然用不上，不如烧了。”沈长青理所当然地摊开手。

“都说了只是之前用不上——”这简直就是揣着明白装糊涂，故意断章取义，周粥气不打一处来。

周粥突然压住他的袖子，身子又顺势俯低了些，死死地盯住他：“朕——朕这次是认真的！朕知道你看懂了！”

沈长青叹了口气，眼梢却藏了些许无奈的笑意：“吾亦说过吾此行下凡之务为何，快起来，莫要再胡闹。”

“谁信你那套！”周粥压根儿没听进去，只是自顾自地谴责他的不厚道，“而且你最近的态度，就好像想回应朕，又好像不想……也不知道你心里在想什么，嘴里没半句实话！才来人间多久啊，就学坏了——”

沈长青被她这么一说，却也有些理亏。

毕竟是他瞒着有满意度问卷这事儿在先，就怕她若知道了，他这命门会被她掐住吃得死死的。因此，他这些日子的表现，放在周粥眼里来看，自然就是忽冷忽热，若即若离，嘴里说着没兴趣，行动上又藕断丝连，拖泥带水，倒还真像是玩弄感情的骗子。

“其实……”

犹豫再三，沈长青正打算与她摊开了明说，外间却陡然响起了一阵急促的叩门声。

“哎！”

周粥正全神贯注呢，冷不防吓了一跳，胳膊一时没撑稳，手滑间整个人就跌了下去，好在沈长青眼疾手快把她揽住翻了个身，阻止了她把鼻梁往他下颌上撞。

天旋地转过后，四周暗下来，光线被沈长青的身躯挡住了大半。周粥微启着唇喘气，怔然地回视那双幽邃的深眸，醋香里竟似掺进了陈年的佳酿，闻得她熏然失神，不久前共赏过的纸上春色突然在脑海中变得生动旖旎起来，似乎幻化出了自己与眼前人的耳鬓厮磨。

“扑通扑通——”

胸腔里每一次过重的心跳都好像要超过负荷，然后在下一刻承受不了地骤然停止。周粥知道这是大好的机会，趁机占沈长青的便宜怎么都不亏。可肉到嘴边，她又忽然觉得自己的牙口还不够利索，不敢去咬了……

正当她紧张到开始屏息时，小灯子硬着头皮适时出声。

“陛下？陛下恕罪，实在是燕鸣殿那边有急信儿，说是燕侍君练武把自己伤着了，无论如何请您过去一趟呢——”

“咳！”下意识憋住的那口气堵在嗓子眼里呛了一下，周粥这才回过神来，一把推开沈长青爬起来，扬声问，“传太医了没？情况怎么样？”

“传了传了，就是燕侍君不肯上药……”

不肯上药？阿燕不像无理取闹的人啊。周粥此刻是满腔纷乱的心绪，一半装着纳闷，一半装着外强中干的心虚，战术性嘴硬。

“事……事出突然，没办法……朕去看看——”

丢下这句话，她愣是没敢再多往榻上瞧一眼，就踩着某人的一声轻笑，逃也似的几大步出了殿。

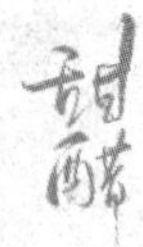

第六章

后宫争宠大乱斗

◆
◇

堂堂天子临幸个侍君竟闹了个临阵脱逃，周粥起驾赶往燕鸣殿的一路上都在心里暗骂自己没出息。

好在燕无二伤得是时候，偏巧给她递了个台阶，否则她今后还怎么抬起头来做人？

对待有功的伤员，必须赏赐点什么。周粥想到这儿，总算记起了那晚让沈长青带自己偷溜出宫时，可不止买了面人，便叫来小灯子吩咐了两句。小灯子应了一声，就独自改道折去寝宫了。

其余宫人抬着步辇继续往燕鸣殿赶，比起青月殿平日里冷清得就像个修仙的道观，燕鸣殿倒是门庭若市，来燕无二这里串门的大内侍卫总不在少数。

尽管燕无二这人常年对侍卫们的武艺挑三拣四，训练严苛，但也是真心没什么架子，公务之外，混在一起时大家就都是兄弟。尤其是入夜后轮班巡逻的，他都会让换下岗的兄弟们到自己的宫里休息，吃点小厨房里现做出来的热食。所以这会子听说他出事，除了必须坚守岗位的，剩下的都扎堆地堵在门口想来送爱心，送温暖。

小灯子不在，还有他带出来的小跟班在，远远地见一众人喧哗无状，就开始清嗓子蓄力，毕竟难得能轮到他喊声“陛下驾到”。

谁知周粥先抬手阻止了他，倒是门里望眼欲穿的侍卫们乖觉得很，齐刷刷转过身来，对下了辇的周粥行礼：“参见陛下——”

“平身吧。受伤之人需要静养，你们莫要在此围着，都散了吧。”虽然心头刚刚历经了大风大浪，但周粥在外人面前还是精准拿捏着自己肃然持重、不苟言笑的帝王风范，不露丝毫破绽。

天子发话了，一干侍卫也不敢再闹腾了，嚷嚷着要进去帮燕无二上药的人，转瞬便作鸟兽散。

周粥步入殿内，见冯老太医不在内室里，反倒是一副被赶到外间来的郁闷模样，不由得沉声问道：“发生何事？燕统领为何不肯上药？他伤情如何？”

鬓白的冯老太医先是拢袖拜见了皇帝，这才开始抱怨病患的不配合：“伤得倒是不重，就是腰扭了，只要用微臣配制的药油在痛处揉开至发热后，卧床静养两三日便可痊愈。可燕侍君愣是不肯，说什么男女有别。哎哟，医者面前本就不分男女，更何况微臣已在后宫伺候多年，都这把岁数了还有什么可避嫌的——”

“咳……”周粥攥拳抵在唇边咳嗽了一声，掩饰差点儿没憋住的笑，想了想就道，“既然如此，今夜宫中可有其他太医当值？”

冯老太医自然知道她什么意思，连连摇头：“微臣早就提了，让纪太医来给他上药，可他也说不行！”

周粥沉默片刻，还是决定放过这个可怜人，伸手过去：“你们都退下，朕单独和燕统领说几句话。”

“是。”

屋内人边应着边退了出去，已赶过来的小灯子顺手把门带上。周粥将两本书卷握在手里，就转进了内室。里头燕无二只着中衣趴在榻上，脸半埋在枕头里不动弹，唯独搭在枕头侧边的手指有点儿神经质地抠着上面的绣纹。

一罐打开的药油摆在床头，气味还挺冲，周粥走近时不自觉地皱了下眉，竟觉得舌尖也尝到了些许这药油的怪味。

大概刚刚她和她的“开胃醋”近距离接触的时间太长，所以这次味觉稍

有恢复的时间也偏长。

“阿燕？”稍微适应了一下这气味，周粥才搬过凳子来坐到床前，“你不会睡着了吧？”

燕无二闷闷的声音从枕头里传来：“没，属下就是觉得没脸见陛下。技不如人就罢了，自个儿练功还能把腰闪了，打扰了陛下休息……”

“扑哧！你小时候哪种糗样朕没见过？”周粥好笑，探身大力地拍了拍他的肩膀，“这天色也尚早，朕没睡呢，就当活动一下筋骨！来，朕给你上药——”

说着，她手一路往下就要去撩他衣摆，惊得燕无二一个挺身翻起避开：“不行！”

“你这腰……”挺灵活啊。周粥的手还停在半空，一脸狐疑。

“啊！”燕无二也是一愣，随即像反应慢了半拍，才感到疼似的，赶忙扶着腰重新趴回去，龇牙咧嘴地抽了几口气。

周粥也不疑有他，边帮他垫枕头边念叨：“你都疼成这样了还不让人抹药油？不怕留下病根？真想撂挑子不干了？”

“属下不敢，属下想要回之前交的那封请辞奏本……”燕无二又把脸挡到了枕头后边，语调怯生生的，活脱脱一个委委屈屈的小相公模样。

“朕早给你烧了！”周粥挑眉，“知道你舍不得朕，朕也舍不得你。”

这简简单单的一句话，却把燕无二给感动坏了，当即扑腾着双手一握周粥的手，表忠心：“陛下放心！属下以后再也不会像之前那样不懂事了，就像唐侍君说的那样，要白天做白天的事，晚上做晚上的事，不分昼夜地守护陛下一辈子——”

这唐子玉都教了他一些什么啊？怪不正经的。周粥干笑着抽出手，安抚地拍了拍他的手背：“好了，别乱动，腰又不痛了？”

“……痛……痛的！”燕无二手一僵，赶紧又老实趴好。

“行了，别废话，给你擦完药朕也好回去休息。”周粥起身拿过药油，往掌心里倒了一点儿边搓边催他，“自己把衣服掀起来，小时候又不是没给

你上过药，害什么臊？”

这回燕无二没再拒绝，“哦”了一声，就红着耳根子把衣摆撩开，露出一截肌肉紧实有力的腰，一看就是武人的，每一根肌肉线条都蕴藏着爆发力。

“你忍忍别乱动啊。”

“是……”

周粥回忆了一下多年前给其擦药油的手法，控制着力道开始给他推按。

药油的作用使得掌心熨帖到肌肤上的热度更加滚烫，燕无二的肌肉瞬间绷紧，又怕自己这么硬邦邦的，周粥推按不动要吃力受累，又忙强迫自己把身体放松下来。

一滴汗从额角滑落，如同有人不合时宜地在季春的屋里生起了孟冬的炭火，燕无二也没多想就问了句：“陛下您热吗？”

“这才没活动两下呢，热什么？又不是夏天。”周粥不以为意，找回了手感，推按得很顺了。

结果隔了一会儿，燕无二突然又支支吾吾地冒出一句：“其实我的腰也不是很痛……陛下还是别揉了，明天该手酸了。”

周粥手下一顿，凭借着多年对燕无二的了解，觉得今晚他有些不对劲，于是问：“阿燕，你是不是有别的心事？”

“没有，没有！”燕无二矢口否认，还想撑起身回头让对方看到他真诚的目光。

“都说了别乱动！”周粥在他腰上不轻不重地掴了一下，把人又拍老实了，“没有就没有，你激动什么？”

这之后，燕无二也不敢再说话了，唯恐多说多错，连后脑勺都是心虚的模样。周粥也不戳破，左右从小到大的情谊，就算真瞒着她什么想必也是无伤大雅的事儿。

“差不多了。你好好休息，这几天不准再练功了，知道没？”

一炷香后，周粥额上发了一层薄薄细汗，抬手给自己扇了扇风，走回床头捞起那两本书丢到燕无二枕头边：“对了，要是无聊你就用这个打发时间

吧。”

又被人塞了两本书的燕无二眼神飘忽，也不知想到哪儿去了，磨磨蹭蹭扒拉过来一瞥，居然松了一口气。

这明显只是两本很单纯的武功秘籍。

“这秘籍陛下从哪儿得来的？”

“那天看你大受打击，心情那么低落，就想让你多看点儿武功秘籍，体会一下这天下之大，无奇不有，也就想开了——”周粥当然不能直言自己靠着沈长青施法偷溜出宫过一个多时辰，只能把功劳让给了小灯子，“所以差了小灯子出宫去淘换两本来，也不知道他眼光怎么样，你就凑合看吧。”

谁知燕无二听了，瞬间从床上坐了起来，眼眶发红，几乎要流下悔恨的泪水。

“陛下对我这么好，用心良苦，我却还……是我骗了陛下——”

“唉，都说帝王薄情，只闻新人笑，不闻旧人哭。咱们陛下还是不错的，青梅竹马的一点小伤，就让她离了新人的温柔乡赶过去了，真想知道沈侍君当时是什么表情……”

此刻相隔不远的明玉殿内，能坐着绝不站着，能躺着绝不坐着的百里墨，正懒懒地卧在一张美人榻上，手里把玩着一颗白森森的头骨，还能一心二用地与正在自弈的唐子玉搭上几句话。

“你别看陛下平日不显，实则却是个重情之人，因此她爱护百姓也是出自真心，而非仅仅将仁政爱民当作是巩固皇权社稷的一种手段。盛世之下，遇到这样的仁君，是为人臣子之幸。”唐子玉神色郑重地落下一子。

“唐中丞这话怎么不早几日当着陛下的面夸？没准儿龙心大悦，哪里还用得着对燕无二那个榆木疙瘩耳提面命？”

唐子玉挑眉，不理他的取笑：“燕侍君能举一反三，结合自身情况运用，也不枉费本官一番苦心。”

“啧，真是人不可貌相啊。还以为他一点儿心眼都不会耍呢。”百里墨

的右手举酸了，又把头骨换到左手，一副看好戏的口吻，“不过惹得陛下怜惜才是第一步，真想长期与沈长青分庭抗礼，恐怕没那么容易。”

“不是还有你我吗？”唐子玉淡笑着，抬眸看他。

百里墨似乎有点感兴趣，随意地屈腿坐起来，痞里痞气地扬眉问：“联手啊？有什么好处？”

闻言的唐子玉却忽地脸色一肃，落下手中棋子，正襟危坐道：“如今有人试图祸君误国，无论是出于前廷臣子之忠，还是后宫侍奉之情，你身为侍君之一都理应挺身而出，济拔颠危，匡扶社稷，而不是计较个人得失，置——”

“停停停！”

眼见这位御史中丞大人眨眼就切换到了朝堂模式，百里墨吃不消地把头骨往自己脸上一挡：“我争，您可别念了！”

“嗯。那你有什么想法？”

唐子玉何许人也？自然不可能令他轻易糊弄了事。

“知道死人头骨那么多，我为什么独宠这一颗吗？”百里墨却答非所问，起身走到唐子玉面前，把自己手里的玩意儿往他眼前晃了晃。

廊外宫灯的烛光穿过黑洞洞的两只眼眶透进来，唐子玉装作起身去取新茶来，不着痕迹地避开了：“为何？”他实在是看不得这些东西，夜里容易做噩梦。

百里墨轻笑一声，也不知有没有看穿他的举动，将头骨举到眼前，转到正面，深情地凝视那并不存在的双眼：“因为那么多死人里，这颗头骨的骨骼结构和陛下的最像——看到它，我就仿佛看到了陛下，日日思卿，难解相思之苦啊。”

画面感有了，唐子玉手里的茶饼都给惊掉了，开始怀疑沈长青和百里墨究竟哪个更可怕？

“哈哈哈哈——”片刻的死寂过后，他身后的百里墨突然爆发出上气不接下气的笑声，凑到唐子玉身边指给他看，“开玩笑的，你看这头骨粗大，

骨质厚，骨面粗糙，前额倾斜，眉弓显著，很明显就是个男人的。”

唐子玉忍着有失体统的骂人冲动，目不斜视地只盯着百里墨，而不去看他脑袋边的那颗头骨：“所以呢？”

“所以我刚就是打个比方。仵作嘛，不管是说案还是谈情，当然都得用仵作的办法了——”百里墨眨眨他无辜的眼睛企图获得原谅，结果当然是被毫不留情地赶出了殿外。

在关门前，唐子玉远远望见了宫道上数盏宫灯伴在圣驾的步辇两侧缓缓移动，意识到燕无二果然还是没能留住周粥夜宿，不由得发出饱经沧桑的一叹。

一个两个都靠不住，最后还是得靠自己啊……

风起于青萍之末，那晚燕侍君习武受伤，天子离青月殿奔燕鸣殿之事，仿佛是吹响了什么鼓舞人心的号角。一场独属于后宫男人之间的较量，在周粥这个当事人还未察觉的情况下，就这么悄然拉开了序幕……

继燕无二之后最先出手的，是以仵作独有方式向周粥大献殷勤的百里墨。他可不像燕无二那么脸皮薄，撒个谎也没憋住，得了两本不知所云的武林秘籍就全盘招了。此君完全本着“存在感都是靠自找”的理念，渗透帝王生活的方方面面。

起初，周粥发现御膳中的整条鱼不带一根刺儿，每一只虾的虾线都被挑得干干净净时，还道是沈长青的手笔。毕竟从那晚过后，她就注意到生活细节中的“不太对劲”。比如熬夜批折子忘记喝的茶居然还和端上来时一样温热；又比如砚台里的墨汁似乎变得取之不尽用之不竭，连开口唤小灯子来磨墨的嘴皮子工夫都省了；再比如，睡觉时无论怎么蹬的被子，醒来都还在身上盖得严严实实。尽管起夜喝水或是如厕时，床上有条被子会半立起来对自己虎视眈眈的感觉，有点儿诡异……

如果说前两样是有宫人趁自己不注意，备得仔细，那被子会盯梢这种事儿就只有法术才能解释了。于是周粥在大胆推测，小心求证之后，便断定了

是住在青月殿里的那位“田螺醋精”在背后默默付出，不求回报。

嘴上说着不爱，身体却很诚实嘛。

登基为帝，受万人敬仰前，周粥就已是距天子一步之遥的皇太女，或真情或假意，从不会缺少旁人的瞩目。百里墨关切她，起于知遇之恩；唐子玉辅佐她，始于君臣之义；燕无二陪伴她，缘于竹马之谊……

唯独沈长青特别，说是来报恩的吧，但对待她又着实没半分对待恩公的样子，态度也不怎么恭敬，有时比她这个天子还像天子。可他偏又存了那么些遮遮掩掩的关心，寒潭般的眸子望过来时竟偶尔会流露出一丝忧怜。

这种关心，于周粥而言，是一种截然不同的体验，不掺杂其他感情，无关乎身份地位，只当她是个有血有肉的人。饶是从前再怎么把一颗心压抑着不过分跳动，也不禁蜜意暗生，便更常去招惹他，哪怕只是在他盘膝修炼时戳他衣襟，换一个十分嫌弃的眼神，也挡不住这陌生又幼稚的欢喜。

像极了学堂里的孩子喜欢哪个玩伴，便总要去揪一揪对方的头发。

谁知这日周粥随口感叹这法术就是好使，连鲫鱼的鱼刺都能挑干净，沈长青却是听得一脸不知情的莫名，一问之下，只承认了其他三样确实是他做的。要一位仙君去留心一个凡人日常生活中有哪些细节可能不便，也不是一个简单的课题，沈长青能在短时间内找出三样来已是不易，御膳方面暂时并未想到。

“这样啊，那难道是御膳房招新人了？”周粥于是摸摸下巴，把小灯子叫进来吩咐了几句，让他去御膳房跑一趟，赐点赏下去。

等小灯子走远了，周粥才心念一转，又笑盈盈地半转过身子，托腮看向沈长青，半开玩笑地问道：“沈仙君最近也辛苦了，不知想要什么赏赐呀？”

沈长青登时福至心灵，以为机会到了：“吾用不上那些身外之物，讨一言便是。”

“讨一言？”

“嗯。”沈长青颔首，直视她忽闪忽闪的双眼，一本正经地提了要求，

“吾要你说，你很满意吾。”

这是什么土味情话？反向表白？周粥不敢置信地睁大了眼，差点儿就要喜形于色了。

“说你很满意吾。”而沈长青则是生怕她反悔，催促似的紧盯着她，加重语气又重复了一遍。

“你……”心跳又有点不受控制地加速，周粥下意识隔着衣襟攥住了那滴本命醋，直觉告诉她这绝不会是什么单纯的闺房情趣，便谨慎且矜持地打了个折扣，“还算勉强满意吧。”

这么一勉强，原本的五星好评又折成了三星。

沈长青感知到了，郁闷地拧了眉头，还想再开口争取一下，小灯子已经回来复命了。

“陛下，御膳房说没来新人。那些鱼虾都是百里侍君每日起早贪黑处理好的。”

去夹鱼肉的筷子僵在盘子边，周粥心里说不出的害怕：“他用来挑鱼刺和剔虾线的家伙和拿进仵作房用的不是同一套吧？”

小灯子果然机灵，先一步求证过了：“不是不是！奴才刚才也问了，御膳房那边专门备了一套。”

周粥闻言“哦”了一声，自感逃过一劫地松了口气，想着百里墨每天还得去大理寺点卯上衙，难得还有这份心。之前不知道便罢了，如今知道了，又还是饭点，不宣他一道用膳似乎就有些说不过去了。

于是半盏茶后，百里墨就坐定在了膳桌边，还是那一身大理寺仵作的官服，系着看起来就挺沉的金腰带。他这身行头，约莫除了沐浴和就寝，其他时候是从来舍不得脱掉的。

“这长年累月的，臣衣服上浸了皂角、苍术的味儿，影响食欲，陛下见谅啊。”百里墨嘴里说着见谅，脸上却是没半分歉意的，更没有多数从事这个行当者的避讳。

周粥当然也不在意，摆了摆手示意他不用拘束：“无妨，正好有醋，熏

一熏就淡了。”

刚刚到手三星的沈长青不敢贸然发作，以免功亏一篑，只得把周身醋香催弄了几分，加上他辟谷不食，就干坐在一旁看着两人用膳，实打实成了个“工具仙”。

“那就多谢陛下了——”百里墨与周粥相识于年少，性子洒脱，非但不客气，还吃得特别起劲，兴致极高地把到嘴的鸡鸭鱼肉都给周粥当尸体剖析了一遍构造，偶尔瞥几眼沈长青，也是一副手痒的模样，直言这世界上最远的距离，莫过于自己想解剖的人都还活着。而他能想到浪漫的事，就是看着想解剖的人慢慢变老……

这家伙就算不吃醋，也够聒噪烦人的。沈长青深刻体会到了周粥的无奈，冷冷地对百里墨吐出六个字：“食不言，寝不语。”

“不语就不语，反正我也吃饱了。”百里墨像是很扫兴地一撇嘴，把筷子搁下。

从他开腔起就对一顿饭也没抱什么希望的周粥也放下了碗筷，左手习惯性地按到右肩上用劲捏了两下。案牍劳形，吃亏的总是执笔的那半边。

对面的百里墨眼尖，见状立刻站了起来，走到周粥身后，掌心覆到她两边肩颈间的位置，笑道：“陛下您这是拆东墙补西墙，右肩酸痛只不过是身体对主人发出的警告，但这不代表左肩不劳累啊，得一碗水端平了按摩。”

“朕偶尔也有找御医来调理，你就不用——咝！”

搞解剖的要给自己按摩，周粥心里发慌，正婉拒呢，百里墨却没听她说完，手里已使上了五分劲力一捏，痛得她倒抽了一口冷气。

“周——”

已经从位置上弹起来的沈长青指尖青光凝聚，又被周粥给打断按了回去：“好像还行？你再让他试试……”

“这就对了，陛下。论对人体骨骼肌肉的了解程度，御医也未必比得上一个好仵作，更何况臣可是陛下亲赐的金牌仵作啊。”百里墨笑笑，似身后

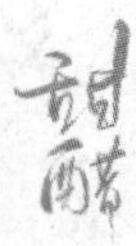

长了一条狗尾巴在晃，得意地乜斜了一眼不情不愿又坐回去的沈长青，这才开始继续手上的动作。

只见他时而攥起空拳有节奏地捶打给肌肉放松，时而又用胳膊肘顶在周粥肩颈连接处最僵硬的地方抵着转上几圈，时而则只凭手指的力量缓缓捏按……

没过多久，沈长青就听到周粥几不可闻地逸出一声喟叹，半眯着眼假寐，神情显得很放松。

“怎么样？臣这手艺，陛下还满意吗？”

“满意，很满意……”周粥一脸享受地任由自己的脑袋随着百里墨按摩的动作，没什么原则地前后左右微微晃动，答得不假思索。

自己忍辱负重，煞费苦心这么多时日想得到的两个字，百里墨居然如此轻易地就从周粥嘴里撬了出来，短短不过一盏茶的工夫！沈长青的心态几乎崩了。

“哎？你去哪儿啊？”眼角余光里的青衣窸动，周粥这才舍得把眼睛完全睁开来，喊住已经到门边的沈长青。沈长青却不理她，头也没回地兀自拂袖而去。

周粥想起身去追，却被百里墨一把按住：“陛下别急啊，您肩膀还没松完呢，力道由轻到重，得循序渐进，按够时间才能达到缓解效果。”说着，他手下力道又添了两成，脑袋从旁边探过来，一双狗狗眼里充满了无辜与真挚，倒让周粥不好再驳了他的好意。

见成功留住了人，百里墨按捏得更起劲了：“陛下批改奏折成日劳累，以后要再有个腰酸背痛的，就只管到墨华殿来找臣，或者宣臣去寝殿服侍也行——祖传的手法，按完再睡上一晚，次日醒来保证陛下浑身舒坦！”

“祖传？”百里家哪位先祖是搞按摩的？周粥眼角微抽，觉得他家祠堂里的牌位又要按不住了。

“是啊，臣十七岁那年刨了个坟，听说祖上挢引之术一流，专门服务达官贵人的。”百里墨解释得有理有据，进而眉飞色舞地遥忆起来，“臣记得

那是一个月黑风高，浓雾弥——”

“好了。朕要休息一会儿，你别出声只管按就行。”周粥不由分说地打断他，做闭目养神状。

“……那陛下来榻边靠着吧，会方便些。”

经过了一段时间“祖传”挢引术的疗养，周粥是难得的通体舒畅，神清气爽，一天再多批十几本奏折也肩不痛腰不酸了。

可这堵啊，是全添到了沈长青的心头！

继百里墨成功获得五星满意度好评后，沈长青又亲眼见证了燕无二用一套看起来犹如中邪般的刀法，也赢得了周粥的慷慨赞许。

“陛下，属下把您那日赠的剑法之所长采于刀法之中，融会贯通，自创了这套新刀法，您觉得怎么样？”

“嗯……阿燕很有想法，朕看好你。”

再之后，就是那个最不好对付的唐子玉了。

若按周粥惯常的思路来考虑问题，这唐子玉八成也该是个奏折成了精，那衣袖就和无底洞似的，不知能从里头掏出多少个厚得令人发指的奏本来。有时就算忙于御史台公务，本人缺了席，也会有奏折来替他“争宠”。

而对于唐子玉的奏本，周粥一般只有如下三种批复：

“爱卿辛苦。”

“唐爱卿知朕心意，去办便是。”

“盼与爱卿详谈奏事。”

连这种丧心病狂到用奏折早晚各请一次圣驾安好，并以商讨政事为名把人从青月殿请走的做法，都能得到如此语气亲切的答复——那么他的满意度怎么会还在三星止步不前？沈长青有理由怀疑，周粥是在搞差别对待！

但沈长青也没有证据，堂堂上仙在人类那点小九九面前竟显得毫无招架之力。

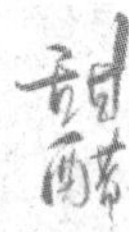

猜不透女帝心思，“服务态度”这条路是暂时走不通了。沈长青只好暂时转而去精进“业务能力”，却仍旧因为和那三人根本不在一个频道上而屡屡失败。周粥那头也好过不到哪儿去，每天战战兢兢，既不想和百里墨同桌用膳，又怕被燕无二捉去看耍大刀，更是一听御史中丞唐大人相邀就头大……

“业务能力”那栏的独苗苗一颗星光芒逐日暗淡，周粥大部分时间本就都在朝堂和御书房理政，好不容易抽了闲暇踏入后宫，却还要被三人轮番争风吃醋，抢占时间，其余小侍郎也是蠢蠢欲动，偶尔“劫道”跳支舞、唱个曲，以身段与歌喉来博取圣心也是有的。如此一来，周粥能待在青月殿里图个清静的时间自然骤减！

眼见着周粥被整得心力交瘁，难得能来小坐片刻，也是蔫蔫儿没力气说话一般，那幽怨、可怜又无助的小眼神瞅得沈长青也跟着烦乱起来，失去了和后宫诸人好好交流的耐心，不自觉就加入了争宠队伍，来一个就治一个，直接用法术碾压。

光挑刺剔线算什么？沈长青大手一挥，一整条活鱼登时便成了盘中码好的鱼片，片片薄如丝缎，绝无半根细刺，入口即化。大虾小虾也是如此，前一刻还在碗里蹦跶，后一刻就变成了颗颗肉质饱满，晶莹剔透的虾球。别说百里墨了，照这架势，就连整个御膳房都得卷铺盖走人。

至于刀法剑法之流，又不只有燕无二一个人会耍，沈长青并着指在空中一拨一转间，五六把刀就乒乒乓乓地自行对阵起来，什么风格的刀法都有，无论是大开大合或是飘逸洒脱，都十分精妙，看得燕无二自惭形秽，恨不能生出三头六臂来。末了逞着胸腔中一口闷气举刀加入战局，以一敌多也要在周粥面前表现一番的燕无二，谁料才不过几个回合，就拿不动自个儿手里的刀，只得讪讪离场。

一把刀可轻可重，对沈长青而言连举手之劳都算不上。

唯独这唐子玉不好对付，对凡间俗世人才刚有个一知半解的沈长青，于朝政上是一窍不通，连仙术也没法帮他作这个弊。但好在身为当朝亚相，唐子玉也并不全是无理取闹，大部分时候将周粥请去，多多少少都有些正经事

可谈。

神仙打架，小鬼都怕遭殃，小侍郎们一看形势不对，便也偃旗息鼓继续在这后宫当起了透明人。

而那四位侍君也像是达成了某种共识，不总刻意拉着周粥参与其中了，几人吃醋互掐，颇有些自得其乐的意思。

周粥对沈长青这种牺牲自己，拉满仇恨的做法，很是赞许："沈仙君，最近干得不错。朕看你这才真正找对了解决的路子——你知道为什么吗？"

沈长青很实在地摇了摇头。

"一个人，只有真正发自内心地想做一件事时，才能挖掘出他的潜力。你现在就是这样，打心眼里，自发地想把其他侍君与小侍郎从朕的身边，从后宫里赶走……"周粥前半段还说得煞有介事，最后一句就暴露了其调侃的本质，"所以，你是不是爱上朕了？"

"哪那么多花里胡哨的说法，以彼之道罢了。"沈长青拍开她指向自己心口的手指头，后悔听她瞎忽悠，当场送了客。

之后他就自问无愧地闭门谢客了好几日，盘膝打坐，守着此番好不容易涨到四星的"业务能力"琢磨下一步对策。

一致对外的对象毫无预兆地关起门来，做出了与世无争的姿态，以唐子玉为首的三侍君也便没了目标，不好无的放矢，加上内部相对来说还算团结，一时间相安无事。

这鸡飞狗跳与岁月静好，往往只在一线之间，沈长青的强势介入与突然淡出，阴错阳差地在大周后宫建立起了一种微妙的平衡。

然而这种平衡并没有持续多久，就被崇州上报的一场惊天大案搅黄了……

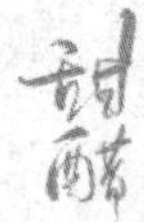

第七章
青鸾四月可乘风

◆
◇

御书房内，三五个议事大臣吵出了三五百只鸭子过街的闹心。

“陛下，臣与魏知州同窗多年，他清正守礼，断不是这样的人！还请陛下下令重查此案，魏知州满门不能就这样枉死啊——”

“宁尚书，知人知面不知心，更何况人是会变的，你凭什么给他打包票？还是说魏贺敢在地方上作威作福，是因为孝敬过什么上头的京官才有的这胆子？”

“你——你这是什么意思？”

“哎呀，二位大人莫要伤了和气。陛下，依微臣看，崇州乃西南巡抚与宁天府治下大州，出了这等大案，曹巡抚与郑知府必会查实查尽后再报朝廷，应是不会有太大纰漏，交由刑部复核便是。眼下更重要的，还是要尽早调派合适的官员添补崇州知州的空缺……”

就在昨日，西南巡抚曹庵上折抵京，其内容很快在朝堂上掀起了轩然大波。身为崇州一把手的知州魏贺一夜间满门被灭，从妻小到家仆，除去混入府上伙房打杂疑似作案帮凶的山匪外，竟无一人幸免。

与陈情折子一道送入皇宫的还有一份由巡抚衙门连同宁天府知府衙门，州官下属同知、推官等，一并审理后整理誊抄的案卷卷宗，人证物证详备，

结案判词为魏贺在任多年期间，暗中勾结地方豪强与匪帮，压榨民脂民膏，最终却因分赃不均，欲要黑吃黑，而导致匪帮狗急跳墙，引发了这一场灭门报复。

西南一带山岭地形居多，安营扎寨，易守难攻，换个地方又能躲藏好一阵子，这才导致山匪屡屡荡除不绝，三班衙役与府兵若稍显弱势，弹压不住匪患猖獗，那么受苦的就是州县百姓。西南各个州县官员每年考绩里最重要的一项，便是看在匪患平定上的成效。

有的官衙规模大，衙役与府兵训练有素，几番入山清扫后，山匪便不敢再轻易劫道，为非作歹。不济一点儿的小地方，官衙没有实力与大型匪寨对抗，那便明哲保身，与山匪打着商量来，损失些税收，井水不犯河水，约法三章，好歹免伤了百姓性命。虽然上不得台面，但也算全了一方太平，无功也无过。

可如今魏贺灭门一案的背后，竟查出如此骇人听闻的官商匪勾结之内情，简直是令朝廷颜面扫地！

朝中官员激愤者甚多，乃至有提出要再牵连魏家九族三代之内都不得再为官的。也有几个与魏贺同窗的官员不肯轻信，要求大理寺介入重查此案。方才在早朝上已争论了大半时辰，七嘴八舌乱得很，周粥便索性退了朝，转至御书房只与丞相等几个一二品大员再议，结果也是莫衷一是。

此刻周粥只觉得耳鼓发疼，面前摆着的案卷卷宗上每个字都看得懂，连起来却读不进脑子里去。原本这几日沈长青对她避而不见，只每日踩着饭点差人送来一截“吃后即焚”的袖子，周粥就已经胃口不佳、心情不豫了，还偏偏遇上个百十年难得一见的惊奇大案。

大周承平日久，杀害朝廷命官的案件近百年来都是很少听闻的，更何况是满门被灭。再者，知州府邸与州衙门不过一条街之隔，山匪闯入城中烧杀，纵使是夜半三更，也不该这般如入无人之地！

若那当夜山匪的目标不止魏贺一家，而是怀揣更大野心，岂非整个崇州都得失守？

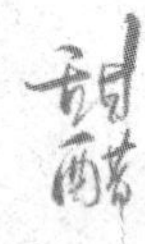

对这事儿是越细想越心惊，周粥只觉脑子里嗡嗡作响，仿佛又回到了母皇刚刚病重，交由她这个皇太女监国理政的那段时间，满心的仓皇失措。曾经挡在她与帝业诸多艰险阻遏之间那堵坚实的城墙塌了，城墙之外，是黑是白，是善是恶，是坦途还是逆境，都要她独自面对，一个人拿主意……

“陛下？该如何做，还请陛下明示。”

“诸位爱卿所言都有道理……”被重新唤回思绪，周粥正忖度着如何开口，书房外就传来一声小灯子的通报。

“陛下，御史中丞唐大人在外求见！”

“宣。”

望着施施然步入书房内行礼的唐子玉，周粥第一次觉得他出现得正是时候。

她正打算话锋一转，以要与今日早朝缺席的亚相再行单独商议为由，先遣退剩下几人，再细读案卷，从长计议。

谁知唐子玉倒抢先她一步，拱手道：“陛下，臣有要事禀奏。”

说完，他转头扫视左右，几人也很识得眼色，便要告退。临走前，周粥只吩咐吏部尚书关于崇州知州空缺一事，不宜操之过急，可先命其属官、同知暂代，也好细选接任官员，待此案定论后，再任命不迟。

“不知唐爱卿有何事密奏？”等御书房中只剩二人了，周粥才带着些期待地问道。

御史台是京中消息最灵通的地方之一，想来昨日便已风闻了魏贺案的情况，唐子玉早朝托身体抱恙不来，估计也是知道消息刚放到朝堂上，必然先炸开一锅浑水，搅弄不出什么门道，还不如先私下探查一番。

唐子玉却是单侧眉毛一扬，答得驴唇不对马嘴：“今日四月三。”

这个日子有什么特殊之处吗？周粥蹙眉，搜肠刮肚了一番，也没想明白其中暗藏的玄机，无奈地抬手抵住额角，道：“爱卿有话不妨明说，就别和朕打哑谜了。朕今日这脑中已经够乱了，恐怕猜不出。”

“请陛下随臣移步便知。”唐子玉含笑侧身，做了个相请的手势。

怀着满腹狐疑，周粥跟着唐子玉出了御书房，一路来到御花园的一片宽敞空地上。与平日的御花园无甚不同，不知有什么东西可以解惑。

对上她询问的目光，唐子玉拊掌一拍，便有小太监抱来了一只扎成大鹏鸟模样的纸鸢，恭敬地奉上。

唐子玉接过那纸鸢往周粥面前一递，笑道：“四月三，是东风节。”

东风节，是大周的一个民俗节日。据说这一日东风从早吹到晚，是一年中最容易成功放飞纸鸢的时候。且四月三这日被放上天的鹏鸟纸鸢，人们是不收回来的，当纸鸢飞到足够高远的天际时，就剪断系着的线。若纸鸢没有一头栽下，而是顺势乘风飞远，便是取了“扶摇直上”之意，预兆着放飞纸鸢者这一年都将过得十分顺遂。

民间把这一习俗叫作“剪鸢”，很是盛行，家家户户到了日子都会图个好彩头。但大周皇宫中却有好几十年不搞这套了。主要还是因为宫内高阁太多，大部分的纸鸢就算在断线之时正好乘上了一阵风，也飞不出宫去，多半都是挂在飞檐斗拱之上，过后还得叫人登高取下，麻烦得很。

“所以这纸鸢与案情有什么联系？”周粥接过纸鸢端详半晌，也没看出所以然来。

“没联系。”唐子玉答得干脆，“臣就是请陛下放纸鸢的。”

周粥吃惊不小，告诉自己得对唐子玉的反常行为提前做些心理准备。

“陛下何必如此看臣？崇州知州灭门案头绪繁多，若一味埋头卷宗，或是陷在朝臣的各执己见中，只会越理越乱。月盈则亏，水满则溢。凡事都要有张有弛，适当放松，抽离思绪，过后回头再看，或许反而能跳出迷局，发现一直被忽略的疑点。”唐子玉眯起眼，轻笑道。

仵作心思若没常人细，是发现不了死者身上那些蛛丝马迹的。百里墨说话虽不着调且不中听，但那晚摆弄着头骨时对他的揶揄也是有道理的。若非自己平日里积威过重，连句像样的好话、软话都没有，燃香邀宠也不至于以被周粥当作妖邪附体而惨淡收场。

因此唐子玉反思再三，决定循序渐进地找机会和周粥拉近一点儿君臣之

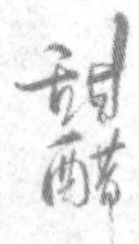

外的距离。

正巧一翻皇历四月三，还有比共放一只纸鸢来培养感情更合适的选择吗？

“但朕不会放纸鸢……”周粥却是盯着手中的纸鸢，一脸犯难。

她自幼缠绵病榻，没有过穿着开裆裤满地爬的童年，更不曾玩过幼童们都玩过的游戏。就连听学识渊博的夫子每日到东宫单独为她讲学，都听不了多久便头脑昏沉，将养个两三日精神方可再学。至于十岁过后，得了灵花续命，周粥更没时间玩乐了，欠下的功课那么多，一年得读旁人两三年才能读完的书，身为皇太女的她不能懈怠，也不敢懈怠。

所以这纸鸢，周粥还真没碰过，不知从哪儿下手。

“很简单，微臣会帮陛下的。先像这样，一手拿线轴，一手拽着线……”

若周粥是个放纸鸢的能手，反而少了情致，如今一窍不通，正中唐子玉的下怀。只见他比画着，双手举在身前不高不低的位置虚握，教她拿轴放线的基本动作要领，一改往日的肃色，唇边弧度柔和，语气语调也仿佛变作了春日的一阵轻风，细细缓缓地拂过耳侧。

不过民俗传说终究只是个传说，四月三这日的纸鸢放起来也没那么轻松，尤其对周粥这样的新手来说。

她拽着提线跑来跑去，手忙脚乱地收线放线，可纸鸢每每被带起半丈多高时，便又会不听使唤地打了个旋儿栽回地面。

但好在周粥几次不成也不恼，更不急于向唐子玉求助，倒像是挺享受着难得不用伏案的时光，找个理由撒欢似的跑一跑就很好，并不在乎是否能真正放飞纸鸢。

“臣与陛下配合。”唐子玉旁观了一阵，也是在观察风向与风力，等着了一个合适的时机才出手，上前将又一次落到青砖上的纸鸢捡起，双手举高过头顶，“臣一放手，陛下就边跑边放线。”

“嗯！”周粥抬袖擦去额角的薄汗，用力点点头。

她话音刚落，又一阵风过，唐子玉就势将纸鸢推向空中：“跑——”

他这一推是看准了风头使的巧劲儿，纸鸢腾地蹿上两三丈高，提线瞬间绷紧，周粥拔腿就跑，边跑边回头观察纸鸢的情况，将提线一点点地放长。唐子玉放手后，则是紧跑了几步追到周粥身边，赶在她就快撞上树干前闪到她身后一挡：“可以了。”

“哎！”周粥光顾着盯纸鸢了，也没回头看，把他撞退了半步，还在他的官靴上留了个清清楚楚的脚印子，“你没事吧？”

“陛下小心些，别伤着。”唐子玉满不在意地笑笑，转而抬眼望向天上的纸鸢，伸手就着周粥的手握了线柄与提线，几乎将她整个人都圈在怀中，“放飞了也得注意根据风的大小收放提线，才能保持纸鸢的平衡。”

周粥原本是下意识地想挣脱开来，但见刚刚腾空的纸鸢摇摆不定，像是随时都会栽下来，一时间便也不敢轻举妄动了。等着唐子玉收放了几回提线，将纸鸢稳在风中后，还等不来他松手，她才低声道：“朕自己可以……”

“好。”唐子玉一愣，收回手退开了两步站在一旁，见周粥已经逐渐掌握了手法，控制着纸鸢越飞越高，线轴上的提线已放出去过半，这才冲候在不远处的小太监招了招手。

小太监把早就准备好的一把系着红绸的剪子双手奉上，又一言不发地退回了远处。

“陛下，臣看是时候剪鸢了。”

盯着唐子玉递来的剪子，从放飞纸鸢起就一直闪烁在周粥眸中的笑意骤然凝滞。

她犹豫着，迟迟没有去接。

“怎么了，陛下？”唐子玉诧异。

周粥侧头去望那纸鸢，也不知想到了什么，眼底涌动起复杂的光：“就当只是简单放个纸鸢吧，不必去剪。若是栽下来，反而不美。”

“陛下是受命于天的真龙，福泽深厚，纸鸢定然高飞，何必担心？”唐子玉又将剪子往前一递，“既有习俗，不如试试吧。”

说者无意也不知情，周粥心头却泛起一阵苦涩，只觉讽刺得很，面上却

还得不动声色地松开提线的手，接过剪子，勉强扯动嘴角：“好吧。”

难得唐子玉有这兴致，她也不忍扫了兴。左右也不过是个民间讨吉祥的说法，栽落了也不必当真。

短暂地微一闭眸，周粥将剪子对准绷直的提线一剪——

纸鸢失去牵线，在空中陡然便是一跌，周粥也跟着低呼出声，暗道糟糕。

然而下一瞬，御花园中花树唰啦作响，一阵劲风平地卷起，竟将那纸鸢猛地一送，几乎直上了万丈云端。

周粥双眼骤亮，兴奋地几步追着那纸鸢飞远的方向，一直追到院墙之下，才想起回头喊人：“唐子玉，你快看——”

花墙之下，少女一袭绛色华服立在纷纷然的绚丽落英中回首，笑容粲然明媚，眼波流转间仿佛还荡起了些许天真烂漫的细碎粼光。

唐子玉呆住了，看不到宫墙外渐飞渐远的纸鸢，目光中只余这烙进了今后漫长岁月中的惊鸿一瞥。

人面桃花相映红，原来只是诗人的障眼法。总有比桃花还要娇美的容色令人怦然心动。他忘了回应，也第一次忘了周粥是君，自己是臣。

他一步一步地走近她，眸中暗光涌动。周粥的鬓边沾了一片粉红的花瓣，他想亲手为她拈下。

可他当缓缓抬起手时，周粥却忽然“咦”了一声，从他身边越过去，往后边探看：“刚刚那边的树后是不是有人？你有注意到吗？”

“……没有。”

她这一动，花瓣自然从发间滑落了，唐子玉的手也默默地垂回了身侧，跟着她往回走去察看。

“难道只是叶子的颜色？”树后哪有半个人影？周粥纳闷地嘟囔着，又不信自己一时眼花，忽而眸子一转，转头笑眯眯地问唐子玉，“还有纸鸢吗？朕还想试试。”

纸鸢自然有得是，唐子玉其实也考虑到了纸鸢无法成功放飞又或是挂到了檐角的情况，所以准备了不少。

周粥兴致高涨，自己又放了一只纸鸢上天，非要让唐子玉也来试着“剪鸢”。到午膳的时辰，周粥便命小灯子把御膳端到御花园中边看唐子玉放纸鸢边用。只是派去青月殿的小太监回来复命，却说沈侍君并不在青月殿，没能请来同乐。

四月三这一日的东风或许真有什么善解人意的灵性，又或许是老天终于在这种无关痛痒的小事上想起庇佑大周的这位天子了。周粥每次“剪鸢”，那纸鸢竟都能恰好乘上一阵长风，飘飘悠悠地消失在遥远的天际。

直到暮色四合，所有的纸鸢也都放完了，周粥才尽兴而归，与唐子玉边重谈起崇州一案的蹊跷之处，边往寝宫走去。

但要命的是，还没聊到正题，周粥就发现寝宫早有“不速之客”等着。

“阿燕……你这是？”

仿佛喝了点酒壮胆的燕无二面朝门口，半卧在外间用来闲坐的长榻上，袍服的前襟刻意地敞开一大片，腰带也散了半边，随意地坠在榻前的地上。

唐子玉只觉眉心一阵突突直跳，看燕无二这副衣衫不整、放浪形骸的模样，就知道他这又是学以致用，努力“爬龙床”的一天。

照理来说，唐子玉顶多就是在心里暗自嘲笑这武痴有样学样都不会，又不是赶集趁早，哪有掐着时近饭点的时候来邀宠的？但嫌弃归嫌弃，到底还得赞许他一句身为侍君的尽心尽力与精神可嘉。

可有句俗话叫作今时不同往日。今时的唐子玉脚下生风两步就抢到了周粥身前，挡在了两人中间，沉着脸对竭力散发闷骚气质的燕无二低喝道：“堂堂命官，青天白日，衣衫不整，坐卧无状，成何体统！”

“可是……”燕无二一蒙，张张嘴“可是”了半天也没道出个所以然来，大大的星目里是满满的困惑。

“还不快穿好衣裳起身？”唐子玉截断他，“已经有人向本官揭发了你背地里做的那些不入流之事！本官还未去找你，你倒还变本加厉跑到陛下面前丢人现眼了！”

周粥一头雾水地凑上前：“发生何事啊？阿燕做什么了？”

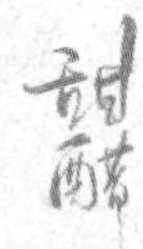

虽然这天都还没黑，也不穿好衣服地跑来她寝殿是有点儿司马昭之心路人皆知的奔放，但“不入流”三个字未免有些过重了。

燕无二本就是个脸皮薄的，不知下了多大的决心才从《侍寝七十二式》中挑了个最简单的入门篇来实践，被唐子玉这么一训，一张脸涨得通红，从榻上弹起来又是拢衣襟又是系腰带，一阵手忙脚乱，嘴里只晓得反反复复地抱歉。

“陛下有所不知，昨日便有宫人向臣揭发，道是燕侍君偷藏禁书，秽乱后宫。臣原先还不信，想仔细查实一番后再禀明陛下，以免冤枉了燕侍君清白。可没想到他今日这般模样，想来便错不了了——”唐子玉说着，还拂袖背过身去，一脸白莲染了淤泥的扼腕之色。

唐子玉这一招翻脸不认人，着实缺德得很，愣是把燕无二玩得是哑巴吃黄连。但燕无二是个死心眼，既然当初承诺过若被发现，绝不会供出禁书的来源，便只得更加羞愧地垂下了头，一句也不辩解。

“阿燕，你居然真的——”周粥不怒反笑，露出“孩子终于长大了”的微妙笑容，“你开窍了啊！”

“陛下！”唐子玉转头一个眼刀剜过去，谴责为君者不可这么不正经。

周粥赶忙收敛掉明目张胆的笑意，上去按住燕无二的肩，小声宽慰:“于公你虽违反了宫规，但于私朕多少能理解，你别太往心里去。”

“咳！”唐子玉离得近，听去了七八成，不由得重重一咳，挑眉肃色道，“宫闱有宫闱的规矩，但念在燕侍君是初犯，且没有酿成大错，不如小惩大诫，罚禁足燕鸣殿一个月。这期间侍卫统领一职便先由副统领代理。陛下以为如何？”

“这……也不必如此严苛吧？”周粥眉头一皱。燕无二那闲不住的性子每天恨不得绕皇宫巡逻百八十圈，让他禁足一个月未免太狠了。

“这算轻的了。若比照前几朝后宫旧例来处置，轻则禁足一年，重则褫夺位分贬至冷宫。”唐子玉语调无奈，表示自己已经网开一面。

“陛下不用为属下求情了！是属下不知轻重，这就回去禁足思过！”

周粥还想再说点儿什么，只觉没脸见人的燕无二已经待不住了，转身直接从窗户施展轻功飞出去了。

也罢，宫规又没说皇帝不能主动去看望被禁足的侍君，回头再抽时间去一趟燕鸣殿便是。

比起满心同情的周粥，欺负完老实人的唐子玉心情十分舒畅，他可不希望再给燕无二那家伙在天子面前展示优越身材的机会。他一个男人看着都嫉妒，很难说周粥会不眼馋动心，乱了方寸。

在踱到长榻一侧坐下的几个弹指间，唐子玉已经在考虑反悔自己联合剩下两人共同争宠这一策略的诸多可行性。

周粥不知他弯弯绕的心思，在另一侧落座，言归正传："唐爱卿方才说，根据御史台调阅的历年监察情报来看，魏贺此人如何？"

"才能平平的死脑筋吧。当初科举中试名次不高，主要就是靠着文才跻身，崇州知州在任刚满两年。此前的注色简单，八年都在宁天府任推官，手里没破过什么大案奇案，也没出过什么冤假错案，从上衙属官迁至下衙长官，官阶看似升了，但就仕途论，也只能算是平调。"唐子玉为周粥倒了一杯茶。

"所以这样的人……"将自己从情绪中抽离出大半日，周粥已经可以冷静下来思考崇州案的种种诡异之处了。

"这样的人，若说他没什么剿匪的魄力，为了保己安生，保民安生，不出大错，会在衙署的流水银钱账目上做点儿无伤大雅的手脚，将挪出的银钱用来与山匪做些不足为外人道的交易，臣信。但若说他在地方上八面玲珑，勾结商匪，倚仗官权作恶，那只怕燕侍君都能来我御史台做个侍御史了。"

前边分析都挺在理，唯独这最后半句令周粥眼角一抽，也不知今儿这唐子玉对燕无二哪来这么大的恶意。

认真算起来，他当初不也衣衫不整地搞过幺蛾子吗？人家燕无二好歹一没湿身二没点香啊！

暗自在心底为燕无二抱过不平，周粥才思忖着开了口："假设魏贺为官没有大的瑕疵，更不曾勾结黑恶，导致引火自焚，那么这灭门案的性质就完

全变了。西南一带匪患不是一年两年，占山为王的多，入城白吃白喝，抢点财货已是十分嚣张的了，敢挑衅官府乃至于作下灭命官满门案的，闻所未闻，也于常理人情不合。”

“不错，铁打的官衙，流水的知州，杀了一个手段温暾的魏贺，朝廷可能反而会派下有剿匪经验的官员前去接手清缴，对山匪而言除了带来一时便于起兵造反的混乱，并没有多大好处。但问题是，他们并没有起兵的下一步举动。”唐子玉说到这儿顿了顿，面色不由得阴沉了几分，“排除掉所有其他可能……只怕是有人做了个瞒天过海的局来杀人灭口，也不知是想要按下什么事端的真相。”

“那真是好大的胆子啊！”周粥想起了那份层层经手的案卷，咬牙冷笑，眼底凝起一层薄怒。

“西南之地多山岭，向来有些天高皇帝远的意思，参与之人必定早做好了准备应对案件的重审。若单凭几道敕令或是派遣寻常官员查访，恐怕只能是隔靴搔痒，并无多大作用。”这其中牵涉多广，官官相护到何种境地，唐子玉一时间也拿不准，抿唇沉吟片刻，才又道，“陛下不如明面上只着令大理寺与刑部同核卷宗，同时再给臣一道密旨去崇州查案。如此一来，西南那边放松了戒心，臣正好携旨抵达，必能乱一乱他们的阵脚，找出破绽。”

御史中丞虽因在皇帝面前的地位非常重要，而在大周被尊为“亚相”，但官阶本身却只有正三品。相比之下，地方巡抚却往往都是执掌军政大权的从二品大员，就连宁天府这种直隶府衙的知府都和唐子玉官品相当。

这京官到了地方，关键时刻也未必压得过地头蛇。但若换了旁人去查，则有三大难处：一则，这官品不能太大，也不宜过小，不好挑；二则西南那边在京定有眼线，本该上朝或是在衙的人突然告假，风吹草动，引得警觉，让对方提前做了准备，便会处处掣肘；三则她也不放心旁的官员会否反被收买，沆瀣一气。

正为难间，冷不丁地，沈长青前段时间在她批阅奏折时随口说的风凉话，

从她脑海中冒了出来："成日待在寸许皇宫就能治理万里河山，倒也是件听起来颇为烦闷的奇事。"

确实。她长这么大，最远也就去过距离皇宫百里之外的昆仑山——祭天一日游。

会烦闷吗？自然会的，却也没到无法忍受的地步。但周粥却忽然因着沈长青这句话，想去看看自己治下的河山了，是要看看那活生生的大山大川、万家灯火，而非地图上了无生机的线条和奏折上毫无温度的笔墨。

"唐爱卿，朕与你一道吧。微服私访。"

"陛下？"唐子玉没料到周粥有此一说，吃了一惊，才要说不妥，可转念一想又觉倒也无妨。周粥登基已满一年，撇去崇州一案不提，可谓朝政稳固，无内忧亦无外患。先帝时也有微服私访、体察民情的先例，走这一趟也算一举两得。

只是如何才能避人耳目？纵使称病不早朝，没两天就会被那些嗅觉敏锐的家伙捕捉到不同寻常。

周粥倒像是看穿了唐子玉的疑虑，当即成竹在胸地一扬眉："这金蝉脱壳的法子朕都想好了。下个月小姨的生辰便到了，朕可以贺寿为名，携后宫诸眷移驾她在京郊的别院小住两月，正好她那儿也有汤泉，就说朕顺带去避暑一段时间，不为过。你、百里墨和阿燕都去，查案嘛，仵作和护卫是必不可少的，到时离了别院启程去西南，再转换身份，朕与他们都扮作你的随从，方便行事。"

可话音才落，对面的唐子玉却忽然打了个响亮的喷嚏——酸味冲的！

"陛下可有闻到？"唐子玉立刻环顾四周，并无沈长青身影，那醋味虽没了刚才乍闻之下冲鼻，却还若有似无的。

"啊，是昨夜寝殿后的园子里死了两只老鼠，朕觉得不干净，就吩咐小灯子找时间叫人把周围都拿白醋熏一熏。"旁人不熟悉，周粥还不熟悉沈长青周身醋香与寻常凡醋的不同吗？当下她也只得颇为心虚地替他扯谎掩饰。

唐子玉狐疑，想起身进后面的内室察看一番，却被周粥一把拉住。

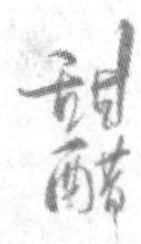

“唐爱卿，你看朕的提议如何？”

“倒也可行，但宫中难保隔墙有耳，别院里也是人多口杂，琼亲王那边就算瞒不过，也是越晚知会越好。”总不能强行挣开，唐子玉那才离榻半寸的臀又坐了回去，转瞬已有了思量，“另外，这么多人进了别院后就一直闭门不出，再没露过面，有心的定会怀疑，瞒不住两日。臣会设法去找些身形相似者加以训练体态，届时再一易容乔装，在屋内开个窗给宫人看个侧影或是背面也好。”

周粥忙夸他：“这个妙！得快些去找才是！”

“是。臣会尽快的。”唐子玉只是点点头，却没起身的意思。

“一寸光阴一寸金，唐爱卿不如……抓紧时间？”周粥笑得中肯。

敢情是下逐客令，身为男人的直觉告诉唐子玉，皇帝这是藏人了。

“磨刀不误砍柴工。”唐子玉眼中精光一闪，似笑非笑地提议，“既然要找人模仿陛下，臣就得对陛下日常的一举一动多了解些。平日忙于政事也没细心观察过，不妨从今日起臣便与陛下一道用膳吧。”

好有道理，无法拒绝。周粥在心中暗暗叫苦，面上只得强颜欢笑，传御膳时顺便命人多上了一坛子开封的醋，盖盖味儿。

这一顿晚膳用得十分煎熬，唐子玉像是故意细嚼慢咽地拖时间，含笑的目光隔三岔五便要落在周粥身上流连一遍。好似比起桌上那些，她更像他的“盘中餐”。

一个时辰后，忍无可忍的周粥终于皮笑肉不笑地关怀道：“唐爱卿可吃饱了？要不要让御膳房再加几个菜？”

“吃得正好。多谢陛下关心。”

唐子玉也觉得这醋味是够浓了，见好就收地起身告退，眼神有意无意往内室方向一瞥，勾起嘴角，和来时一样，又施施然地离开了。

总算把人送走，一桌早就凉透的御膳也由宫人撤下后，周粥才长出了一口气，吩咐小灯子关好殿门，自己转到了屏风后，果然看见沈长青就倚坐在床头，气定神闲地翻着一本他不知从宫内哪处隔空取来的书卷。

要不是醋味正浓，周粥还真以为他看得认真呢。

“啧，这是哪里的醋坛子打翻了？”周粥夸张地一皱鼻子，拿手扇啊扇，边嗅边往沈长青跟前凑，“好酸。”

“啪”一声，沈长青合上书，抬眸正与她的视线撞上：“你——”

兴许是没料到距离之近，二人皆是一愣，都忘了出声。

最后还是周粥先往后疾退了两步，清了清嗓子才道：“你怎么也不收敛下？害朕还得编瞎话替你搪塞遮掩。”

“为何要遮掩？吾不能在这儿吗？”

沈长青问得理直气壮，倒叫周粥都开始自我怀疑了。

是啊，他是她名正言顺纳入后宫的侍君，宣来寝殿里候着准备侍寝，有何不可？就算是唐子玉还身兼御史中丞，也不能为了这来念叨自己吧？都怪平时其一言不合就参人给她留下的阴影太深……

明明是光明正大的关系，非整得和见不得人似的。周粥觉得就没哪个皇帝做得和她一样憋屈。

“你今天一直在这儿？中午派人找你也不见。”眼见冷场，沈长青也没有开口的意思，周粥眼珠一转，又挑了话头。

“只比你们早些。”沈长青给出了很严谨的回答。

周粥索性在他身边坐下：“那你也都听到了？”

“嗯。听到了。”

他还真是问什么就只答什么，周粥也没了脾气，只好问得更详细些：“那朕把他们都带上，你怎么想？”

这回沈长青没有立刻回应，只是微微皱起了眉，像是自己也还在思索答案。

“唉，朕知道了，你是巴不得我们都走了，你一个人待得清静。”周粥见状，佯装失望地重重叹了一口气，“朕原本还想虽然没什么用，但还是把你带上——”

“有用。”沈长青打断她。

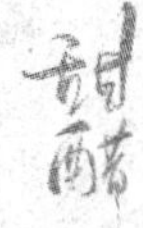

“什么？”周粥诧异地一歪脑袋看过去。

“不需要费劲去找什么体态相似者，施法变几个便能以假乱真。”沈长青也是个行动派，嘴上还解释着，袖袍一扬，青光拂过，床前赫然就站了一排五个人！

“我——”周粥一句粗口差点儿没憋住，好在手比嘴还快一步，先捂上了。

眼珠骨碌碌飞转，周粥上上下下地打量了眼前的“唐子玉”“百里墨”“燕无二”“沈长青”和“自己”，再一瞧地上，都有实打实的影子，这才缓缓把双手举到身前，鼓掌：“厉害。”

谁知她才说完，对面站着的“周粥”也做了同样的动作，道了一声“厉害”。

“这大晚上怪瘆人的，要做噩梦了——”周粥抖了一身鸡皮疙瘩，“你还是先把他们都收……收起来吧，到时候再用。”

“好。”沈长青轻笑一声，右掌五指一握，那五人便仿佛都被收入掌中，消失不见了。

周粥一瞬不瞬地瞧他施展神通，觉得这醋精好像也没初见时感觉那么法力不济啊，除了不能上天，还挺实用的。

“那这些人在你不在的情况下，能坚持两个月吗？”她向他确认。

“案子复杂到要查两个月那么久吗？”沈长青费解地问她。

“时间又不是只花在查案上，来回路程还得时——”周粥说到一半，自己顿住了，一拍脑门，“所以你可以把我们一起传送去崇州，对吧？只要有地图，位置不会偏差太大？”

沈长青用一副“你才想到”的表情答她：“十数息便至。”

这简直就是对“兵贵神速”最完美的诠释，周粥登时乐得见眉不见眼：“好，好！那就这么定了！”等大局抵定，她可以先跟着沈长青一起传送回来，以免久不在被发现，留唐子玉在崇州善后便是。

见她欢喜，沈长青的嘴角也勾起了一个浅淡的弧度，起身道：“没别的事，吾便回去了。”

“等等！”周粥急忙拉住他衣摆，扬起脸，嬉皮笑脸的模样里又带了几分郑重，“今天，谢谢你。”

“谢什么？陪你放纸鸢的是唐子玉，又不是——”

话音戛然而止，沈长青从周粥眼里望见了一抹狡黠的了然。

“果然不是眼花。”周粥嘀咕了句，忽然伸手，小心翼翼地试探着，抱住了沈长青的腰。像是害怕被拒绝，她不敢抱得太紧，只是隔着衣料虚虚地环着。

沈长青没有言语，也没有动作，只听到一句和这个拥抱一样虚无缥缈的低喃。

“但你一直在啊。”

每一次让纸鸢“振翅”天际的风起时，他都在。

甜醋
——甜醋

第八章

仙君他为何这样

◆
◇

其实沈长青也不知是出于什么原因，清早起就无法专心入定，只道又是瓶颈作祟，强行修习也无益，便索性出青月殿，漫无目的地闲逛起来，好巧不巧就撞见了御花园里正折腾着要放纸鸢的周粥。

他不太明白把牵着线的纸糊鹏鸟弄到天上去有什么好玩，也不想腹诽“剪鸢”这种习俗的撞大运成分太强，只是倚在树后，百无聊赖地听着少女脆生生的欢笑。听得多了，心中于修行一事上受阻的那点烦闷竟似消散许多。

只是他正待离开，那厢却突然静下来了。沈长青微有些诧异地从树后望出去，见周粥正迟疑着从唐子玉手里接过剪子。

这惯会参人的御史中丞果然懂得如何以言辞诛心，一句“受命于天，福泽庇佑”足以刺得周粥脸色发白了。

提线被剪断的时候，纸鸢果然是要跌落的，沈长青未来得及多想便施术激起一阵东风，将那纸鸢重新高高托起，越飞越远。

凡人大抵都爱信这些不着调的彩头，周粥也不能免俗。沈长青看到她激动地追出好远去，止步回眸时，笑靥如花。

她好像瞧见了什么，但他及时隐去身形，该是没被发现的。可当他打算就此“功成身退”时，下一瞬却听到少女用欢快清亮的嗓音道了句。

“朕还要试试——”

于是这一试，沈长青就不记得自己被迫施术纵起了多少次东风……

以至于当隔日傍晚，小灯子奉命来请他移步御书房一趟时，沈长青的脸还是人如，哦不，仙如其名的铁青。

“不去。”

“沈侍君，您别难为小的啊。陛下约了琼亲王，说了无论如何也得请您见上一面。这光景，王爷这会儿该快到宫门了——”

沈长青也是后知后觉，今早才回过味来，周粥后来再剪的每一只纸鸢都是有恃无恐，故意为之。她赌他既然为她纵起了第一次的风，那之后的无数次他都不会撒手不管。

明知不是什么天赐的福泽，却还是乐此不疲地沉浸其中，自欺欺人……

薄唇一抿，沈长青顿了顿，终还是点头应下，起身化作一道青光，片刻之后便由虚影显了真容，立在了御书房内。

闻醋识人已经成为周粥的一项绝技。但她眼也没抬，手也没顿地继续在奏折上写着朱批，只轻笑着调侃他：“这么急着来见朕呀？”

“不是说要见的人已经在宫门口了吗？”沈长青才不管君臣尊卑那套，一掀衣袍便随意在旁边的椅上坐了，语气硬邦邦地问，“为什么一定要见那个琼亲王？”

“她是朕的小姨，也是你能入宫当这个侍君的大功臣。”周粥批完手中的这本，就暂时搁了笔，三言两语给这个跌落凡间、不通世情的醋精解释了一下“门当户对”的重要性。

也不知是听没听进去，沈长青只一副纹丝不动的神色，默然地点了点头，没发表任何感想。

饶是再迟钝，周粥也看出他此刻心情不悦了，眼角当即弯起一个弧度，起身绕过书案凑到他边上，拉拉他的衣袖：“生气啦？”

沈长青自不理她的明知故问，将视线别到另一侧赏窗外春光。

“唉，我只是想你陪我一起放纸鸢，不是故意消遣你。谁知道你就是不

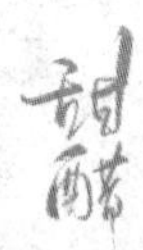

肯露面……”周粥于是也跟着挪到另一边，放低了姿态，笑眯眯地哄人之余还不忘撩上一撩，“我很满意你，总行了吧，沈仙君？”

这一招效果还真是不错，眼见沈长青的脸色大为缓和。

原来这么傲娇啊。只为了听一句“满意”？果然是猫性。周粥暗笑，殊不知自己无意间将问卷里的“服务态度”提升至满星，才是顺毛的关键。

周琼倒也赶得正巧，进书房时正撞见了这一幕。

堂堂帝王之尊站在一旁迁就地俯身低笑，后宫侍君却安坐不动，这是何等的盛宠？

“臣见过陛下。”

“小姨来了。”周粥疾步上前扶住正要行礼的周琼，心情似乎相当不错，满面含笑，“都是自家人，不必拘礼。”

周粥引着她，与沈长青中间隔着一位先坐了，自己才坐到那空着的椅上，笑吟吟地给周琼介绍沈长青：“小姨，这就是沈侍君了。你之前不就想见见吗？”

“果然是惊为天人，难怪陛下一见倾心。”

沈长青则回以周琼一个淡淡的颔首致意。不管怎么说，这位好歹只一眼就将他与“天人”联系上了，比她外甥女的眼神不知道要强出多少倍。

“对了，臣最近闲来无事，想着陛下总爱吃甜的，吃多了容易坏牙，就琢磨着试做了一款咸酥饼。今日进宫，就特地提前做了，带来给你尝尝，看咸淡可还合适？”周琼说着，外间就有太监将食盒端了上来，这是按照惯例已经用银针试过毒的，才能送入。

周粥心里咯噔一声，面上却是笑容不改：“小姨做糕点的手艺自然是没得说，当年老御厨都自愧不如。只是这回请小姨入宫，是想商量下五月要去你别院中避暑消夏，本就是打扰了，怎么还能再麻烦小姨呢？”

“无妨。也怪臣当初做的那桂花糕，才让陛下养成了吃甜的习惯。”周琼热情地开了食盒，将一盘装着四块精致小巧的咸酥饼取出来，摆到几上，“再说了，小女随王夫族亲都在封地，臣一人在京郊别院中休养冷清得很。

别说是小住上一两月了，就是住个半年，臣都乐意！”

“那就多谢小姨了。”

若是生硬推脱，反而会显出古怪；但若是耍个心眼儿，让沈长青先替自己尝尝，又未免有给周琼难看之嫌。毕竟论尊卑，沈长青再“得宠”也只是入不了宗庙的侧室，东西若自己不先尝过就下赐，那是故意落人面子的做法。

反正以小姨的手艺，总不至于做出打死卖盐的点心来，只管按照套路夸几句便是。

于是当下周粥也只得接过周琼递来的那块吃了。全无滋味儿，还要装作在嘴里津津有味地咀嚼后咽下，周粥把演技发挥到了极致，而后笑赞道：“咸香正合适，小姨的手艺又精进了。”

“是吗？但臣总觉得少了点什么味道，也许是调料配比的问题，不如从前做的桂花糕香。但这咸糕里也加心酉草的粉末又不合适。”周琼顺势笑着点点头，就将那盘子往她的方向又推了推，一脸期盼，“陛下再尝尝，随便挑点儿什么毛病都行，臣也好回去改进改进，以后就常做了送到宫里来。”

灵花刚起作用那阵子，周粥的味觉几乎完全恢复，且对花草植物多了份类似于直觉的感知。故而当年总喜欢和小姨一起研究新糕点，多少都能提出些想法来。比如心酉草本只是御膳中常用来装盘点缀的，一次偶然的机会，叫她发现了其研磨成粉后混入桂花糕中，滋味甘甜解腻，与桂花香气相得益彰。

自那之后，御膳房厨子就也开始在制作桂花糕时加入心酉草的粉末。后来也不知怎的，京中最大的糕点铺子很快跟着改良了配方，推向京城之外自家的分店。有很长一段时间，百姓都道五点斋的桂花糕比别家的味道要清甜可口。

也是一两年后，才有别家铺子似乎参透了五点斋做桂花糕的特殊配方，渐能模仿着做出差不多口味的，才打破了其在桂花糕这一点心上的垄断。

不过心酉草可以说是行内人间心照不宣的“秘密”，无人外传，以免百姓们学了去自个儿也能做，影响生意。

可如今周粥却是犯了难，脑子飞转间，拿起一块就转向沈长青，疯狂地眨眼：“沈侍君，不如你也尝尝吧？”一只手还递在他嘴边，周粥又拧回身对周琼笑着解释，“他平时对什么事儿都挑得很，让他挑毛病准没错。”

沈长青知道她这是尝不出味来，向自己求助，便也没拒绝。仙神辟谷，是为了更好地修行，却不是食不得这些五谷杂粮。若非要说他有什么忌口——

酥饼才一入口，沈长青清冷的眉峰弧度就凛然一厉，舌尖满是甜腻，登时搅得他内里一阵翻江倒海！

电光石火间，他只得强运真元之力，暂且压下了糖分与真身相冲带来的强烈不适，继续不动声色地做出细嚼慢咽的模样，实则却是暗将清气汇于双目。对着周琼施展望气之术后，另一只并未拿糕点的手便在袖间两指一并，直到指尖青芒隐现罢了，沈长青才吃完整块酥饼，浅笑着开口道：“琼亲王自谦了，这酥饼没什么不好，确实咸香诱人。所谓当局者迷，亲王不妨自己也再吃一块试试？”

周琼闻言微微一怔，那边周粥如蒙大赦，只想赶紧把这盘麻烦的东西解决掉，忙不迭点头：“就是就是，小姨你自己做的也得吃一块啊。”

“好……”周琼回过神来，也从盘里拈起一块送入口中，随即瞳孔微缩，始终挂在唇边的笑意也有了片刻不太自然的凝滞。

周粥迫不及待地把问题抛回给她：“怎么样？”

“沈侍君说得对。这酥饼的配方与做法，臣之前已经改进过多次，今日送入宫来的这份在做时又临时调整了些，时间仓促，臣自己其实也还没试过……没想到比上一次做出来的好吃许多。”所有的惊疑都好似海市蜃楼，本就并不真切，眨眼间便已在周琼的面上寻不到任何踪迹。

“其实小姨不用那么辛苦，朕小时候是贪嘴，但现在长大了，忙于政事，对吃食也没那么讲究了。”周粥见总算糊弄过去，又趁热打铁地杜绝后患，“以后小姨再入宫，可别劳心伤神，带这带那的了——否则朕就不敢再召你进宫了。”

“陛下是长大了，会心疼人了。臣遵命便是。”闻言，周琼似欣慰地一叹，极自然地应下就转移了话题，颇为忧心地望着自己这个外甥女，“倒是陛下也莫要太操劳。此番看来，面色似乎不如之前……可是遇上什么烦心事？”

周粥不由得蹙了蹙眉：“小姨可听说了崇州大案？”

“确有耳闻，不过都是坊间传得沸沸扬扬，具体内情却也不——”

谁知周琼话意未完，沈长青竟突然起身，出言打断：“周——陛下，政事不便听，先走了。”

他是何时有的这种自觉？前日不还在她寝殿内室听得大大方方吗？再说了，所谓的后宫不得干政，早在两三百年前就已没人当回事了。后宫里同时兼任前廷要务，辅佐帝王者不在少数，甚至不乏青史留名的典范。

“好，你先回去休息吧。”只是心中虽感诧异，周粥也没打算留沈长青听些他完全不感兴趣的话题，便点头许了。

沈长青知道自己坚持不了多久，走时的步子很快，更是把周琼完全当作了空气，别说一声像样的告退了，连个眼神都欠奉。

“后宫中能像沈侍君这样为人处世的还真不多。”

“小姨莫怪。他就这脾气，不懂与人来往。”

“但看陛下是十分中意他这脾气了——”周琼掩唇一笑。

“哎，小姨别调侃朕了。还是说回崇州案吧，要说崇州与小姨的封地邻近，不知小姨对那一带的山匪势力了解多少……”

之后，两人看似聊了许多，但也多是围绕匪患这类不算太过敏感的话题，就案件本身，周琼十分谨慎，未置一词评断，一如她惯常所表现出的那样，对封地之外的政事一概避嫌。

倒是那盘咸酥饼中的最后一块，两人谁都没去吃，末了自然又重新给收回食盒中，被周琼带回了京郊别院。

“王爷，可是不顺利？”

跟着她一道入宫的王府掌事女官碧水，一将周琼搀回书房，将门一关，便忧心地问道。

周琼早已敛了所有笑意，面色冷凝地用下颌一指她手中食盒，冷声道："你自己尝尝，你准备的好东西。"

碧水愣了愣，有些不明就里，但还是依言将食盒搁到几上，打开。见一盘酥饼只剩下一块，她拿起来一尝，脸色大变，急急将只咬了个小角的酥饼放回盘中，把食盒上层整个取下，下层竟还藏着盘一模一样的点心！

她又取了这盘中的酥饼咬下去——

"这不可能——奴婢是亲手将甜口的放在了上面，咸的在下备用，怎……怎么会两盘都是咸的……"碧水惊惶之下，毫不吝惜自己的膝盖，"咚"一声就直挺挺地跪了下去，急道，"请王爷责罚！"

"哼，本王也觉得怪了。"周琼嘴角挑起一个冰冷的弧度，手上却是做了个叫她起身的动作。

前几日宫中眼线送出消息，怀疑天子正在逐渐丧失味觉。周琼这才想用这一盘酥饼当作试探。甜口在上，却将其说成咸的，若是线报有误，周粥一吃便会诧异，那么她就可用下层的酥饼做掩饰，只道来时怕周粥不喜，还是备了甜口的，不慎放混了。

可要是周粥吃不出来，那便是坐实了线报，周琼只消帮着一起把一盘子都吃光，那么谁都不会知道，她曾经用这盘糕点试探过什么。

至于在场若有旁人的情形，周琼自然也考虑到了。就譬如今日这般，周粥顺着她夸赞糕点咸香，但旁人一吃便会察觉是甜酥饼，那么周琼就会也跟着尝一块，然后用差不多的说辞取出下层那盘酥饼，只说装盘的下人粗心，混进了一两块甜的在盘中，也可以四两拨千斤地化解疑虑。

毕竟在她的外甥女心目中，周琼一直是那个疼她爱她的小姨。

"奴婢愚钝，不明白王爷的意思……"碧水战战兢兢地站起来。

"早听闻那沈长青有些异于常人的古怪，或许真有两把刷子也不一定。"周琼目光生寒，哧了一声，"倒是本王之前大意了，还道是个来历不明、贪慕荣华的祸水，若能搅得后宫不宁，令陛下与唐中丞等人失和也算有利，便顺水推舟做个人情。"

碧水闻言，一脸气恨：“当初充盈后宫，小侍郎中有不少家族向着您的人。都怪姓唐的太过善妒，把持着后宫，竟没让任何一个有近身皇上的机会，否则——”

“罢了。”周琼手一抬，没让她继续往下说，有些慵懒地往椅背上一靠，闭上了眼轻笑，“其实消息是真如何，是假如何？试出来如何，试不出又如何？”

当年她心存一丝侥幸与善意，选择了等，等来的却是皇太女大病痊愈。现在，她不可能再重蹈覆辙。

“是，王爷要做成的事，谁都拦不住。”碧水会意，忙上前给她捏肩。

周琼霍地睁眼，似笑非笑地问：“本王做什么了吗？”

“奴婢失言。王爷什么都没做，”碧水心下一惊，但还是凭着多年来对这位主子捉摸不定的脾气的些许了解，强笑道，“一切都是天意……”

“说得好。”

细眉微挑，周琼又合目，指尖似是无意识地叩击着扶手——“咚、咚、咚”，那节奏不紧不慢，却莫名令人不寒而栗。

另一边，送走小姨后的周粥将手里才看了一半的奏折一合，起身出了御书房。

细想之下，周粥觉得沈长青之前走时的状态很不对劲，额角似乎还渗出了薄汗，像是在强忍着什么，匆匆忙忙地离开，和平日里不耐烦地走人，是有区别的。

周粥心中止不住担心，这奏折便也看不下去了。等周粥赶去青月殿，前前后后让殿内伺候的宫人找了一圈，却不见沈长青踪影。

“陛下恕罪……沈侍君他……他平时就不太露面，行踪不定的。除非是特意交代过，否则奴才们也不知道他什么时候在，什么时候不在，更不晓得他回没回来，又去了哪儿……”青月殿的领班太监是越说越没底气，末了就声如蚊蚋，不可闻了。

周粥也没理由责难他，毕竟沈长青若施展起传送术与瞬移之法，那确实是有些“神出鬼没”。

“罢了。你就在这儿守着，若他回来了就立刻找人通报于朕。”周粥挥退如蒙大赦的领班太监，叫来小灯子，打算让他去传个话，让燕无二把侍卫们都撒出去四处找找。

谁知还没开口，一个小侍卫就大老远急匆匆地跑了过来：“陛下！陛下，不好了——”

“谁不好了？”周粥一听这个句式，就太阳穴发紧。

“燕统领不好了！他……他突然失心疯了！”小侍卫急得犯了结巴，“您……您快去看看吧！”

周粥心中涌起一种不祥的预感，当即二话没说，摆驾了燕鸣殿。只见前院里围着一众看起来都不敢上前的侍卫，处在院子中央的，正是得了失心疯的燕无二。

“这里我顶住！快送陛下离开——”

还没到近前呢，周粥就被燕无二的一声暴喝吓了一跳。

他不要命似的耍着那中邪刀法，仿佛面前正有千军万马将他团团围住，每一下挥刀都带起一阵劲风，旁边的假山已经有被削矮一截的了。

“阿燕？”周粥被侍卫们护着，隔着一段安全距离出声唤他，又拿手在他视线所及的位置挥了挥，对方都毫无反应，仍旧兀自上演着孤胆英雄为掩护天子离开，只身勇对无数杀手的戏码。

偶尔他还会五官一皱，仿佛是有血喷溅到了他的脸上。

看着他一脸的壮烈，周粥想笑，又得憋住了，严肃地问旁边的侍卫：“刚才谁和他在一起？发生什么事了？好端端一个人，总不可能无缘无故就突然如此。”

“陛下，是属下三个。”有三个侍卫越众而出，相互交换了下眼神，才由中间那个年长些的侍卫回道，“我们是交班儿下来找燕统领复命的。大老远看到燕统领一个人在院子里练刀，我们怕又被统领捉去对练，就没立刻上

前打招呼，结果就是这么犹豫了一下，燕统领就忽然疯了……”

“在那之前就没有任何不对劲的地方？”周粥扶额，觉得这说了等于没说。

左边站着的那个年轻侍卫闻言挠了挠头，犹犹豫豫道：“这么一说，属下好像……好像看到了一个青影闪过去，但也不确定是不是眼花了……”

“你们看见了吗？”他说完，还问右边两人。结果另外两人齐齐摇头，一脸迷茫。

青影？周粥心里有数了，这约莫不是什么失心疯，而是沈长青朝燕无二身上招呼了什么幻术。

但也奇了，虽然他们往日有冤，但近日无仇啊，沈长青怎么会突然什么缘由都没有，就直接施术整人呢？这可不像他自矜的作风。眼下也没别的办法，只能尽快找到沈长青，让他收了幻术。

“你们留几个人在这里守着他，别让他不小心伤了自己，剩下的人——”

“燕统领！燕统领，不好了——”

吩咐再度被熟悉的句式打断，周粥无语地转头看向院外，是一个小太监跌跌撞撞地跑了过来，快到跟前时，直接腿一软，“哎哟”一声摔跪在地。

“朕已经知道燕统领不好了。”周粥没好气，使了个眼色让旁边的侍卫把人扶起来。

谁知那小太监刚才压根儿没注意周粥在这儿，忽然听到天子发话，膝盖一软又跪下去了：“奴才该死！不知陛下在此，冲撞了陛——”

周粥打断他：“你怎么知道燕无二出事了？”

“哎？燕统领出事了吗？奴才还想来找他救命呢！”小太监话还没说清楚，忽地脸色一变，似有所感地转头往后看去，连嗓音都变了调，带着崩溃的哭腔，“妈呀，百里大人又追来了！”

“别跑啊，小宝贝儿，快让我剖了你——”

尽管百里墨此人平日里就有点儿疯，时不时便会暴露出令人望而却步的解剖癖好，但好歹还坚守着仵作的职业操守。然而，此刻他举着解剖刀追赶

活人来开膛破肚，加上魔怔了的语气语调与面部表情，都已足以用“精神失常”来形容了。

“快拦住他！”

随着周粥一声暴喝，两个侍卫一左一右朝百里墨扑了上去！

只听得接连两声闷响，玩叠罗汉似的，并不会武功的百里墨被压在了最下面动弹不得。好在那把锐而薄的小剖刀他没拿稳，脱手飞了出去，不然可能就得血溅当场了。

“这是怎么回事？他什么时候变成这样的？”周粥低头，厉声问那还趴在地上起不来的太监。

“奴才也不知道啊！”小太监攥紧了自己的衣领，瑟瑟发抖地回忆着，“奴才是墨华殿负责扫洒的，看距离大人每日放衙回宫的时间还早，就偷懒打了个囤。睡着睡着，奴才迷迷糊糊间忽然感觉有人靠得很近，一睁眼就是寒光一闪——百里大人拿着那小剖刀死死地盯着奴才，说奴才骨骼清奇，既然死了就不能浪费了，得赶快剖开看看！”

“快扶我起来，我还能再剖五百具尸体——”

那头被制住的百里墨嚷嚷起来怪瘆人的，小太监顿了顿，才咽着唾沫继续道:“当时奴才一下就给吓醒了，赶紧解释自己只是睡着了，没死！可百里大人他不听，还念念有词说什么诈尸了真有趣，剖完还得照原样缝……缝好收藏——奴才为了保命，只好一路跑到最近的殿里找燕统领救命……”

周粥闻言，眼皮直跳，发狠地捏了捏眉心，沉声道：“找捆绳子先把百里墨绑到床上去，绑严实点，留一个人看着就行。剩下的都去——”

然而仿佛是和周粥对着干，一道颤颤巍巍的女声响起，再次把场面炸开了锅。

“陛下，陛下不好了……唐侍君他出事了……”

等周粥赶到明玉殿时，只见唐子玉就站在殿门的门槛前，正不受自己控制地对着空气一遍遍躬身行礼，每躬身一次，嘴里便要用他惯常威严肃正的

语调说一句：“陛下，微臣有事启奏。”

只难得的是，唐子玉的神志似乎还是清醒的，只是单纯肢体身不由己，因此神色极其难看，如同被强迫着生吞了只苍蝇。

“他这样多久了？变成这样之前有没有什么异常？”

“有一盏茶的工夫了！奴婢们试了好多法子，甚至想硬拉着拽着让唐侍君停下来，可他的劲儿变得好大，硬拧着也要躬身下去……奴婢们就怕伤到他，不敢再轻举妄动了！”守在唐子玉身边的宫女边说边抹眼泪，一副心疼得紧的模样，“这样下去可怎么办才好？陛下您可一定要救救我家侍君啊。”

跟来护驾的小侍卫居然是一副急人之急的热心肠：“是啊，陛下，腰是男人的本钱啊！再这么下去怕是要废了！”

“咳咳咳——”

原本满腔接近暴走的恼火被这一句呛咳出大半，周粥竟生出点儿幸灾乐祸之感。

不过，她觉得保住唐子玉的老腰倒也确实是当务之急，为君者不能眼睁睁看着忠臣折腰啊。于是她一面派人满宫上下地去寻沈长青，一面安抚唐子玉的情绪：“唐爱卿你别急啊，再坚持一下，朕想想办法。”

但自从听了那小侍卫的肺腑之言，唐子玉的脸已经比锅底还黑了。

“不然直接打晕吧？应该就不会动了？”小侍卫提议，并准备好了手刀，得到周粥点头默许后他想要下手，结果才劈下去却好像被什么东西给弹了下来，又弹回来了，“哎？”

眼见一连试了好几次，小侍卫都没能成功，周粥抬手制止了他：“不用试了，没用的。”很明显，沈长青在唐子玉身上施加的术法与另外两个截然不同，那两人都是致幻，唯独他是在清醒状态下完成指定动作，关键是这动作还特别具有讽刺意义……

果然大家一起在“宫斗”，个人之间的恩怨深浅还是有区别的。

“这样吧，只能尽量减轻腰部的负荷，把他抬到床上去试试。”周粥完全没想到沈长青还有这么小心眼的一面，又好气又好笑，指挥着宫女和侍卫

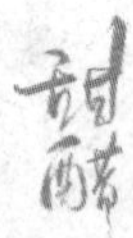

把唐子玉放到床上摆弄了半天。

平躺不合适，他还能做仰卧起坐；趴着也不合适，臀部用力撅得老高也要顶出个躬身行礼的姿态，活像一只在松土的蚯蚓；最后还是决定侧放，和被煮熟的虾子一样蜷曲身体，相对来说最省劲儿。

然而比起周粥指挥众人的投入，唐子玉本人从被搬上床榻起就已经生无可恋地“瞑目”了……

“行了，就先这样吧。留一两个在这儿照顾就行，其余人也都去找沈长青来，这种邪魔侵体的事儿，他有办法。”

总不能说这么多乱子都是沈长青捅出来的，周粥只能替罪魁祸首粉饰了几句，然后想起什么似的，出了殿，找了个无人的角落，从领口里掏出那个本命醋化作的坠子：“沈长青，你人到底在哪儿？朕限你马上出现在朕眼前——”

可咬牙切齿地召唤了好一阵子，都不见动静，周粥心头因他这惹祸本事而起的那点儿怒气不由得完全消失了。

上回分明是随叫随到，这次这么久不现身，莫非是出了什么意外？周粥忽地心下一紧，坐不住了，也开始四处找。

“沈侍君——”

“沈侍君您在哪儿啊？”

残阳在寻人的光景中西沉得飞快，当夜的后宫鸡飞狗跳，几乎每个殿的宫人都倾巢而出，宫灯星星点点，倒把每条宫道都装点得煞是好看。只可惜遍寻无果，登上高阁张望的周粥只站了一会儿，便心累地打算先回寝殿吃点果脯，休息片刻。

她也是饿着肚子折腾到现在，得亏之前还有小姨的那块咸酥饼垫着。

“小灯子，你也带人轮流去吃点东西再找吧。若是亥时还没寻着，就让众人各自散了，还回原处，明日再说吧……”

有气无力地叮嘱完小灯子，周粥才推门进了寝殿，全然没有注意推开门时，自己的手腕穿过了一层肉眼难以察觉的青色屏障。紧接着抬步，她整个

人便都步入到了那光膜屏障之后——

周粥睁大了眼，几乎以为自己一脚踏入了话本里所说的天庭仙境，周身云雾缭绕，低头压根儿已经看不清自己隐没在白色水汽中的鞋面与脚踝，抬眸又哪里还有什么寝殿的梁顶，竟是一片浩渺星辰！

她猛地回头，身后的殿门分明还没关上，小灯子也还在门外，却仿佛并未看到与她眼中一样的殿内情景，只是神色如常要替她合上门……

“小灯子？”周粥张嘴想唤小灯子，他却充耳不闻。

眼睁睁看着殿门“砰”一下轻轻合上，周粥瞳仁微缩，终于发现了那层浮光掠影的屏障被殿门的开合带起了一圈涟漪似的波动，又很快消弭于无形。

她意识到此刻这殿内殿外，恐怕已然隔绝成两个世界了。这里头是什么模样，发生了什么，外边的人根本看不到，也听不着。

可奇妙的是，周粥居然也没有感到多少惊慌，心脏只是加速跳动了两下，就恢复了平静。因为从她踏入门中起，四下浮动着的便是她再熟悉不过的暗香。

“沈长青？”周粥又惊又喜地猛然转身。

她看到沈长青从一片氤氲的雾气中向自己缓缓走近，青衣广袖，行走间墨发轻轻扬起又落下，当真就像个入梦来的仙人。

“你来了……”离得近了，周粥望见他的眸光温如春水，眼角眉梢竟然笑意缱绻。

这三个字出口，近乎情人间的呢喃，叫人心头软得一塌糊涂，立场并不怎么坚定的周粥立刻忘记了至少该走个“兴师问罪”的流程，只是怔然地与眼前这个身如玉树的男子对视着，任由他伸手轻抚上她的脸颊。

“你是不是妖鬼变的？”

鬼使神差地，周粥只问了这么一句。书中都这么写，妖鬼最喜幻化成意中人的模样，引得着了道之人甘愿奉献出自己的精气。

“你怎会这么想？吾与你说过，有吾的本命醋护体，妖邪不敢近身。”若换作平时，沈长青说这话时必定一脸嫌弃，没准儿还得附赠上一句“贵人

多忘事”的嘲讽，可眼下他话音低低缓缓的，只透着无可奈何的宠溺。

“那你为什么突然……”周粥顿了好久，也没找出合适的词儿来形容，只得抬手胡乱一比画，“这样？”

她自己也不知道自己说的是哪样。但沈长青却好似懂了，盈盈带笑地垂眸将她瞧着：“你不是总说吾法力不济，不能带你上天吗？那吾便把这天境搬下来给你看看，喜欢吗？”

这突如其来的浪漫让周粥有些措手不及，半晌后才呆呆地点了点头。

“那吾呢？”沈长青俯下身，眼中似有皓月星波，一脸认真地问她，“你喜不喜欢？”

周粥感到自从踏入这“天上云端”，沈长青的每一个眼神、每一个动作和每一句话，都像是一个个致命的蛊惑。她垂下眼，强迫自己不与他对视：“沈长青——你到底怎么了？走火入魔？傍晚看你走的时候就不对劲，你还……”

“走火入魔者，经脉与五脏皆会备受焚烧灼热之苦，怎么可能还能像吾这般完好无损地站在你面前？”沈长青低笑，温柔地拍了拍她的发顶，“吾就是不小心吃错了点东西，已经运功调息过了，没事儿的，别怕……”

吃错东西？那怎么坏脑子，不坏肚子啊？周粥满腹疑惑，却不敢直言，只小心谨慎地抬起头细细觑他神色，发现他眸光虽清澄无邪，却隐约透出几分迷醉之意。

“你不会是……喝醉了吧？”

这醋和酒勾兑在一起，怎么都得变味儿啊！难怪眼前这家伙不对劲！周粥眼角直抽。

沈长青眨眨眼，收回覆在她脑袋上的手，仿佛深思熟虑了一下，才颔首道：“如果是想像你那晚一样，那就是醉了。”

“像朕那晚一样？”周粥重复了一遍，才觉察出不妙，身子已经霍地腾了空，“哎！你干什么？快……快放朕下来！”

周粥一通踢蹬都无济于事，沈长青步履极稳极轻松地就抱着她一步步穿

过如轻纱幔帐一般的薄雾，最终停在了龙榻前。

他轻轻地将她在床榻边放下，单手撑在床沿俯下身来，无声地将坐着的周粥细细凝视，而后垂了睫，一点点靠近……

“等等！”

周粥却在最后一刻找回了理智，抬手把他的嘴一捂：“沈长青，你现在脑子不清醒瞎胡来，想侍寝，万一回头后悔了怎么办？”

“吾没有不清醒。”沈长青把她的手扯下来，微微蹙眉。

“喝醉的人都说自己没醉——你现在就乖乖躺好，睡觉！”

身为一个有责任有担当的天子，周粥觉得自己不能干这种乘人之危的事，于是当即站起身，正直而严肃地指了指床榻。

“吾从没这么清醒过，吾也不会后悔。”谁知沈长青拗得很，像根棒槌似的杵在原地不动，只用更沉更重的语气强调了一遍。

“嘿，还说自己没醉——平时就是惯的你，总拿朕的话当耳边风！”周粥脾气也上来了，打算让他见识见识什么叫作“君让臣睡，臣立刻得睡”的天威！

说罢，周粥撸起袖子，一手掀开被褥，一手就去扯沈长青的衣襟，要把人拽过来往被子里头塞成个大葱卷饼。

沈长青当然不肯就范，两人遂绕着床榻展开了一番激烈的追逐。

“有种你就站那儿别动！”

“吾又不是花仙，没种。”

……

有那么一瞬间，周粥几乎被说服了，相信沈长青没有喝醉。毕竟他反驳的着力点还是那么一本正经的别致。水平发挥稳定，是头脑清醒的表现。

“那你给朕过来！”

“休想。”

只不知一个追一个赶了几圈，渐渐地就从追逐变成了笑闹。

周粥很确定是沈长青先动的手，用手将满天的白雾往她脸上扇，扇得她

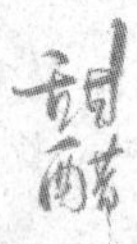

眼前一片茫茫，这才有了自己脱下绣鞋循声砸去的不雅行径。

“嘶，你压着我头发了——”

再后来，也不知是谁先扯到了谁的衣带，谁又踩了谁的下摆，进而齐齐跌到了龙榻之上，衣衫与青丝纠缠得一片混乱。沈长青一手环在周粥腰后撑着，一手抵在她身侧，两人无言地对视着，像是还在用眼神较劲，也都粗重地喘着气儿。

可很快，一种奇妙而陌生的感受开始在浓郁的醋香与缭绕的云雾悄然发酵，沈长青的眼神先变了，变得幽深迷离又脉脉含情。被这种目光心无旁骛地注视着，周粥心中一片柔软，只觉自己周身的气力都在无形中被一点点地攫取殆尽。

以至于沈长青再次低头吻下来的时候，她没有力气再推开他。

这一吻很浅很淡，沈长青的唇没有他这个人看起来那么冰冷，却也并不多么灼热，但周粥还是仿佛被狠狠烫了一下般，缩了缩身子。

“怎么了？”沈长青立刻停下来看她。

“沈长青，你确定你知道自己现在在做什么？”按理来说，沈长青这回投怀送抱，是正合了周粥当初之意。帝王宠幸自个儿的侍君，哪里需要这样再三确认？可偏偏她的心，却似乎已并非全如当夜那般只图他寿数长久又有法力……

“嗯。那本画册，你不是给吾都看过了吗？”他视线微移了移，似乎落在了她红透的耳根子上，眼梢含笑，语气却特别认真，好像看的是什么正经画册。

倒还成自己挖坑自己跳了。周粥察觉到他的视线，抬手捂住耳朵，咬唇道：“那我就当你酒后吐真言，终于直面自己内心真实的感情了——你就是爱上我了，对不对？”

“对。”沈长青答得非常干脆，腾出一只手握住她的腕子按在耳边，俯身轻轻啄了啄那因为发红而显得格外可爱的小耳垂。

“那我是谁？”周粥忍着羞与痒，心口咚咚直跳，加快了语速问他。

“你当然是——”沈长青侧头，正要脱口而出，无数混乱又久远的画面猛地在灵海中闪现后再飞逝，激得他内息翻涌，眉心剧痛，“呃！”

耳畔话音戛然而止，转作一声闷哼，接着周粥身上便是一沉，沈长青居然整个人都失去支撑压了下来。

“沈长青！”周粥一惊，费力地翻了个身，才使得两人变成相对侧卧的姿势，“你怎么了？醒醒——”

“阿周……”

“你说什么？”看到沈长青嘴唇似乎翕动了两下，周粥没听清，连忙凑上去。

沈长青却没有再呢喃出声，只是皱着眉头，环着她的左臂紧了紧。

接着周粥发现始终缭绕的雾气散开了，扭头四顾，寝殿恢复了原样，所有的法术统统随着沈长青的偃旗息鼓，在瞬间失效了。想来唐子玉三人身上的也是同样。

此情此景，周粥一时间竟有些哭笑不得，伸手去探了探，沈长青的鼻息绵长，而后将指腹覆在他拧紧的眉心上，轻轻抚平。

眼见都要“侍寝”成功了，他还能突然睡过去。周粥舔了舔唇，又摸了摸自己的耳朵，仿佛都还有余温残存。她心里说不上是松了口气还是怅然若失，但折腾一晚，也累得够呛，晃又晃不醒睡死过去的沈长青，只得说服自己接受现实，无可奈何地长叹一声，索性就保持着被他搂住的姿势不动了。

只是在闭眼前，她还是怀着面红耳赤的不甘，从牙缝里低低挤出了两个骂人的字。

“缺德。”

第九章

为谁辛苦为谁醋

◆
◇

周粥在梦里设想过无数种次日清晨醒来的情形。

有比较实事求是的。比如，沈长青可能会面无表情地就昨夜的“半途而废”表示歉意，然后挥一挥衣袖离开，只约她今夜再续前缘……

也有稍微不切实际的。比如，沈长青可能会特别害臊，拿被子蒙住自己的脑袋，怎么扯都扯不下来，然后她温言宽慰，百般体贴，终是劝得美男入怀……

但周粥万万没想到，现实却是一觉醒来，沈长青非但不肯认账，一副自己什么都没做过的无辜神色，还对她倒打一耙！

“你怎可趁吾昏睡之时，将吾弄到你这榻上同眠？这简直是乘人之危——”

“呵，沈长青你确定你是醋精，不是戏精？”周粥怒极反笑，“你自己昨天都干了些什么好事，心里没数儿？朕还没拿你是问呢！”

沈长青闻言，愤然拂袖，从她身旁瞬移到了龙榻一丈之外，一副被欺男霸女了的模样：“事已至此，吾不愿再与你争辩。但下次若再有此等事发生，吾必——”

“还下次？想得美，你还有下次！”

周粥气得咬牙切齿，没等他说完，抄起手边枕头就猛砸过去。枕头却只穿过沈长青留在原地的一道残影，和门框结结实实地来了个“亲密接触”。

“沈长青，朕不想再见到你——”

这厢周粥的怒吼还在寝殿回荡，那边沈长青已经施术安坐在了青月殿的寝榻上，也是心中郁郁，烦闷得紧。

作为一名醋仙不能吃甜食，这是他在登仙后的第一百年发现的。天庭众仙神大多终日无所事事，便也会学着人间每逢节庆便举办些宴饮，热闹之余也能一饱口腹之欲。

沈长青只能算众仙班里的小角色，坐在后排角落里没什么存在感，他也乐得清静，随意品尝着身前几案上的果品与菜肴，却没想到几颗甜酒酿圆子入腹，本是香甜正好，却害得他真身元神动荡，元气大伤，当场便昏睡过去，直到数日之后才苏醒。甚至连这期间太上老君炼药时，不小心被炉火燎去半截胡子这等妙事也错过了。当年太上老君留的可不是一小撇山羊胡，而是极不清爽的浓密长髯，每每沈长青见了都特别想替他烧掉半把。

自那之后，他对外便道自己不喜甜食，实则是怕动摇根基。

昨日沈长青为了周粥冒险将整块甜腻的酥饼尽数吃下后，便匆匆回殿运功，想将体内的糖分强逼出来，缓解不适，但收效有限，元神兀自激荡不已，很快神志就开始变得模糊，最终周遭陷入一片混沌……

要让一个凡人自个儿猜透其中原委，是万万不可能的。因此昏睡之前，沈长青的最后一个念头竟是担忧，担忧周粥若寻来发现了，命寻常太医医不醒自己，会否着急忧心，不知所措。

可当他睁眼，发现自己衣衫不整地睡在龙榻上，看着对面而卧的周粥带着满足笑意的睡颜时，一种被轻忽的刺痛让沈长青的心止不住地往下沉。

周粥并不在意他的异常，并不担心他的昏迷不醒，她只念着自己的欢愉，只是需要一个能开胃、会术法，但又能任由其摆布的侍君，是谁都无所谓……

不愿再往下细想，沈长青盘膝入定，摒弃一切杂念，运气疗伤。这一入定就到了日影偏斜，他试着调息了一个周天，经脉却仍感滞涩不畅，真元难

以迅速凝聚，不由得摇头一叹。此番元神受创颇为严重，凡间又不比天庭，浊气重于清气，不利调养，只怕这暗伤得拖上许久了。

沈长青缓缓吐出一口气，起身坐到桌边，右掌漫不经心地在虚空中一握，手中便多了一卷书，上边写着“毒经”二字。大约是从纳君典礼之后养成的习惯，他修行之余，便会从太医院取些和花草药石有关的医书翻阅，打发时间。

可这书卷才翻开，沈长青便听见门外伺候着的太监和来换班的那个窃窃私语了起来。

“喂，老何，你听说了吗？今日朝会上，户部又重提了侍君采选的事儿，陛下这次居然允准了——这下后宫里又能热闹上一阵了。”

原本守门的太监显然资历更老些，看得长远，恨铁不成钢地“啧”了一声道：“你还有心思看主子们的热闹？你也不想想是为什么？咱家这位侍君今早可是刚被陛下从寝殿赶出来啊！转眼新人就要变旧人了，万一就此彻底失宠了，咱们也得为自己找条后路啊……”

“不会吧？”来换班的小太监嘀咕，“那沈侍君对陛下不敬，惹她生气也不是一回两回了。”

“这回不一样。这大晚上的又没旁的事儿，你说还有什么能惹得陛下如此恼火，大清早就把人赶下榻去？”太监老何的语气突然猥琐。

小太监倒抽一口凉气：“你是说……”

用力地按了按抽痛的额角，后面的内容已经不堪入耳，沈长青估摸着这两人肯定是又以为他不在房内，才敢这么背地里嚼舌根。

但他气的并非这些长舌宫人口无遮拦，胡乱揣度上仙，而是周粥居然答应了侍君采选。他暗自忍了又忍，最终还是没能忍住，将手中书卷狠狠往桌上一扣！

“欸，你有没有听到屋里有动静？”

“有吗？不会是沈侍君又不知道什么时候回来了吧……”担心自己嚼舌根被主子听个正着，小太监壮着胆子，推门往里探看，“沈侍君？”

太监老何也朝里望了一圈：“这不没人吗？别自己吓自己了——等等，

那本书什么时候在那儿的？”

“咦？昨夜我收拾过，记得清清楚楚，桌上什么都没有啊……”

就在两个太监面面相觑时，沈长青已经掠至御书房门口，不等小灯子通报，就沉着一张脸闯了进去，质问道：“为什么同意纳君采选？”

“沈侍君您不能——陛下这……”

周粥抿唇，放下手中的折子，冷着声挥退小灯子：“你拦不住他，先下去吧。”

“是……”

小灯子是何等的会察言观色，当即看出了这两位主子之间的氛围不对，不仅自己退出了御书房，还指挥着其他几个候在廊下的宫人都躲远几步，以免殃及池鱼。

“按旧制，后宫郎君本就是一年一小选，三年一大采，如今正到了大采之年，朕着户部从年龄合适、尚未婚配的男子采选侍君与小侍郎入宫，有何不妥？”周粥没有起身，只是仰头回视沈长青，面无表情地打着官腔。

亏得她昨日再三考虑他的感受，生怕他是一时冲动，事后追悔，即便是喝酒喝断片儿了，凡人尚且还能留些印象，知道自己是耍了酒疯还是睡成死猪。凭他的法力，还能记不起究竟发生过什么？

早上赶走沈长青后，周粥是越想越气，越想越委屈，在寝殿里等到了最后一刻也不见人来道歉，这才在早朝上把心一横，答应了采选。

说来是有些负气的成分在，但周粥绝不可能承认自己说到底是为了沈长青才应下的。

“呵，那后宫吃醋问题呢？你还想不想解决了？”沈长青气笑了，“这一个都还没劝退成，你又要往里纳人？”

“没错！朕现在就是想通了，有人为朕吃醋有什么不好？至少能因朕吃醋的，都是心中在意朕的。总好过某些人反复无常，翻脸不认人——”周粥说着，脑海中又忍不住浮现起昨夜那个浅尝辄止的初吻，又羞又恼，当即下了逐客令，“你出去！以后朕没宣你，不准擅闯御书房！”

“你——”

沈长青胸膛起伏数回，只觉她莫名其妙，终是没能驳出一个字来，悻然而去。

两人不欢而散后，隔日就在宫人们的几经加工过后，传成了一个有始有终、像模像样的版本，道是沈侍君自独占圣宠以来，体力渐感不支，终于在那夜侍寝时暴露了不行的真相，之后又因生妒，硬闯御书房一哭二闹三上吊，不肯圣上采选，惹得龙颜大怒，反讨了个“非召不得见”的下场，只怕要就此失了圣心，盛宠难再了。

尽管大周后宫的风气在唐子玉这一年多的整肃之下，尚算淳朴，但跟红踩白、趋炎附势这种天性是许多小人骨子里就带着的，去不掉。加之沈长青为人虽冷淡，一脸的不好相与，平日几乎是既从不使唤自己宫中下人近身伺候，或是跑腿做事，没个主子御下的威严，也不懂适当地给点儿赏赐下去，收买人心。故而青月殿的宫人多半是既不敬他也不畏他，无非是碍于陛下专宠这位侍君，这才维持着表面恭敬，尽心扫洒殿院。

如今沈长青的失宠眼见已成定局，宫人们就难免懈怠起来，还总交头接耳地盘算着等新采选的郎君留宫甄选时，去混个面熟，博个新主子欢心，过后没准儿能被讨了去。

没过四五日，这地面和桌上就已积灰，院里的半数花草也蔫儿了。但这些对沈长青来说，本也就是举手之劳，广袖一挥，全殿上下便可一尘不染，花草也会是一派长久的欣欣向荣，不凋不枯，压根儿不需这么多人一日到晚地费力瞎忙。

登仙这五百年，醋香殿不就他一人，何须七手八脚地伺候？

然而此番也不知怎的，抬手抹过案面，沈长青望着指腹上的薄尘，微微皱了皱眉。这到下界住久了，他竟沾染上了凡人那诸多俗气的毛病不成？看来是时候静一静心了。

思及此，这一晚，沈长青趁着周粥在御书房支颐打瞌睡时，化作一道青光进入了赠给她的本命醋中潜心闭关，修复元气。

“……小灯子，现在什么时辰了？”青光没入心口，周粥似有所感地脑袋一点，鼻间隐约嗅到了醋香，可睁眼一瞧，室内静无一人，便只当梦得恍惚了，揉着眉心，喊守在门外的小灯子。

“快子时了，陛下吃些宵夜，臣就送您回去早些休息吧。”

接话的却并非小灯子，而是从门外端着一碗银耳羹进来的唐子玉。夜已深了，他显然沐浴过，不比白日华服整肃，衣冠都从了简，看着多了几分闲散的自在。美中不足的，大概就是那一手扶腰往里走的姿势了。

“子玉，你这不方便还跑来送什么宵夜啊？”周粥见了唐子玉急忙起身，先把那碗银耳羹接过放到几上，再扶着他坐下。

要说三人里被沈长青恶整得最惨的，便是唐子玉了。燕无二与百里墨都只是沉浸幻象，行为可以自主。人在幻境里若是感到累了，就自然而然会把自己安排晕倒或是睡去，醒来之后，除了此前行为略丢脸，没什么实际伤害。

唯独唐子玉这腰，第一天时压根儿下不了床，周粥也有意借安抚他来气一气沈长青，便亲自带了御医过去诊治，亲手喂汤药，为了表现得格外亲近，连称谓都变了。

百里墨见周粥与沈长青闹别扭，争宠有门儿，便也紧跟着趁虚而入，继续发挥仵作特长，在挑鱼刺与挢引术这两样上，想方设法地留住圣上的胃与身体。反观燕无二就比较惨了，还在禁足中，有心无力。

倒是此番陆续进京的采选郎君们大为受益，周粥留起牌子来毫不手软，特地命人将偌大的芳华宫打扫了出来，专门用来安置这些初初入选，留宿宫内进一步遴选的郎君。她还时不时御驾亲临，欣赏郎君们的才艺，享受一下后宫佳丽三千人的骄奢淫逸。

只是苦了抬御辇的宫人，不明白陛下为何直路不走，专挑远的、不顺路的绕，非得在那青月殿前晃悠过两回，才肯让他们加快步子奔着那芳华宫去。

“无妨，臣已快大好，日后侍奉陛下不成问题。”唐子玉顺势坐了，反握住周粥的腕子，刻意压低的嗓音带笑，透着独属于夜色的暧昧。

“你自己的身体自己保重，不日还得远行呢。到时候没养好，马车里颠

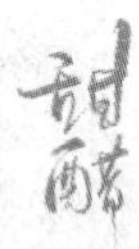

簸受罪的可不是朕。”周粥微窘，只当没听明白，抽出手转身去喝那银耳羹，边喝边腹诽唐子玉近来私下里正经不了三句，骚话连篇，绝非一朝一夕养成，只怕是从前也隐藏得太好了。

唐子玉听得一怔，随即心头微暖：“陛下提醒得是，臣会注意的。陛下也不要太操劳，过了子时，寒气渐重，对身子不好。”

“你既自知身体有恙，就该当早些休息。子时过后，冥府之门便会开启，阴气重……”

拿勺的手骤然一顿，旧日里曾经并没有怎么过耳的叮嘱，没由来地回荡在了周粥的脑海。沈长青说过，他能纵神思游走，宫内情形都可窥见。

现在这么多日过去了，他若都看在眼里，为何仍不见半点儿反应？他真的不在意吗？

有时候，甚至连周粥自己都开始怀疑，那晚情浓时的笃定与亲吻，会不会真只是她的黄粱一梦？是她分不清现实与梦境，把他冤枉得紧了？

“陛下？可是这银耳羹不合胃口？”

出神间，似乎听到唐子玉唤自己，周粥扯扯嘴角，兴味索然地摇了摇头，说：“没有。”离了沈长青，本就无滋味，谈何不合胃口。

见她说话间，眉间倦色越浓，唐子玉眸光微沉，抿唇起身过去，单手按在她的手背上，柔声道：“陛下累了，折子明日再看吧。”

温热从手背的肌肤上传来，周粥抬眼看去，身边的男子长身玉立，眉目俊秀，还是当朝亚相，如果不是一心辅佐自己，入了后宫，当了这有名无实的侍君之首，该有多受女子欢迎啊？或许今时今日，早就过上了夫妻举案齐眉的小日子。

而不是像现在这样不尴不尬地守在她身边，算什么呢？

“唐子玉，你有喜欢的人吗？”

没料到她会有此一问，唐子玉的心随着边上的烛花一跳，听到自己用发哑的声音回道：“自然是有的。只不过，臣自二十岁起初见她，却颇为迟钝地到前段时间才发觉她可爱。”

“那现在那个姑娘在哪儿呢？成婚了吗？”周粥一惊，追问道。

“算是吧。”唐子玉似叹了一声，“但臣觉得她好像并不开怀……”

周粥闻言，垂眸默然半晌，在心中暗做了决定，才起身冲唐子玉浅笑道：“朕知道了。子玉，你再给朕一些时间。”

“好，都听陛下的。”

“那今日便听你的，朕先回去休息了。你不用送了，也快回去吧。仔细你的腰——”

唐子玉轻笑着目送周粥走远时，只当她已明了他的心意却迟疑于回应。进退得宜、不疾不徐向来是他最擅长的，反正在他看来，一个侍君与帝王之间，最不缺的便是时间。

可他不知道，周粥平生最给不了旁人的，就是时间……

窗外夜深人静，花影扶疏，躺在龙榻上的周粥辗转反侧，最后盯着床顶发起呆来。

当初迫于充盈后宫的压力，周粥与唐子玉三人商量着，将他们纳为侍君，本就是权宜之计。那时他们三人都没有心仪之人，她按自己味觉衰退的速度，也料准了自己至多不过三五年光景就得去皇陵报到，不会耽搁他们多久。

左右大周民风开化，无论是再嫁再娶，都是世人眼中的人之常情。她早想好了，在她驾崩之前留个遗诏将包括他们三人在内的后宫诸人，都放归出宫，还了自由便是。

届时，三人前廷官职也都尚在，唐子玉虽已近而立但胜在成熟稳重，百里墨与燕无二那更是风华正茂，什么样的好姻缘寻不着？

尽管唐子玉三人并不知晓她的短命与身后事的安排，但说到底当初达成一致入后宫的基础，便是在婚配兴致缺缺这一点上的志同道合——一个只想匡扶社稷，一个只想成为全天下最好的仵作，一个只知道精进武艺和保护陛下。尤其是百里墨，眼里只能容得下死人和他预定下要解剖的“活死人”，寻妻之路可谓颇为险阻，更何况他本人还没什么积极性。

周粥顺理成章地认为他们就是来演戏的，演一个侍君的身份给宫人看，给朝臣看，给天下人看。只是没想到他们入宫不久，就表现出了过于敬业的人臣素养，入戏极深地开始争风吃醋，互相“伤害”……

她就开始怕了，怕他们演着演着，假戏真做。而她却只能铁了心当孤家寡人，注定辜负了人心。特别是唐子玉最近的状态，那神色那语气，都让她格外忐忑。好在今夜这么一聊，原来是铁树开花，柔情正浓，殃及了她这条池鱼。

不过周粥也想好了，如今这节骨眼不宜生变，待微服出行将崇州一案了结，她便和唐子玉好好谈谈，将他提前放还出宫，追求幸福。他喜欢的那姑娘要是已与丈夫感情不和，和离了，那便最好，直接一道圣旨赐婚，也算成人之美，全了君臣之义。

她这一辈子啊，自己求不得姻缘，能当回月老也是好的。

周粥想到这儿，连日来沉郁的心情终于得了几分舒展的空间，反正也没睡意，便披衣起身，没惊动耳房里守夜的小灯子，自己轻手轻脚地出了寝宫。

子时已过三刻，但入夏后的夜风吹在人身上已一点儿不觉寒凉了。周粥去了一趟御花园，在石凳上呆坐了好半晌，望着四月三那日纸鸢飞远的方向出神。

那一日，是她登基以来最纵情恣意的时光。那时候沈长青并没有现身，她却笃信他的目光始终在自己身上，他不会让被自己剪去提线的每一只纸鸢栽落。

可现在她没了把握，身边再也没有熟悉的醋香萦绕，舌尖没了滋味，心里也跟着空荡荡起来。

周粥一遍遍地告诉自己，是沈长青贼喊捉贼在先，也得让他先来向自己道歉，说明缘由才是，可双腿却控制不住，一步步从御花园被诱去了青月殿。

她记得沈长青说过，仙神鬼怪或是修行之人，以入定替代睡眠是常事。这会儿大半夜的，他一定不会在外头四处闲晃，多半是在入定状态。

月色很亮，周粥穿过前院时只随意瞥了几眼，觉得花木的长势不太好。

到了殿前，她将门一推，“嘎吱”一声，值夜的领班太监被惊动，忙扶正帽子，颠颠儿地跑上前来行礼。

“谁——陛下！奴……奴才给陛下请安！”

没理会他，周粥快步进了内室，榻上没人，整个房间也仿佛空置已久般，透着股没人气儿的冷清。

“沈侍君呢？”周粥回头看亦步亦趋跟进来的太监。

“回……回陛下，平日沈侍君进进出出，都没什么响动，当奴才的也不敢轻易过问，所以也不太清楚……”领班太监唯唯诺诺地应着。

周粥蹙眉：“你最后一次见到他是什么时候？”

“两三天前吧……”领班太监几乎不敢作声了，哪个当奴才的主子不见了两三天还不往上禀告的？就算沈长青这个主子当得特殊，说出去也忒不像话。

“这么久没见着人，为何不报？”周粥听完果然忍不住怒斥道。

领班太监双膝一软跪倒在地，可除了求饶，旁的是一句有用的话都没有：“奴才该死！陛下恕罪！陛下恕罪——”

“够了！”

被他哀告得心烦意乱，周粥低声喝断他，转身就快步往外走，步子迈得又急又重，听到身后的太监居然还磨磨蹭蹭地跟了上来，不由得回眸一个眼刀刺去，语气阴沉不善：“朕让你跟了吗？”

于是领班太监带着哭腔，“咚”一声就地跪定了。

周粥很少对宫人发这样的脾气，也不喜欢他们动不动就跪，但此时她没让这玩忽职守的领班太监去内务府领二十杖都算好的。

“你这领班太监不必当了——”冷冷地撂下这话，周粥再次抬步，径直穿院而过。难怪同样是初感暑热，旁的宫殿内花木怎的都没事，只沈长青这儿的长势不佳。这些宫人只怕早忘了还有个主子！

对宫人攀高踩低的怒意并没有在周粥心头持续多久，很快让她恼火的对象就变了。

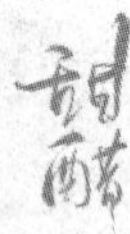

她想到那日在御书房发生的争执，她说有人为自己吃醋也挺好，沈长青那家伙一副当了真的模样，还这么多天没露面，没准儿是觉得留在她身边报恩已经没有必要，所以早就不声不响地离开了！

她堂堂大周女帝竟就这样被一个醋精“始乱终弃”了？颜面何存！

周粥越想越窝火，发誓一定要把这个不负责任的醋精找出来！要甩也是她甩他才对！

“朕就不信了，也许还没跑远呢……”

怀揣着一丝侥幸，周粥开始四处闻四处找，大半夜的也撞见了好几队正好巡逻而过的大内侍卫，把他们都吓了一跳。每一队的侍卫长都不放心天子后半夜了还一个人在宫里晃荡，提出要随侍周粥保护安全，都被她断然拒绝，只得吹灭了提灯，偷偷摸摸地缀在百步之外，远远跟着。

之后的情形可想而知，周粥身后的这条“尾巴”越来越长，最终都停在了御膳房的前院外。侍卫们眼睁睁看着天子进了膳房，随即在里头值灶的小厨役就被赶了出来，紧跟着就是一阵隐约的乒乒乓乓的翻找声。

“陛下这大晚上的，就因为饿了？喊一声传膳不就好了？”

“不会是在梦游吧？我一看陛下今晚就很奇怪，神神道道的，要不要请太医？”

“对，对，你快去快回，顺便把小灯子公公也叫来瞧瞧——”

院外众人的交头接耳，周粥在膳房里自然听不到，也没工夫和心情去听。

她只是豁出一股拆房子的劲头，把所有的醋罐子和醋坛子，以及疑似醋罐、醋坛的瓶瓶罐罐都扒拉出来，开封检查。

“可恶！什么话都还没说清楚呢就走，这算怎么回事啊！朕又没逼你把天庭搬下来送朕，为什么自作主张？还说自己只是吃坏了东西，没有醉，很清醒，非要侍寝——”手上翻找的动作不停，周粥的嘴里也没闲着，压低声音，骂骂咧咧着把那晚沈长青全部的荒唐都给数落了一遍，包括他末了那很不厚道的“半途而废”。

“自个儿倒头就睡也就算了，第二天起来还全怪到朕头上！简直就是，”折腾累了，也骂了，周粥很没形象地一屁股跌坐在了地上，气喘吁吁地咬着后槽牙，强忍鼻尖发酸的感觉，做了最后的总结，“简直就是醋精里的败类！”

其实也就是死马当作活马医，她并没指望能从御膳房这些瓶瓶罐罐里找到沈长青的真身，尽管当初他是随御膳一起上桌的……

可话音才落，她感到眼前有暗淡的青光忽然闪动了一下，然后逐渐变强变亮。她先是下意识地抬头往那堆醋坛方向望去，随即才意识到不对，低头看向自己的心口。

那青光是从自己衣襟里透出来的。

未来得及细想，青光已然大盛，周粥急忙闭眼抬手一挡，待感到周遭刺目的光线褪去后，才有点儿茫然地睁眼仰头望去。

一身出尘青衣的男子立在这被她翻找得一片狼藉的灶台前，显得格格不入。

“吾伤了元气，想躲进本命醋中休养一阵都不得安生。”周粥听到沈长青无奈地笑叹，鼻尖的酸涩再也强忍不住，化作眼眶里的水雾冒了出来。

沈长青见她之前还骂得中气十足，泼辣得很，如今眼泪说来就来，诧异间也显得颇为无措，只能走上前，单膝支地，低头打量她：“怎的又哭了？”

“还不是因为——”冲到嘴边的“你”字被周粥咽了回去，“因为伤自尊了！朕堂堂一国之君，还没这么被人冤枉过！冤枉完人你还一走了之，害得朕都没处说理去！”

她抬手一抹脸颊，之前没留意手上翻找时沾着锅灰，脸上立刻多了几道黑乎乎的“须子”，更像半夜来膳房偷吃的小老鼠了。

“都是吾的错。”沈长青抿唇忍笑，并不提醒她。

周粥哼一声，斜睨他：“你记起来了？”

“没有。只是方才你心绪起伏太大，吾在本命醋中入定亦有所感知，于是醒来听到了刚才你骂的那些话。虽然断断续续的，有点儿颠三倒四，但吾也总算都听明白了。”沈长青先是摇摇头，解释过后，又一次向她道歉，“是

吾不该误会了你。”

如此一来，她为何答应侍君采选，为何一反常态亲近其余侍君、侍郎，他便都明白了。于是这几日缠在他心头挥之不去的那点儿不知名的烦闷也都随之一扫而空了。

“这回你不觉得朕是狡辩，是编的了？”气闷了这么多天，周粥才没那么好哄。

沈长青轻笑：“你并不知吾在，编给谁听？”

“你——你就不能说，是相信朕不会骗你吗？非要这么诚实！”周粥气结，脸又往旁边别了别，就差拿后脑勺对他了，“那晚你的嘴不是还挺甜的吗……”

沈长青闻言眉一蹙，有些犹疑地问她：“那晚吾……可还做了别的不妥之事不记得？有无让你受了旁的委屈？”

“没有。”

周粥眸子飞快一转，决定闭口不谈那两段过分温存的亲吻。既然他不记得，那这段记忆就由她独吞了，哪能什么好处都让沈长青给占了。

“咳，那就好。”沈长青轻咳一声，也不知道自己在担心什么。

从前他从未多想关于太上老君那把被烧掉一半的胡子是怎么回事，也没仔细琢磨过自己醒来后很长一段时间老君看自己的眼神有什么不妥。可如今与周粥所言一印证，再回想起来，他才意识到自己吃完甜食后的反应恐怕不只是元气损伤，直接陷入昏睡，而是在那之前的某一段时间内，会先做出一些匪夷所思的事后才陷入昏睡。只不过他在过后醒来时会忘得一干二净，便以为自己睡得老实，殊不知……

“吾真身为醋，若不慎吃入甜食，会产生相冲之症，造成元神激荡，气息翻涌不适。只是吾始终不知自己昏睡之前还会做些……奇怪之事，过后又会忘记，这才……”

酸甜相克，也算通俗易懂。周粥突然一副恍然大悟的模样，“啊”了一声，总算转回头拿正眼看他了：“是因为吃了那块甜的咸酥饼啊！”

“你知道是甜的？”沈长青诧异。

“知道，不过也是后来才知道的……”

周粥点了点头，于是将那日沈长青走后，周琼离开前的情景简单回忆了一番。

“天色也不早了，小姨的别院在京郊，晚回不便，朕就不留你了。今日小姨所谈的匪患解决之策，朕受益匪浅。”

“陛下……臣思量再三，有一事还是要禀明陛下——请陛下恕臣方才犯了欺君之罪！”

“欺君？小姨快起来！这话从何说起？”

“这盘子里的四块点心，其实只有臣递给陛下的那一块是咸酥饼，其余还是甜口的。臣怕陛下吃不惯，不敢多做……”

“就是这样。小姨见你也在，便临时起意想替朕试试你是否全心向着朕，敢不敢冒着得罪亲王的风险直言不讳，这才改口说一盘全是咸的。”周粥摊手一笑，“谁知道最后她自己尝的那块居然也变成了咸的。她没见识过你的法术，可把她自己也给整糊涂了。”

沈长青听完，心中虽仍存疑虑，当下却也没再多说，只是冷哼道：“凡人心眼倒是多。”

“朕看小姨这招就挺妙的，试出效果了。”周粥身子往前一倾，拿含笑欲诉的眸子直勾勾地瞅他。

沈长青往后撤起身：“何以见得？”

“你当时吃下甜食，身体已经不适，还强忍着施术把剩下的糕点变成咸口的，不就是一心向着朕吗？”周粥挑眉，一副“你别不认”的小样，“你以为小姨是在试朕，怕朕失去味觉的事被识破，想帮朕保守秘密——”

“没什么帮不帮的，这是吾答应过你的事。”沈长青这会子才舍得指指她脸上，转移话题，“你脸上沾了灰，擦了再出去见人。”

“朕自己擦多麻烦，还擦不干净，你给施个术不就行了？哪边脸？”周

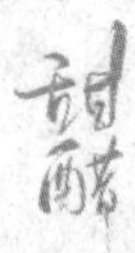

粥说着，起身就要把脸往她跟前凑。

不意她突然凑近，沈长青原是本能地要退后半步，可周粥方才半条腿压坐着发了麻，起身又太猛，身子骤然一斜就在他眼前矮了下去！

“小心！”

沈长青眼疾手快，伸臂一揽，就将周粥接了个满怀。她脸上的锅灰也蹭下一半沾到了他的前襟上。

这下倒好，施个法还一举两得了。

“手上还带着灰，别摸了，再摸又该脏了。”周粥看眼前那片衣襟上干净了，就下意识想抬手摸摸自己的脸颊，被沈长青及时制止。

“哦……”

之后膳房内是一段长久的沉默，周粥磨磨蹭蹭地从沈长青怀里退出来，还有些贪恋他身上阔别多日的淡淡醋香。

“你是不是还得消失一段时间，回本命醋里休养？”

“嗯。”

“那你下次再躲进去，也记得提前告诉朕一声，否则朕还以为……”

“吾不会丢下你的。”

将周粥的话音打断，沈长青低头望向她，语调平和而笃定，神色淡然，只是有什么情愫似在眼眸的更深处氤氲开来……

第十章
他年我若为青帝

◆
◇

天子半夜梦游御膳房事件，最终没有在宫闱中激起太大波澜。

请来的太医给周粥诊脉后觉得没什么大问题，只开了几帖安神药，过后也被周粥捏着鼻子，全都倒掉了。十岁之前当了那么多年的药罐子，她对喝药真是深恶痛绝。

沈长青那夜并没有同周粥一道走出御膳房现身在众人眼前，而是直接重新回到了本命醋中休养元神。后宫之内，对于这位神秘沈侍君的踪影全无，好像也没几个人关心，第一个向周粥问起他的，居然还是被整得最惨的唐子玉。

“陛下，近日怎么都不见沈侍君？”

“哦，朕派他出宫去做点儿事，还没回来。”

对上唐子玉那充满希冀，仿佛在问“沈长青是不是终于从哪儿来滚回哪儿去”的眼神，周粥有些于心不忍地伸出一只手拍了拍他的肩，另一只手心虚地隔着衣料摸了摸心口前的那滴本命醋。

她忽然觉得沈长青之前不告诉自己是明智的，现在她知道这么一小滴醋里居然还别有洞天，洞天里还有个男人待着养伤——

哪怕沈长青在御膳房里再三保证进入洞天之后，除非受到强烈的情或气

的起伏惊扰，否则他对外边的世界几乎是无知无感的，和动物冬眠同理，就算醒来，也不可能直接透过看似透明的醋滴往外看到点儿什么不该看的。

但这一天十二个时辰，连沐浴、更衣、就寝都不离身的，周粥就总觉得别扭。不过她也不放心摘下来另存着，怕若有个闪失，里头的沈长青会出事。于是她也只得忍下心头时不时泛起的羞臊感，和沈长青“形影不离”地过了一旬有余。

至于芳华宫里的莺莺燕燕们，周粥是真没再去赏过，打算等过上一阵，大臣们对采选之事的关注程度渐淡后，再想个法子把这些留宿甄选的侍郎都遣散回去，各回各家。但她避而不见，不代表人家长着两条腿的不懂找来。

于是周粥冥思苦想出了一个躲清静的好去处：祖宗祠堂。

她盘算着多在祠堂里祭拜几回，届时扯个由头也方便，就说先祖托梦，这届留宿的采选侍郎中有功德深厚的圣僧转世，不能亵渎。她周粥分不清哪个是其转世，那只能忍痛割爱，一概放还喽。

想必满朝文武，没人敢说一个“不”字。

好在夏暑主阳，这时节的祠堂里并不阴冷，午后待着还挺凉快。

这日，周粥处理完政务，照例命人都远远候在外边，独自进了祠堂，取香点香，虔诚地跪在蒲团上，对着祖宗牌位拜上三拜，再起身把炉子里昨日的香换成今日的。

之后便是唠嗑时间了。

只见她重新坐回蒲团上，换了个舒服的姿势，抱着膝，看向其中一个牌位，笑了笑：“母皇，我又来了，今天不问您那些朝政琐事该怎么办了，反正您在天上听了也只能干着急，还是说点儿开心的吧！”

“您看这个。”周粥说着，顺着银线儿把那滴本命醋从领口里取了出来，举到眼前，“肉眼看过去就只是一个普通的琉璃坠子，但其实这里头现在还住着个人——”

本命醋随着她手上细微的动作晃了晃，模样与之前没什么两样，殊不知里面住着的人此刻已经离开了……

休养了十几日，沈长青自感元神稳固，从入定中醒来时，是昨日深夜。

一道青光自熟睡的周粥心口流泻而出，转瞬便现出了男子颀长的身形。周粥没被这一闪而逝的光线惊醒，只是哼哼着又翻了个身，没什么睡相地把腿往床内侧一跨，正好把后背对着站在床边的沈长青。

沈长青见状，指节轻勾，滑落周粥肩头的被角又重新盖上。

天气渐热，周粥换了一床轻薄的锦被，之前那条被施过“死缠烂打”的春被自然就收拾起来，压了箱底。

“沈长青……你怎么还没好……”可周粥却似乎天生与被子有仇，才给她盖上，又不安分地扯了下来，“好慢……”

本只是句梦呓，却勾起了沈长青心里的忧思。

从本质上来讲，一个人无论在天庭或是凡间，每时每刻，所度过的时间长度其实是等额的，并无不同。之所以生出“天上一日，地上一年”的错觉，只是由于计时历法不同，天庭的一日晨昏更迭就相当于凡间的一年四季轮转那么久。

当初他在天庭，吃完甜酒酿圆子后尚且昏睡了数日，纵使修行至今又过去四百年，修为远胜当日，但此番元神受创，在人间养伤也绝不可能恢复得如此之快。

沈长青很清楚，是一缕不属于人间的先天灵气助了他。

而这缕灵气，沈长青这些时日屡屡用神识探查，几乎可以确定，就源自周粥。

那灵气隐藏极深，此前他两次仅以法力自外贯注到她体内游走查探，都没能发现。只因这本命醋并非凡物，又被周粥佩戴在贴近心口之处已久，才会日渐与那缕灵气起了些许感应，使得遁入洞天中养伤的沈长青受其影响，比预期中恢复得要快上许多。

先天灵气与清气不同，顾名思义，是先于天地初开而存在在这世间的，为大道衍化而来，也只能运行于大道之中，自有定数，不可更改。而清气则

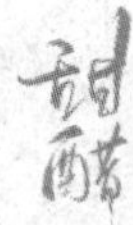

是后天随万物修行而生，漫溢在天地各处，以洞天福地中最多，魔界鬼道间最少，可以吞吐凝聚，不断生灭，或多或少，对这世间并无太大影响。因此清气易得，先天灵气却可以说是无从得。

所谓大道五十，天衍四十九，遁去其一。这遁去之数，便被纳入了与其一样先于天而生的上古先天诸神的元神之内。

凡人都道神仙神仙，只觉住在天上的都差不多神通广大，实则不然。神远胜于仙，而上古先天神又远胜于其他靠刻苦修行才登临神位的后天小神，是大道化身一般的存在。

因此，区区一个血脉已经稀薄到和普通人族无异的巫灵族后人，却得先天灵气护体，这其中必有足以令诸天仙神讳莫如深之隐情。况且，先天灵气虽力量强横，看似逆天改命，使周粥得以免于早夭，甚至不必缠绵病榻，活动与旁人无异。但这也不过就是烧起了一支续命的烛，烧得越亮，燃尽就越快，难以长久。

世间万事有果必有因，若周粥的先天魂魄残损是“果”，那么现在的沈长青想为她找出是何人何事种下的“因”，从中或能寻得一线生机。

下凡前月老的那一句机缘提点被沈长青在这段时间里反复思量，当初只道是能意外寻见突破自己修行瓶颈的契机，而今看来这其中却是藏着更为难测的天机——

满心疑虑的沈长青不得不回一趟天庭，他早已不可能再做回当初那个一心只想着早日完成任务，拿到好评回去交差的醋仙。

一旦惹了这俗世尘埃，便是怎么都拂不去的。更何况他也不想拂去。

“此番吾快去快回，至多人间一日光景，便不与你说了。”沈长青垂眸又瞧了瞧睡得正酣的周粥，眼底浮现出浅淡笑意，随即抬手掐诀，整个人便化作一道青光，悄无声息地自窗牖而出，向上没入了云霄。

片刻之后，天庭卷帙阁门前，一道青影落地。

卷帙阁共有十层，阁顶高耸，阁前没有守卫，只有一道仙法禁制。沈长青一拂袖，那禁制屏障便从中向两侧分开出一段一人多宽的距离。等他抬步

入内，屏障便又在他身后自动合拢。

月老可是出了名的老狐狸，想从他口中撬话不易，只有自己手中先攥些底牌，才好套出点儿有用的东西。所以沈长青没有直接去月老住处找人，反而先来了这儿，希望天庭这浩繁的藏书中还有关于巫灵族的其他更多记载。毕竟自己从前只是翻阅典籍时偶然得见，并非特意查阅，恐怕多有遗漏。

只是那时仗着天界的天光漫长，不觉飞逝，尽可随意消耗，今日却要掐着人间的时日，速来速回，容不得沈长青一层一层，一架一架，分门别类地找过去。

于是沈长青双目微合，单手结印，调动神识直接扫过满阁藏书。无数文字自他脑海中如走马灯般疾速闪逝，青光从他周身不断溢出，仿佛化作了有形之水，灌满了第一层后，进而又不断向上漫去——

不过弹指几刹的光阴，沈长青额间已沁出细汗，眉头紧皱，勉力支撑。直至卷帙阁的顶层也被全部“淹没”后数息，那青光才像是终于难以为继，骤然消失，沈长青的身形也随之几不可察地晃了一晃！

“咳……”他闷咳一声，心中有些不甘。

莫说是元神受创后初愈了，便是沈长青全盛之时，以其在仙班里不过微末的五百年修为，便用神识强扫这数以万计的仙卷，虚耗不可谓不大，说是气海被抽空一大半都不夸张。

可付出这么大代价，他发现的有关上古巫灵族的记载竟是寥寥无几，多讲的是族群起源与族中圣器万巫鼓的传说。至于千年前那场天地浩劫中，这一族的遭遇如何，周氏一脉如何得以幸存延续，更是连只言片语都未提及。

但越是如此，沈长青就越确信自己的推断——

一定有什么真相被刻意遗忘了。

是那些经历过千年前浩劫的仙神抹去的痕迹？当时究竟发生了什么，才让他们不愿令后人尽知？

简单调息片刻，沈长青忽略胸口滞闷的不适感，转身出了卷帙阁，径自

又一掐诀，乘风跃上了天外重天。

凡人都以为天界只有一个，只有一重，可事实却是，天庭之上，仍有重天。

上古的先天诸神们便在这更高一重的天上清修，只偶尔会下到天庭来视察一下其余仙神们是否各安其位、恪尽职守。

五方天帝，也在其列。

周粥提到过，巫灵族在周氏这一脉供奉的主神是五方天帝中的东方青帝灵威仰。

那么在颛顼“绝地通天”之前，人、神两界尚能以昆仑山为梯自由往来的那段漫长岁月里，周氏先祖与青帝之间，是否发生过什么？

巫灵族一生只忠于一位主神，而有能力将先天灵气化作一朵灵花存于世间，使周氏族人可以代代相传的，会不会就是受其祝祷，也予其庇佑的青帝呢？

沈长青当然不能指望五方天帝之一的青帝会屈尊降贵地为一个小仙解答疑惑，更何况整个天庭都知道，青帝已经神隐多年，有说他在闭关修炼的，有说其已经陨落得归大道的，也有说他一直都在木德殿中，只不过性格孤僻，不喜与人打交道，才将听下仙述职的琐事都推给了西方白帝……

凡此种种，不一而足。沈长青从前听来倒并未当回事，如今却觉得处处蹊跷，便无惧上古之神的天威打算潜入青帝那位于天外重天之东的木德宫一探。

人不可貌相，仙也是如此。

别看沈长青平日一副寡淡清冷模样，仿佛万事皆不入眼，自然也不会因存着什么执念而做什么出格之事。可那是因着登仙这五百年，就没什么能令他上心起意的，哪怕于修行之道上止步难前，沈长青也不过是不紧不慢地按着自己的节奏，翻阅典籍，聊作尝试罢了。

可如今一旦上了心，起了意，他骨子里藏着的那点不管不顾的劲儿，就原形毕露了。

而且越是这种平时不显山不露水的人，做这种事的时候就越是面不改

色。

木德宫外负责看守的天兵修为十分一般，充门面的成分更大。毕竟以上古大神之威，纵使真有哪个不知天高地厚的宵小偷潜上界，千里送人头，想必也是连门都进不去的——

当掐诀掩藏住身形与气息的沈长青走到那敞着的宫门前时，一股强大而无形的威压就已经几乎要把他逼退回去!

沈长青没有见过这种禁制，却没有打算就此放弃，未掐诀的另一只手结了个印，谨慎地探向前方的虚空。

没有遭到任何阻拦，沈长青的手探了进去，除去法力悬殊带来的压迫感，他没有感到任何不适，便也不再犹豫，就这么堂而皇之地入了内。

东方青帝五行应木，司春，掌万物生发，可木德宫中非但并不如沈长青所想中的那般花草繁茂，绿意葱茏，反而略显清冷肃杀，越往里走，便越是寒意逼人。院内草木失色，细看之下竟是被一层霜冻凝结在内，像是静止了千百年，虽未死，亦不算生。

唯独宫室之内，长案之上，有一枝桃花斜插于瓷瓶中，娇艳盛放。

沈长青走近那长案，发现瓶边铺展着一幅年轻女子的画像。

那女子一件绣有繁复暗纹的青蓝色巫袍裹身，一手执巫杖，另一只手执巫者银面，半遮于脸前，只露出蕴着灵动的眉眼，淡含笑意。作画之人笔触细腻传神，用情颇深，女子艳若桃花的一颦一笑，似都能由这幅静态的画像中窥得一二。

画像边题有一行小字，却没有落款，但能被这般安放于木德宫殿内长案上的，多半是出自青帝本人之手。

这莫非就是大巫女周氏？沈长青望着那眉眼，若有所感地伸手想要触碰。可指尖距那画卷还离着半寸之时，他便感到一股神力自画中骤然涌出，铺天盖地地向自己灭顶而来——

“咚咚咚！咚咚咚！咚咚咚——”

沈长青有刹那陷入了五感俱失的寂然中，直至一道鼓声轰然炸响，进而

从四面八方震荡而来，他才猛地一惊睁眼。

一滴泪猝不及防地落下，洇开在画卷之上。

他仿佛还在木德宫的那座宫室之内，可光景却全然不同了。窗外天色暗淡无光，雷鸣轰响不止。但整个殿内却因神力笼罩，春暖盎然，回望院内，亦不见了方才的寒霜，一派草木葱茏，花繁叶茂之景，还有两三仙娥正驭使清气滋润着这些仙花仙木。

唯一没变的，就是案上瓷瓶中的一枝桃花，和他正执笔描摹的这幅画像。

“阿仰，你竟——”

一名玉冠白衣的上神不知何时现身在殿内，目睹了这一滴泪，一脸错愕与难解。

阿仰？沈长青抬眼看向那白衣上神，这才怔然地意识到，自己此刻或许并不是自己。

他应该是机缘巧合之下，触发了青帝留于画像中的神力，被拉入其以残存神思构建的虚境之中，以身代之，竟得以亲历之法得见曾经景象。

沈长青并不能控制自己的所作所为，他听到自己轻笑一声，没有回应那白衣上神，又落笔，在画像边题了一行小字：

“不怜苍生不为神，不问天道不消魂。”

而后他搁笔，深深地望了眼瓶中的那一枝桃花，起身，向外走去。

这期间，那鼓声从未有片刻停歇，一声催得比一声急，响彻了整个天外重天，似欲与天劫雷鸣一争高下。

“你要去做什么？站住！”白衣上神有点儿心慌地喊住他。

青帝驻足，却没有回头，只是轻声问：“阿拒，你听到了吗？”

“你说这鼓声？”被换作“阿拒”的白衣上神，正是司秋的白帝白招拒，“巫灵族还有人活着，是留在昆仑山守着万巫鼓，供奉你的那一支吗？”

青帝却摇了摇头：“不止鼓声。”

“你到底想说什么？”白帝注视着殿门外那道青色的背影，缓缓皱眉。

悲悯自青帝淡漠的眼底划过："阿拒，这鼓声是在问。"

一声——

问大道无情，苍生何辜！

两声——

问天命反侧，何惩何佑！

三声——

问世事颠覆，天神何处！

"巫灵族人寿数虽长久，也不过凡躯，尚敢为苍生与天道抗争，击鼓登闻，问天意问神明，问生路何在。可你我先天诸神之辈，却只安于这天外重天，独善其身。神因何为神，又何以为神？"青帝的话音不高不厉，却字字如金石相击，掷地有声，"这世间，究竟谁为神，谁为人？"

白帝心中一凛，几步挡到他身前："阿仰，你怎么会这么想？吾知你怜生哀死，平时如何都无所谓。可你我生于大道，自然应遵循大道！"

"大道？"青帝轻笑着，反问他，眼中竟没有一丝敬畏，"大道为何只能任由劫雷降世令凡界生灵涂炭，而不是滋养万物令秋菊与春桃同绽？大道是谁定下的？是天，还是我们这些神？"

闻言，白帝神色复杂，默然半晌，才叹问道："你可知天神动情，会有什么结果？"

"吾正想一试——"

倨傲的话音未落，金冠青衣的上神已然纵身跃下天外重天！

只见他身形于惊雷翻滚的苍穹之下凌空独立，风雨如晦中，衣袍猎猎作响，自天际劈入大地的白光映亮了其清俊决然的面容。

"大巫女大人！你快看——"

天劫降雷火于世，仙神妖鬼魔尚有一力自保，人界却早已是哀鸿遍野，寸草难生，冤魂飘荡，犹如炼狱现世。

青帝俯瞰此情此景，眸光越发深沉。

若天道无情，他却动了情，那便只能弃了天道！

“咚！”

始终未绝于耳畔的鼓声骤止，引得他翻掌结印的动作微滞，不由得望向那座耸立至云端的昆仑山山巅。

“是青帝大人……”

万巫鼓前，女子的身形在宽大的风袍下更显单薄，却在看清空中那袭青影后，执拗地挥开其他族人搀扶的手，从地上再度撑起身，爬上鼓台，以手中巫杖代替已经断为两截的鼓槌，重重往鼓面上击去！

“咚咚咚！咚咚咚！”

这一次击响仿佛已成战鼓，她终于等到了她与这众生的神明！

唇边浮起浅笑，青帝收回目光，结印已毕，咒法已成——磅礴神力自他体内迸发而出，如巨瀑飞泻，江海横流，将大地上久燃不灭的熊熊雷火尽数扑掩殆尽！

随即那强横的神光又忽然敛势，化作了潺潺细流，流经山川沟壑，所过之处，如枯木逢春，花枝草叶再萌，奄奄一息之人得活，无辜枉死之魂往生——

浩劫未过，生机已复！

“咚——”

大巫女周氏自昆仑山巅俯望这片大地，潸然泪下，终是力竭地松开了巫杖，整个人再支撑不住向后仰去，如一只青蓝色的残蝶坠下高台。

青影闪至，她跌入了一个盈着草木清香的怀抱。

“阿周。”

“青帝大人，果然一点儿都没变……我是不是老了很多？”周氏面容苍白，没有一丝血色的唇勉力勾起弧度。

自浩劫降世，她便已经接连击鼓两个日夜，饶是一族大巫，也已耗尽了精神之力，甚至伤及魂魄，回天乏术了。

“皮囊而已，何必介怀。”青帝哀怜地凝视着周氏，感到她的身体有些发颤，“很冷吗？”

“刚才很冷……青帝大人来了，就没那么冷了……”

先天之神，情念淡薄，修为精深，肉身没什么温度可言。但大约是她现在太冷了，冷得仿佛连精魂都要冻住，所以才会觉得青帝的怀抱是如此温暖。

“轰隆！”

从方才起，便似偃旗息鼓的天劫之雷忽而再次聚集炸响，涌动不止，那暗云中频频闪过的惨白电光，触目惊心，像是在积蓄足以弑神的力量！

“青帝大人……”望着这一幕，泪珠从周氏的眼角滚落，“对不起，是我害你违逆了天道……”

青帝眼神淡漠地一瞥在天边汇聚的雷霆之怒，似并未将其放在眼里，又垂眸看向周氏，伸手为她拭去泪水：“无妨。还要多谢你的鼓声助吾彻悟。只是吾来晚一步，没能救下你。”

他的语调似乎依旧平稳不惊，一如“绝地通天”前，周氏折下一枝桃花，对他倾诉爱慕时一般。

那时他只道人神殊途，心虽怜她，却只同作怜悯众生之心，便只劝她早日淡忘，莫要作茧自缚。

谁知其余巫灵族人都已因击鼓登闻，主神再无回应而陆续搬离了距天最近的昆仑山。只有她还带着周氏一脉祝祷不止，在万巫鼓旁一守又是百年。他以为只要多几个百年过去，她就会忘掉执念，忘掉他这并没有多么值得祭奉的主神，故而也从不肯回应分毫，更莫提现身相见。

到如今，青帝仍不知对她可否称为情爱，只是忽地有些不舍木德宫中那枝被施法珍藏起的桃花和那幅迟了百年才被勾勒出的笑颜。

雷云压得越来越低，隐隐可见一触即发之势——

留给青帝和周氏的时间都不多了！

但见青帝腾出一手，掌心向上托出一朵桃花的虚影，随即面色微沉，竟自眉间逼出了一道青光，缓缓注入那花中，那虚影便渐渐转实，最终化成了一朵饱含钟灵毓秀之气的灵花。

他又一次逆行天道，将先天灵气自元神中强行抽出，凝作灵花，想为这已是无法全身而退之局，留下一个可能……

“好美的桃花，好像我送青帝大人您的那一……”周氏注视着那灵花在其掌中盛开，虚弱地弯起眉眼，用尽最后一丝力气抬手，想去抚一抚那娇艳的花瓣，可指尖却在将及为及之时，彻底失去了支撑，骤然垂落。

“大巫女大人——”幸存下来的周氏族人见状，纷纷哭喊着跪倒在两人身边。

“这灵花留给你周氏族人，务必世代传承，终有一日或可救一周氏女性命。”

青帝却好似无喜无悲，将灵花交予其中一人后，就缓缓放下了怀中女子，起身仰头望向昆仑山顶的上空，面沉如水地盯视着蛰伏在云层中的那一道足可撼天动地的劫雷。

天地这一劫未完，总要有人来应。

神力再度从青帝周身迸出，他暗念口诀，以身为媒，结印而起，化作一团青光直冲而上，刺破天幕！

劫雷似有所感应，也终于在此刻爆发出了蓄积已久的能量，如利剑般径直劈下！

一青一白，两道光束于空中毫无缓冲地悍然相撞——

“轰！”

昏沉天地刹那间亮如白昼，巨响引得山峦震颤，怒海惊涛。

而后，六界沉寂……

“呃！”

随着一声闷哼，沈长青终于从过于真实的虚境中猛地醒转过来，只觉胸口滞郁难纾，原地盘膝调息半晌，才稍微缓过神来。

难道青帝当真已在千年前牺牲自己，引劫陨落？这室内尚存的神力与神思仅是残存，也已日渐消解，故已不足以庇护院中花木？

沈长青撑着长案起身，不知自己被困于神思中多久，便也不再耽搁，最后深深望了一眼案中的画像与瓶中的桃花，快步离开了木德宫，往姻缘殿去

了。

姻缘殿是月老住处，前殿便立着一面巨大的姻缘镜。除去穷极无聊时，月老会拿它看一看俗世红尘里正上演着的爱恨情仇，其余时候，这姻缘镜都只是个毫无仙器尊严的存在，只能给月老照照衣冠，臭美臭美，别无他用。

为仙为神，断情绝爱，而这姻缘镜却只能照出有情人的心中所爱。

因此沈长青在前五百年的仙生中，偶尔途经或是拜访姻缘殿时，便常觉得这镜子放在天界委实是明珠蒙尘，不如放到人间的月老庙中供奉着，还能有些作用。

如今沈长青欲进内殿找月老询问当日所提机缘一事，再次路过姻缘镜前时，却倏地顿住了脚步。

那镜中并未映出他的一袭青衣，沈长青落于其上的视线，仿佛成了投入一池春水的一颗石子，在镜里激起了层层涟漪，自中央向四面徐徐荡开。

当镜面重归平静，他看到了祠堂中，抱膝坐在蒲团上与牌位促膝长谈的周粥。

“母皇，我又来了，今天不问您那些朝政琐事该怎么办了，反正您在天上听了也只能干着急，还是说点儿开心的吧……”

凝视着镜中女子的笑颜，沈长青的眼中似有潮汐起落，却没有多少意外之色，反倒略带释然地勾了勾嘴角。

自从得知自己吃下甜食后的所作所为，沈长青就已隐约明白，自己对周粥动了情。

道是甜与酸相克，会引出些难以描述的反应，做出匪夷所思之事，可实则他行事也并非无迹可循。太上老君那把他早看不顺眼的胡子，便是最好的证明。

甜之于沈长青，便诸如酒之于人一般，能使他暂时忘却清醒时因为种种缘由而恪守着的条条框框，也忘记自己是本该无欲无求的仙。所有的爱憎欢悲，都无法再被压抑，只想要遵从本心，见她便得欢喜，想她便起相思……

“您看这个。肉眼看过去就只是一个普通的琉璃坠子，但其实这里头现在还住着个人——他叫沈长青，是个……嗯，应该是来找我报恩的醋精吧！”

听到镜中的周粥谈及自己时，还是坚持最初的认定，沈长青不由得无奈失笑，却还是饶有兴味地继续往下听。

“他说他是来帮我解决后宫吃醋问题的，我确实在祭天大典上许过这愿望，但应该只是他当时就跟在暗处，施法偷听到我在心里想什么吧？要真是天庭派来的神仙，怎么着也得派管姻缘的月老，或者月老手下来不是？不过也挺好的，正好用这个理由把他忽悠进后宫当了侍君——”

原来她一直是这样推论的。沈长青可算是闹明白了，倒也有理，怪只怪天庭选派人员的思路太清奇。

他正替天庭反思，又听到镜中传来周粥的话音：“从前我总不敢想后嗣之事，怕我命短，留下孤女寡父的，不如直接把皇位传给小姨。但沈长青不同啊，他是精怪，活个千年万年没问题，又身负法力——虽然和神仙没法比，但也足够了。话本里都说半人半妖的孩子都天赋异禀，自带法力，应该也不是空穴来风。咱们巫灵族人曾经不也是人族中特殊的一族吗？半人半醋精，应该也不差吧？”

听到这儿，沈长青从方才起沉在眼底的笑意忽地转作了山雨欲来，薄唇微抿起来。

“所以纳君那晚我就想临幸他，就算我不在了，沈长青也能做孩子的靠山。虽然这样有点对不住他，但他能活那么久，分给我和孩子的时间至多不过一百年罢了，应该也无伤大雅。不过这事儿到现在我也都还只是想想……”

“唉，不过也不是没有过机会，前段时间……”

许是受了沈长青因情绪波动而带来的法力激荡的影响，姻缘镜中似起了裂纹，画面逐渐变得支离破碎，从中传出的话音也时断时续。

“哎哟，沈仙君不在下界为大周皇帝排忧解难，怎么有空跑到老夫这儿来照镜子啊？”正在内殿小憩的月老也感知到了外间的不对劲，忙倒腾着小碎步跑出来。

但向来彬彬有礼的沈长青此刻面色铁青，死死盯着姻缘镜，也不应他。月老便诧异地扭头一瞧，登时大惊："这……这怎么会照出那个大周天子来了？"

"总之他变得很主动，差一点儿就成事了……"

镜中画面彻底消失，话音却还苟延残喘着。怒涛在沈长青眼底翻涌，也顾不得月老在旁，本是有事详询，却沉着脸拂袖而去："月老见谅，下仙先失陪了！"

"哎！别急啊，好歹听人家说……完。"

最后一个字音出口时，那道疾行而出的青影早就消失在了姻缘阁外。

月老转身，摇摇头，嘟囔着"年轻人毛毛糙糙沉不住气"，同时食指在空中一绕，便多出了一段红线，飘飘悠悠地离了指间，竟趁着画面完全破碎之前，飞向了姻缘镜中的周粥，直至完全没入，而后消失无踪……

与此同时，镜中最后传出的模糊话音也飘散在了天庭缭绕的白雾中。

"当时我的心就一直怦怦跳，完全没想起之前的筹谋来，就想弄清楚他是不是糊涂了，是不是真的喜欢我……母皇，我是不是也对他……所以现在我也已经不去想什么子嗣……"

凡间的周粥全不知情，只是为自己的"错失良机"叹了口气，转而又笑道："不过也不怕，只要他还留在我身边就好，毕竟——"

"毕竟什么？"

身后冷不防有人出声，周粥下意识地一个激灵从蒲团上弹了起来，可还没转过身便闻到了浓烈的醋香，神色便已转惊为喜："沈长青，你的伤养好了吗？"

"养好了你欲如何？还能发挥点其他利用价值？"沈长青避开了她跑过来牵住自己衣袖的手。

周粥伸手捞了个空，迷茫地眨眨眼："你说什么呢？什么利用价值？"

"一个体质康健、身负法力的后嗣。"沈长青藏在广袖之下的手紧紧攥起，"大周天子真是为江山社稷打得一手好算盘。"

“你——”周粥先是一愣，随即也气恼地拔高了音调，“你怎么能偷听朕说话？”

沈长青斜睨着她的目光凉凉的：“不做亏心事，不怕鬼敲门。”

“朕做什么亏心事了？身为一国之君，朕为国祚计，为江山计，考虑子嗣国本之事，有何不对？”分别多日，沈长青一出现便是这般阴阳怪气，态度恶劣，周粥只觉莫名其妙，骨子里又不是什么懂得退让的性子，便针尖对麦芒地对上了，“再说了，朕强迫你了吗？还不是会等着你心甘情愿——”

“等着？只怕是骗着吾心甘情愿！”

仿佛听到了天大的笑话，沈长青冷笑着打断她。他晓得周粥以国家为重，以政务为重，也晓得她多少有点儿没心没肺，想来是还不曾察觉他对她的用情，也可能还不曾对他付出过同等的感情，即便还只是浅浅的喜欢都无妨。

自姻缘镜中初窥心思，沈长青只觉自己比起直至陨灭都不曾放下神性，直面情爱的青帝要幸运得多，又听周粥在她母皇的牌位面前提及他，心中更是欢愉。

然而沈长青没想到，当头一盆雪水很快浇下，周粥这在祖宗祠堂中才会说出的“肺腑之言”，于他竟是字字诛心！

只寥寥数语，便否定了她对他的一颦一笑，颠破了她与他的一朝一夕，酒醉时的交心倾诉是假的，所有的挽留和依赖也是假的——原来从头到尾，周粥怀揣着的都是目的，而非真心。

“骗？朕骗你什么了？朕哪一句话骗过你？”周粥连珠炮似的驳回去，暗骂他抓错重点、无理取闹也就罢了，他骗她的账，她可都还没算，“倒是你！是谁再三保证，说什么一旦进了本命醋里对外界就会无知无觉！那刚才的话你又是怎么听到的？能听见不就能看见？你是不是还看了——看了——”

也不知道是想到了什么，周粥说到最后，忽然跟被卡住了喉咙似的，脸红脖子粗了半晌，蓦地羞恼不已，便撒气似的把本命醋从脖子上直接扯了下来，嘀咕了三个字，才反手狠狠扔还给沈长青！

沈长青一时心痛愤然，只听见她骂什么“臭流氓”，却还来不及细想，那迎面砸中他前襟后又骨碌碌落地的本命醋，就把他给砸得脊背一僵。

“这是吾赠予你的……”他倏地收敛起了全部情绪般，面无表情地垂眼看着那躺在自己脚尖前的玩意儿，沉声问，“现在，你要还给吾？”

“我……”

其实那本命醋一脱手，周粥就后悔了，可又还负着气，见沈长青不捡起来，她便也杵在原地。

漫长的沉默与僵持中，沈长青眸光几变，末了自嘲地扯动嘴角，五指一收，那地上的本命醋便瞬间置于掌中。

“好。吾知道你的答案了。”

他的语调恢复平淡，却比初见时还更多了冷硬与疏离，硬生生地将周粥好不容易厚着脸皮迈向前的那一小步逼停下来。

她本想说，送出去的醋，如泼出去的水，哪有收回去的道理。

可沈长青却在她犹豫的间隙，已然单手掐起一诀，青光过后，身影倏忽而逝，眨眼便只余虚空中一句虚无缥缈的“保重”。

周粥愣在原地整整十息，终于确定某人真的一去不复返后，才仰着脖子怒吼道：

“沈长青，你跑了就别回来了——”

第十一章

昆仑山巅鼓登闻

沈长青回天庭清修的第一天，周粥骂他。

满意度问卷除仪容仪表那栏的其余项目，全部跌至一颗星。

沈长青回天庭清修的第二天，周粥痛骂他。

满意度问卷除仪容仪表那栏的其余项目，全部倒欠了三颗星。

沈长青回天庭清修的第三天，周粥开始想他。

芳华宫里那些还没找着合适机会打发的采选侍君们，见周粥这两日心情不佳，便越发卖力地围绕在她身边献殷勤。看起来热闹得很，可周粥却觉得每天的这十二个时辰，似乎又变得和从前的御膳一般无滋无味。

唐子玉算是如今后宫中和周粥走得最近的，瞧得出她人前强装无事，人后却总掩不住失魂落魄之色，有意设法取悦，却屡屡得不到她能及至眼底的笑意。

唐子玉想旧梦重温，再带周粥放一放纸鸢，却莫名感到物是人非。她望着他走神时，只仿佛在看另一个人……

于是五日之后，唐子玉不得不对青月殿那位一走了之的沈侍君甘拜下风，为周粥出了一个颇有昏君作风的下策。

“陛下，大周最初就是修仙门派创立，纵使海内门派不济，远海之外也

不乏能人异士。普天之下莫非王土，陛下若真怀念沈侍君，不妨重金悬赏寻找如他那般身怀醋香，擅施妖——法术者，召入宫中便是。”

周粥乍一听，下意识地连连摇头，可还不待唐子玉开口再劝，她却忽地动作一顿，又改了主意：“好！那这事朕便着你去办，但也不要太招摇。”

“是，臣定当尽心竭力，为陛下择一位妥帖的侍君。”

还记得第一次在青月殿吃了闭门羹后，唐子玉就调动了整个御史台的情报网，不仅是大周境内查不到沈长青的任何底细，连几个邻国的探子也传回了消息，查无此人，不是细作。尽管被纳为侍君后，沈长青尚无出格或是可疑的举动，可“查无此人”这点始终是扎在唐子玉心头的一根刺。

如今姓沈的不知哪根筋搭错了，自行离去，正合了唐子玉心意。既然陛下偏好沈氏那一类的男子，倒不如索性由他亲自择选些身家清白的送入宫中，也好过让个来历不明的伴驾左右。

虽然自己争不过一个说走就走的家伙，还得亲手再送一个差不多的进宫与自己分宠，身为侍君，唐子玉难免有些嫉妒，但身为人臣，至少图个心安。

未免夜长梦多，万一沈长青去而复返，只怕圣心还会回转。故而，危机意识极强的御史中丞唐大人雷厉风行地搜罗并物色了五人领入宫中，面圣侍膳。

这五人自是根正苗红，家世清白不说，会的本事也不少，有会变戏法的，有擅调香的，有懂酿醋的，也有会术法的。

会术法的那个，名叫罗言，相貌堂堂，出自修仙名门，年纪轻轻就已出师，云游四方，惩奸除恶，斩妖除魔，在修士中还算颇具时誉。这五人中，他是唐子玉最看好的一个。

当前边四个都被周粥毫无兴趣地摆手遣退后，罗言上来便冲给自己递眼色的唐子玉露出了一个成竹在胸的笑容，旋即并指身前，口中念念有词，催动灵力，一股醋香便萦绕在了殿内，久久不去。

周粥闻着醋香，果然有了兴趣，问：“你叫什么名字？你这是什么醋？”

“回陛下，草民是洞仙山掌门座下弟子罗言。”罗言答得倒是直言不讳，

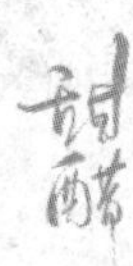

“这醋是家师珍藏。听闻陛下喜闻醋，草民就带了一坛，方便随时催发其气。”

“那坛醋呢？也不在这儿啊？”周粥见他目光磊落，比之前那四个略带谄媚的要顺眼许多，便多问了两句。

罗言话音中带了几分自傲：“放在御膳房中。草民修习术法也算小有所成，东西隔得远些，也能调用。”

“百里之内都行吗？”

“这……”罗言闻言，略一皱眉，无奈地摇了摇头，“百里太远，十里之内尚可。”

也不知是想起了谁，周粥淡淡地“噢”了一声后，便忽地陷入了沉默，直到唐子玉出声相询。

“陛下若都不满意，臣便再去——”

“不，十里就十里，也不打紧。”周粥却一挑眉打断了他，抬手指向罗言，笑道，“就他吧。”

就这样，罗言被周粥赐住在青月殿左近空着的那座阁楼里。

从某些方面而言，他与沈长青确有几分相像，不喜宫人进进出出的伺候，不与其他侍君过多来往，无事时便盘膝修行，伴在周粥身侧时也不聒噪，有几分修士的清静道骨，又有几分少年的热血侠气。

对坐闲谈时，他便会应周粥的要求，讲一讲在外云游，斩妖除魔的经历，并不吹嘘，也不过分自谦，语调和技巧比说书先生的要朴实无华许多，但内容又更为精彩丰富。

有时听得出神了，周粥便会隔着阁楼的窗子对着楼外的某个方向托腮，偶尔也会突然问罗言一些稀奇古怪的问题，比如他是否见过陈醋修炼成精。

罗言当然没见过，只好给她另讲了一个白猫成精的故事弥补。

就这样相处了五六日，周粥并不讨厌罗言，或者说，如罗言这般如沐春风、不紧不慢的性子和处处得体的言行应对，大约也没人能对他讨厌得起来。

每次从阁楼离开，路过青月殿时，她都会一遍遍地试图说服自己这个罗言也行。醋香虽不是自带的，但胜在切换起来比沈长青自如，想用哪个醋缸

里的来熏屋子，就用哪个。样貌不差，脾气又好，还是掌门的得意弟子，搞不好还能接任未来的掌门，有修为护体，比常人都要长寿。若与他延绵子嗣，半人半醋生不出来，不过好歹从小能由爹爹带着修习术法，强身健体，还有整个修仙名门撑腰……也勉强可行。

但越是如此，周粥反而越常想起沈长青，一种欲盖弥彰的失措让她烦躁不已。

“罗言，你不喜欢云游四海的生活吗？”

“喜欢。”

“那你为什么要答应进宫呢？”

“修行之人，到哪里都是修行。”

“……那你进宫只是为了修行？”

“自然不是。我也不求飞升登仙，所以也不必断绝男女情爱。这几日相处下来，我亦心悦陛下。”

这日，罗言第一次到了亥时还来寝宫求见，并端来了一盏醉人的温酒，来意不言而喻。他说心悦她时的表情温柔认真，不似作伪，大概是有几分好感的。可周粥听着，心中却没半分波澜，全不及那夜初闻沈长青的那一句“喜欢”，没有紧张，更没有羞怯。

默然良久，周粥忽地扬声喊来小灯子送客，竭力稳住情绪对罗言说了一句抱歉，便闭门谢客，吹熄了灯烛，吩咐任何人不得打扰。

这夜愁云惨淡，隐有风雨大起之兆，失去了烛火映照的殿内一片昏黑。

周粥就在这昏黑里抱膝坐在床边，脑袋抵着床柱，发起呆来，还忆起了那天自己对着母皇牌位问出的，没能得到回答的困惑。

“母皇，我是不是也对他动心了？我想他真心爱我，不是为了报恩才以身相许，也不是因为一个侍君的身份……可如果他真的爱上了我，等我死的时候，他也会难过的吧？会像当初爹去世时的您一样吗？我不愿他那样……”

先皇夫出身将门世家，曾经大周的边境并不太平，邻国滋扰不断，当年

她父后才被封为皇太女侍君时，便披挂上了战场，戍守边关几载，甚至连周粥母皇的登基大典都没能回京观礼，皇夫之位也是隔着千里，一旨诏书遥封的。

夫妻二人自成婚以来，可以说是聚少离多。但尽管如此，这对帝后的感情却似年久越醇的陈酿，不减反增。十二岁那年的周粥已经很懂事了，她永远都记得，父后因在战场上落下的暗伤复发病逝的那夜，母皇强撑着不在人前过分悲戚落泪，却在无人时掩着帕咯出的那一大口血。

从那之后，她的母皇便落下了咯血的毛病，身体大不如前，却鲜在周粥面前提及她的父后。及至缠绵病榻，再难起身，才稍会偶尔在周粥监国之余，前去侍奉时，握着女儿的手，怀念起与丈夫为数不多的点点滴滴，并叮嘱周粥将自己葬入皇陵时，千万别惊扰了已长眠多年的爱人。

从周粥父后病逝到母皇驾崩中的这几载岁月里，也曾出现过一个当年与父后一道在沙场上冲锋陷阵过的将军，他与父后是好兄弟，年少时也钦慕着她的母皇。他常常进宫探望母皇，给周粥带些宫外的话本子，让小皇弟坐在自己背上“骑大马”，甚至在周粥母皇病重，她这个皇太女监国时，为解除边将居功对皇权的威胁主动带头释出了兵权……

那个男人很好，也做了很多，母皇也很看重他。所以那时候的周粥并不明白，帝王三宫六院本为常事，母皇为何情愿守着虚设的清冷后宫，也不肯回应他些许爱意，只以股肱之臣的礼义相待。

这位仅用了二十载，便将大周带入一个新的鼎盛时代的女帝，至死，后宫都形同虚设，一生只与结发夫君诞下过一女一子……

周粥还在回忆里出着神，手却是习惯性地隔着前襟在心口前一攥，想要摩挲点什么，触手却什么也没有。

她怔怔地低下头，盯着自己空落落的掌心。

被她亲手割舍给沈长青的，除了那滴本命醋，还有曾经与它贴得最近的那颗心。

世间值得倾心者，从来都非他一人，却又早已非他不可。

“还说我骗你，是谁说过不会丢下我的？”用力眨去眼中的雾气，周粥咬唇低骂，“沈长青，你才是个大骗子！”

但骂归骂，周粥还是想见他，想立刻见到他。于是她起身大步向外走去，却在殿门前脚步一顿，面上所有的委屈与愤懑都转作了茫然与无措。

没了本命醋，她还拿什么找回他？离开皇宫，沈长青会去哪儿呢？哪里才是适合醋精们修炼的洞府？

于万千人海中，要找到那坛对的醋，谈何容易？

周粥有些泄气地倒退了几步，后跟撞在凳脚上，便顺势跌坐下来，把下颌往几案上一搁，开始努力回想沈长青过往言谈中是否留下过任何有关他来处的蛛丝马迹。

可冥思苦想半晌，周粥才发现他竟始终只坚持着一套“吾乃醋仙”的说辞，是听到了她祭天时的祈愿才下凡前来相助的神仙。

这话，她曾经是一星半点都不信的，可如今却成了唯一的希望。周粥不由得苦笑，可片刻之后，那笑意便僵在了嘴角。

倘若沈长青真是屈尊下凡的神仙，而不是一个来报恩的小小醋精。那她岂非连不求相爱，不问结果，只想将他多留在身边几年都会成了奢望？

天边滚过一声闷雷，周粥的身子跟着微微一颤，五指渐渐收紧成拳，眼中的光却反变得坚定——

“小灯子，你进来！”

“陛下，奴才在呢。”

小灯子一听见声儿就推门关门的，十分谨慎地凑到了周粥跟前。根据他以往的经验，这位主子把自己关在寝殿里黑魆魆地待了半晌后再唤他，那必定是做了点什么不足为外人道的决定，准备找他来“狼狈为奸”了。

果然，他才抬眼，就见周粥已经把珠钗玉带都去了，嘴唇上下一碰，就干净利索地吐出三个字：

“脱衣服。”

半盏茶后，小灯子重新从天子寝殿退了出来，反身掩门的同时，吩咐边

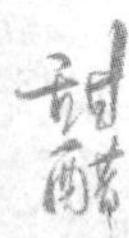

上侍候值夜的宫人道："陛下今日身体不适，早歇了，让你们都退下，本公公守着便是。"

"是。"

此时夜雨已落，时不时便被风鼓着斜泼进廊下。一片杂乱的风雨声中，跪安的宫人们都没有留意到那人声传来的位置有些不对。

等宫人们都走远了，"小灯子"才彻底掩上门，转身撑起一把伞，走进了雨幕。恰巧闪电落下一道白光，被压得极低的那顶总管太监帽下，周粥一双杏眸正警惕地四下飞扫。

雨夜里看人不清，声音又难辨，想在宫中畅行无阻，小灯子的这身行头最是好用，再让他藏在门后遣退宫人，一招金蝉脱壳就完成了。

周粥脚步没有半点犹豫，直奔燕鸣殿。找人带她出宫，燕无二这个闭门思过的侍卫统领则最是合适。

"陛——唔！"

燕无二起初听通传，只道是小灯子，谁知人走到近前，帽子一摘，一抬头，着实把他惊得一跳，险些没控制住大嗓门。

好在周粥太了解燕无二了，早有准备，反手就把帽子扣在了他脸上："嘘！别嚷嚷！"

"陛下您怎……怎会穿成这样来找属下？"燕无二双手把从脸上滑落的太监帽一接，嘴里这么问着，心里却已经为她思念自己又碍于宫规，不得已才乔装夜会，而涌起了满满一腔的感动。

谁知下一瞬，那份感动就不敢动了。

他听到周粥把每个字音都咬得低而清晰："朕要你带朕去昆仑山。"

"大半夜！出宫去昆仑山？"

"对，现在就去。快马加鞭，天亮之前还来得及赶回来。"

燕无二听得猛甩头，一把将太监帽塞回周粥怀里："不行！外边风雨越来越大，骑快马就得淋雨，昆仑山道险峭，雨路更是难行——"

"朕不是来和你商量的。"周粥板着脸，截口道，"你若不肯带朕出宫，

朕自可找别人接这道密旨。”

“属下替您去一趟也行啊！您要做什么？属下一定办到！”燕无二急得直挠头。

周粥蹙眉：“要击响万巫鼓，只能朕去。”

“可那东西就是个破——不，属下是说圣鼓从来就没人能敲响过，陛下怎么突然大半夜的要去敲鼓啊？”燕无二情急之下，差点儿出言不逊。

万巫鼓乃上古时自周氏一脉流传下的巫灵族圣器，据说千万年前便矗立在昆仑山巅，曾是族内大巫用来感通天人之物。可传到今时今日，也确如燕无二所言，成了凡人眼中一面看起来威风凛凛，却怎么敲也敲不响的巨大破鼓。

别说凡人敲不响了，大周帝位传到第五、六代时，皇族之内便也已经无人能在祭天时再令万巫鼓重现传说中的响彻云霄之音了。

可除此之外，周粥实在想不到还有其他什么办法能让天庭的神仙听到自己的祈念。

毕竟按祖制，只有每位新帝继位的第二年才会举办一次祭天大礼。她的有生之年里，不出意外，便不可能再次光明正大地登临昆仑山了。

“别废话！你到底带不带朕去？”周粥不打算和燕无二解释太多，逼着他做决定，“阿燕，你真的放心让别人带朕出宫吗？”

“当然不放心啊！可恶——”燕无二的拳头往旁边的桌上用力一捣，一声闷响被掩盖在了雷声中，最后还是在周粥重新戴上太监帽，转身欲走时，妥协了，“等等！属下去取出宫的令牌来……”

周粥闻言，回眸笑了：“谢谢你，阿燕。”

燕统领带着“小灯子”公公出宫为陛下办件秘密差事，这由头从宫门守卫到皇城卫兵，哪个敢拦？大内也不缺日行千里的好马，两人一人一骑地扬鞭疾驰到将近子时，巍峨入云的昆仑山便已遥遥在望了。

滚雷停歇已有大半时辰，只是风雨依旧大作，深夜入山还是极为危险。

尽管昆仑山有官家为方便祭祀大典而整修过的山道，但雨地湿滑，策马

而上仍是不好把控，周粥骑术一般，燕无二唯恐她不慎坠马，便要求改换了两人同骑，这样速度难免慢些，但好歹能护她万无一失。

周粥自幼体弱，养在深宫，得灵花续命后也是重文课轻武技，更是从未在这么大的风雨中策马赶过这么长时间的路，握着缰绳和马鞭的掌心早就磨红磨破，只觉浑身的骨头已散了半身，哪里还敢逞强？她可不想连鼓槌都还没摸到，就先落马滚下山去。

这么窝囊又无用的死法，还不知道要被史官损成什么样呢！

“陛下坐好了！驾——”

燕无二纵身跃到周粥的身后，用自己的披风给她罩了个严实，然后双腿一夹，一声低喝，便驱着马一路直冲向山巅。

直冲至圜丘的九层阶梯之前，他才弃了马，单臂揽紧周粥，提气腾身，施展轻功，几个纵跃，倏忽间便稳稳落在了圆台之上。

“陛下，到了！”

这一路上冲，冷雨直接往脸上扑打，周粥推开燕无二，胡乱地把被雨水沾糊在眼前的风帽掀开，大步流星地上前，眯起眼仰头望着夜幕中的万巫鼓。

这面鼓足足有四五个成年男子加起来的高度，好在边上架着的鼓槌没那么丧心病狂，也就半杆多红缨枪的长度，双掌合握的粗细。

万巫鼓前还搭着个一人行的窄阶，总共只有三阶，但每一阶的高差都让腿不是那么长的周粥撑得颇为费劲，还差点儿打了个滑，整个人就像一盏风雨中摇摇欲坠的风灯。

“陛下，还是我——”燕无二在底下看得心惊肉跳。

“不准上来！”周粥扭头瞪了他一眼，“朕自己可以。”

燕无二才踏上第一级玉阶的脚只好又收了回去，视线一瞬不瞬地盯住她，随时准备飞身上去接住。

所幸有惊无险，周粥很快站稳在了最高一级玉阶上，双手使力从旁抽出鼓槌，比想象中要沉，但她却没有表现出来，只是咬紧牙关，将那鼓槌举过眼前，朝着万巫鼓鼓心的位置，用力敲了下去！

“怎么会……”

周粥惊讶得睁大了眼，鼓槌分明重重击在了鼓面上，却仿佛是打在了一团棉絮中，什么声响都没发出。反倒是豆大的雨砸落在脚下白玉阶上后的破散声清晰入耳。

“陛下，怎么了？”燕无二在底下仰着脖子，一张嘴就得吃一口雨水，也看不真切，只当她拿着鼓槌却不动。

“没事！”周粥盯着手中的鼓槌，头也不回地大声回答，然后深吸一口气屏住，再次将鼓槌高高举起，“朕再试试——”

一下，两下，三下！

鼓心、鼓边，甚至鼓框，周粥都试过了不止一遍……

静立的万巫鼓像是在无情地嘲讽着这个不自量力的巫灵族后人，雨水泼砸在脸颊上，周粥的眼眶发酸，也不知有多少泪偷偷混作雨珠滚落。

“呵……呵……呵……”

数不清是第几次将鼓槌砸向鼓面，这一次的周粥没能再提起力气，整个人直接顺势往前一靠，支着鼓槌，张着嘴大口大口地喘气，双臂因为用力过度而无法抑制地微微发颤。

“陛下，别试了！敲不响的，我们回去吧——”看着她一遍遍地奋力挥起鼓槌又重重落下，近乎脱力，燕无二眼睛也红了，“你到底想做什么啊？”

累得有些恍神的周粥却在听到他最后那半句的高喊时，瞳仁猛地一缩，整个人又像是找回了点精气神，重新站直了身子。

她抬眸直视万巫鼓，握紧鼓槌的指节用力到泛白，眼神里染上了一意孤行的倔强。

她想做什么？她想找回沈长青！

她想让整个天界都再次听到这昆仑山巅的鼓声！

“咚——”

天庭之上，入定调息的沈长青眸子倏地睁开，花了足有三五息的时间，才分清刚刚那一道仿佛从四面八方传来的沉浑鼓声，究竟是真实存在的，还是自己再次被青帝残存的神识拉着进入了那场重现浩劫的虚境。

可如果不是虚境，千年之后的人间竟还有人能击响那上古圣器吗？

他偏头看向被放在一旁的那枚本命醋“坠子”，心中忽然升起一个难以置信的猜想，目光陡然一凛，抄起“坠子”的同时，人已化作一道青色虚影闪至了姻缘殿前，迎面遇上了赶着出门八卦“万巫登闻”这一奇迹的月老。

“哎哟，沈仙君，你听见方才那鼓声没？莫非还有上古大巫活着？这不可能啊……”

沈长青没工夫理会，径直越过他，抢步到姻缘镜前，凝视看去——

镜中波色乍明，逐渐洇开了一个被风雨打湿的画面。那是昆仑山巅的祭台之上，燕无二被万巫鼓的鼓声震倒在地，险些失去意识，痛苦地捂着耳朵呻吟，视线却始终没有离开前方玉阶上的那个单薄身影。

大约是圣器的作用，鼓声过后，狂风骤烈，像刀锋一样割过周粥的侧脸，又像是有人用一块浸过水的布捂住了她的口鼻，只觉窒息。

全身的力气仿佛都被瞬间抽空，和刚才身体上的疲倦不同，有一种血液凝涸的冷正往她的骨缝里钻。

周粥狠狠地打了个哆嗦，可能是雨越发大了，视线变得更加模糊，耳朵里也嗡嗡作响，若有所感地回过头，也只瞧见燕无二双唇快速张合，像是急切地说着些什么，却是半个字音都听不到。

她拿鼓槌当拐杖，撑在脚边的玉阶上，省下了点站立的力气，这才勉力对燕无二扯动嘴角。结果她发现脸也是麻的，没什么知觉，做出来的表情估计有点儿不伦不类。

于是月老才凑到镜前，看到的便是这个比鬼哭还难看的笑，不由得缩了缩脖子：“这……这没有大巫的精神力做支撑，她是拿什么交换出了万巫鼓的通天之能？”

“下仙此前也正想问月老，您所说的机缘是什么？是否与大周皇帝有关？此情此景，是否也是天机的一部分？”沈长青紧绷着声音，负在身后的

手五指收紧，指尖陷入掌心逼出了几痕丝丝络络的疼，悄无声息地在胸腔里蔓延开来。

“哎呀，这不可说，不可说啊……”月老听得连连摆手，还往后退开了几步，像是生怕沈长青会突然对自己发难，“沈仙君还是顾好眼前事吧！你任务还没完成呢，服务对象可死不得！”

“她不会死。”

周粥凭什么击响万巫鼓，沈长青心知肚明，一个身负先天灵气的巫灵族后人已算不得真正的凡人。即使她自己并不懂得如何驭使，只要心念坚定，任何大道之内的神器圣物，自然都能为她所用。

但以一具血肉凡躯毫无章法地强行催发先天灵气所承载的大道之力，也必将自伤。轻则元气大伤，从此废了经脉不可再修行练气；重则神元竭尽，乃至魂飞魄散。

以上古大巫之能，将祝由术辅以精神力，按常理来说，可使鼓声持续数个时辰不绝。当年大巫女周氏若肯量力而行，而非接连击鼓祈愿整整两个日夜，也不至于香消玉殒。

而凭周粥那四体不勤五谷不分的身体素质，能敲出这一声就该体力不支，有心无力了，正好就此知难而退，回去以后也不过就是多躺上几天罢了，伤不了根本。左右她那气海经脉也就是个摆设。

可周粥偏不懂得何谓“知难而退”。

她仿佛是休息够了，竟又想重整旗鼓，再次转向万巫鼓，胳膊没力气，便借着腰背之力发着抖将那末端坠在阶上的鼓槌再次举过了眼前，口中断续的话音透着咬牙切齿：“沈长青……你要真是神仙，你就别想一走了之——”

沈长青瞳仁骤缩，可再掐诀已慢了半刻，眼睁睁见那鼓槌狠狠砸在万巫鼓上，伴随着一声急而短促的“咚隆”，鼓面震颤着把鼓槌往相反方向弹了出去！

“陛下！”

这一击令整个圜丘都为之动摇，好不容易站起的燕无二再次跌倒下去，一口气提不上来，无法施展内力，只能双手双脚并用，在地上连滚带爬着想用自己的身体给向后跌落下来的周粥做肉垫。

但电光石火间，只见一道青光如练，穿破黑云，疾冲而下，将半空中周粥的身影一卷，便没了踪影！

燕无二垫了个空，撑起身茫然四顾，却发现一袭青衣已经怀抱着纤薄好似一片枯叶的女子，稳稳落到了圜丘的九重阶梯之下。

无形的屏障为两人隔挡出了一片风雨都不得侵扰的天地。

“你不要命了？”沈长青见周粥整张脸都是马上就能入土为安的惨白，强压着怒意，托在她背心的右掌间青光大盛，施法为她缓解万巫鼓的反噬之力。

风雨声远去，周粥眼皮发沉得厉害，半合着眼，视线早已模糊不清，却还笑得出来：“都说请神容易送神难，到了我这儿，却是反的……咳，不过话说回来，你不会真的是什么醋仙吧？”

“既不信，便该不信到底！”沈长青眉头紧锁，语气不善。

“我也就是……病急乱投医……只要还算个办法，都得试试。”周粥没脸没皮地哄他，“人家费了这么大劲想找你回来，你就算不感动，也别拉着一张脸凶我啊。”

“很冷吗？”沈长青只是感到她说话间身子很明显地瑟缩了一下，才脱口问出，便是一阵恍然。此情此景，竟像极了千年前的往事重演，只不过换了主角。

周粥也不知他这许多突然复杂的心思，只眼角弯出一个弧度，答得特别乖觉：“嗯，好冷。”说罢，她还哆哆嗦嗦地抬手，食指与拇指无力地拈住他衣袖的一角拽着，仿佛做好了死缠烂打的准备。

“……吾送你回去。”沈长青深深地望了她一眼，并没有扯出衣袖。

一个人的精魂耗竭殆尽时，就会体验到如坠冰窟般濒死的极寒，那是三魂七魄将要离开肉身前的预兆。好在周粥第二次落槌时，没能完全驾驭住万

巫鼓，实际上未尽全功，这才尚有回旋余地。

“哎——”周粥闻言，下意识地发出了一个单音，想接着问他送自己回去后呢？他还会离开吗？可又怕他若答了要走，便再没了余地，最终只是徒劳地张了张口，不见后文。

这踟蹰的当口，已经恢复了些力气的燕无二从祭台上一跃而下，跑上前想从沈长青怀中抢过周粥照顾，却被那看不见的屏障挡在了外边。

“陛下！陛下怎么样了？”他就整个人扒在上头，拍打屏障，冲里头喊话。

沈长青有点儿嫌弃地拿余光扫了他一眼，招呼都不打就撤了法术，燕无二就毫无防备地失去重心，摔了个狗啃泥。

“阿燕，你没事吧？”周粥有点儿替他先着地的左脸心疼，虚弱地低声关切。

原本以燕无二的功力与身手，完全是可以稳住身形的，可谁让他刚遭遇了两次鼓声的波及，难免发挥失常。

“吾先送她回宫，你自己骑马赶吧。”沈长青却不给燕无二回答的时间，丢下这句话，传送光阵已将两人身影隐没。

燕无二只觉眼前一花，他从小保护到大的陛下就又被那个浑身醋味的家伙拐跑了——

当大雨滂沱中的燕无二还在拿刀往脖子上比画着心中天人交战，纠结要不要趁早投胎到下一世轮回中另觅打败沈长青的出路时，后者却已经爬上了龙床。

“沈……沈侍君？您怎么——陛下这是怎么了？”

躺在床上扮主子的小灯子本已睡熟了，忽地感到身子一轻，人就不知怎的从床上挪到了地上，打了个激灵忙坐起来，逆着光就瞅见熟悉的青衣男子横抱着看起来意识不清的周粥，直接上了榻。

“她淋了雨。”

沈长青言简意赅地应了句，便兀自把床上的丝被将周粥一裹，扶坐在自己身前，并指念诀，从指尖逼出一线青光，在虚空中疾速游走出一道符文，

而后化掌前推，似是将那符文隔着衣物，自后心打入了她的体内！

周粥闷哼一声，细眉蹙起，苍白的脸色却明显有所缓和。

小灯子也算见过些世面，晓得沈长青此刻正在施为，自己最好不要出声打扰，并且从其给出的四字回答中领悟出了该做的事，转身就小跑出了寝殿，打算以最快的速度备好沐浴的热水与姜汤。

殿门开了又合，外边的风雨不知何时已小了许多。

眼见屋里再没了旁人，沈长青直接用法术隔着包裹的丝被，除去了周粥湿透的衣物，只露出一片光洁的后背。匆忙之间，无人在昏暗的室内点上一支蜡，床幔后只有那些隐没在周粥后背肌肤之下的符印正不断旋转着，发出若隐若现的光芒。

沈长青又并指在虚空中以清气连画数道无形的符文，道道都像是被周粥体内那符印所引，缓缓穿透肌肤，注入其中，符印之势便显得越发强盛。青色流光从符印中央不断向她周身的经脉流淌，淌过一个周天后又再次汇聚于符印。

如此循环往复，方可一点点修复周粥体内受损的气海经脉和虚弱的魂力。

确认这个凝气固魂的符印运转无碍后，沈长青才微微舒展了眉头，松出一口气，替周粥又拢了拢丝被，完全遮住被刻入符印的后背。

幔帐之内，转瞬又暗了下来。

一双如曜石一般的眸子却在周遭变暗后幽然睁开，用带着几分不知今夕是何夕的迷茫眼神，望向了正要将她扶躺下来的沈长青。

目光相触的刹那，沈长青的动作一顿，随即又只将视线与她错开，将枕头搁好位置，扶着她的肩头，慢慢把她虚软无力的身子放平下去，掩好被角。

他的神色全程都显得十分平淡，像一个负责任的医者在无微不至地照顾着一个并不认识的病患。

“沈长青……”周粥有些慌了，开口叫他，嗓子却沙哑得厉害。

“吾不治凡疾，一会儿小灯子回来，该会为你免得风寒做些准备。”沈

长青截断她，抬手朝烛台处一挥，房间里便大亮起来。

烛火洒下橘黄色的光芒，周粥在被子里抱着胳膊缩了缩身子，接着便像是忽然意识到了什么，猛地侧头看向床边摞着的衣物，眼睛瞪得溜圆。

见她苍白的脸颊居然迅速浮起红晕，沈长青不解地瞥向她视线所及，始终淡漠的神色终于裂出了一道名为“尴尬”的口子。

伴随着两声轻咳，沈长青单手掐诀，抛去一点青光落在那堆衣物上，那衣物便以肉眼可见的速度由湿转干，而后他再借着转身拂袖之举，也不知念动了个什么口诀，广袖这么一扬一落间，里里外外好几层衣裳竟就这么重新穿回到了周粥的身上。

周粥目瞪口呆，张口无言，只觉这样穿衣服未免也太方便了——早朝衣冠穿起来里三层外三层，麻烦得要命，若都能让沈长青帮着穿，那以后晨起还能再多赖床个半炷香工夫啊！

“方才也是如此。”倒是沈长青见周粥如此神情，只当她仍在介意，便又斟酌着补充了一句。这仙人当久了，虽然情窦初开，可对男女大防上他还着实不如凡人敏感，方才只想着观察并稳固符印，哪有心思想那么多，再分神去把衣裳烘干啊。

这话含含糊糊的，周粥却听得“扑哧”一笑，知道他是在解释自己不是用手脱的，所以什么都没看见，暗道哪怕这醋精升格成了醋仙，也还是同样的配方，同样的纯情。

“你还笑得出来？”

六月的天，醋仙的脸。照理来说，沈长青这么解释着，不就是怕周粥放在心上吗？可看着她这么快就露出了没心没肺的笑来，他又不禁来气。

“我都这样了还凶我……”周粥用力眨了眨眼，低喃，“再说了，是你背信弃义在先。”

沈长青嗤笑着转回身，正想嘲上几句她的严以待人宽以律己，却在看清她眼中潮湿的水色时噤了声。

“沈长青，你那天说过不会丢下我，会算数的，对吧？”周粥问得很轻，

像是怕惊扰了天上那刚从浓云中破出的散淡如雾的月光。

有意避开她怯怯又希冀的目光，沈长青抿唇沉默了片刻未答，殿门正巧在此时被小灯子叩响。

“沈侍君？陛下？”小灯子试探着轻唤，弯腰侧过脸，想把耳朵贴到门框上听一听动静，谁知话音才落，门却很快就从里头被打开来，抬眼便是沈长青那波澜不惊的面容。

他听到沈侍君声如冷泉般地问：“驱寒的东西备好了吗？”

“暖身的姜汤，还有驱寒的药浴，都齐了！”小灯子急忙点头，冲身后跟着的宫人使眼色。

于是沈长青让开身，那些宫人便鱼贯而入，忙活开来了。有的簇拥向榻边，为周粥擦去冷汗，喂她饮下姜汤，有的将盛着热水的浴桶准备妥当，还有的则负责把味道不太好闻的药汤往热水里兑。

七手八脚地一番忙乱后，其余的宫人很快退出了殿内，只剩两名婢女垂眼恭敬地立在浴桶边立着的屏风后，一个手持小木瓢，一个托着干净的巾帕，准备伺候周粥沐浴。

“陛下，奴才特地去太医院要的药浴方子，您多泡会儿，可别着了风寒——”小灯子瞅准了时机，从周粥手里把喝完的姜汤碗端走，请她下榻。

周粥低应一声，也没多想，随手搭住他伸来的腕后起身，可脚一沾地才发觉双腿发软得厉害，一时间没能使上劲，竟直接就要往前扑倒下去。

“陛下！”小灯子惊呼着，忙反手把住她的胳膊一拽，这才堪堪替她稳住了身形。

虚惊一场过后，周粥没有花时间去体会心头的余悸，而是立刻抬眼望向了殿门边。还不远不近地站在那儿的沈长青没料到她反应如此快，就这么被她撞破了右手指尖上尚未来得及隐逝的半抹青芒。

周粥心里清楚，小灯子看似眼疾手快，实则还是晚了一步。真正将她身子托起的，是悄然施术的沈长青。

她将视线从他的袖口徐徐上移，最后落在他清冷的面容上，久久没有要

继续挪步去屏风后的意思。小灯子大着胆子催促了几声，周粥也没有理会，只是杵在原地，眼神执拗地与沈长青目光对垒，等待他还没给出的答案。

那架势，仿佛沈长青不吐口，她便要一整晚地盯死他，绝不肯移步去到任何地方，做任何事。

烛花发出轻微的毕剥声，周粥勉力支撑地站在榻前，身子还不自觉地在轻颤，唇上本就还没恢复多少的血色又褪去了两三分，眼眶却微微发红。烛光明明灭灭地映着，竟在她脸上渲染出了病美人般的我见犹怜之态。

其实早在昆仑山祭台接住周粥的那一刻，从祠堂争执后就烧在沈长青心头的郁火便已被大雨浇了个干净，只是还剩着一把死灰，让他并不甘于再给她任何承诺，也想叫她尝一尝被人轻忽的煎熬。

可如今周粥这形容憔悴的一眼，他就顿觉连那把死灰也被扬了个七零八落，所剩无几。

“算数。”

僵持无益，也不忍她再这般无端地消耗气力，折腾身体，沈长青终是妥协似的，沉声开了口。他自欺欺人地暗忖着，此番留下与情爱无关，只不过是为了月老口中的“机缘”一探究竟罢了。

乍闻他承诺，周粥喜不自胜地牵动嘴角，可还没轻笑出声，那弧度又落下了。只见她咬唇半晌，才有气无力地低声道：“口说无凭，朕不要你发誓。”

小灯子听了直呼不妙，他家陛下莫不是已经发起高热，烧糊涂了？连“要”和“不要”都说岔了！

但沈长青却似乎全不觉她这话里的逻辑有什么不妥，双眉微动，便忽地踱上前两步，覆掌将什么东西倒扣在了圆几的面上，而后一言不发地转身，殿门便自个儿敞了开来。

眼见他没规没矩，头也不回地就这么离开了，还一甩袖重重在身后掩上了殿门。小灯子暗抽一口凉气，以为龙颜震怒不可避免，却不料周粥在看清几面上那样物什时，居然一扫戚惶之色，转瞬展颜，只几步踉跄人就已到了圆几边！

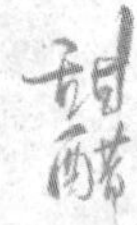

“哎？陛下您慢点儿啊——奴才扶着您走！”小灯子差点儿没搀着她。

沈长青放在那上头的是一枚琉璃项坠，用泛着月白银光的细线串着，好看是好看，但只这么摆着，倒也瞧不出什么特别珍贵之处来。

“陛下？再不去沐浴，药汤该凉了，不起效……”小灯子见周粥只是怔怔地垂眼凝视那坠子，不知在想什么，只得提醒道，“这坠子不如奴才先替您收着？”

小灯子一出声，周粥才仿佛如梦初醒般舒出一口浊气，郁滞在胸中的患得患失被失而复得的欢喜之情取代。

她刚才真怕沈长青不明白自己的所指，又或是明白了，却已无物可给。周粥是亲眼看着他把这滴“本命醋”从眉间凝出来，施法认主，感应心意，代他护自己平安的。那日她负气之下，冲动地将其丢还给他，便与放弃了两人之间的约定无异。沈长青若就此将其收回体内，也不过是“你若无情我便休”，很是寻常。

但倘若真是那样，周粥只怕是有再厚的脸皮与再大的勇气，都不敢执意留他了。

毕竟强扭的瓜不甜，强喝的醋不酸。

然而万幸的是，沈长青没有那么做，他将那“坠子”留下了，那周粥就不吝于将此看作他仍对自己有情有不舍的表现。

“不必。朕戴习惯了，不想离身……”

下界的周粥将那滴“本命醋”重新戴上，心满意足。上头天庭姻缘殿内，打算关心一下仙班小辈此去吉凶的月老就比较惨了，猝不及防就被问卷上各项暴涨的五星之光，闪花了那双阅尽俗世爱情的老眼！

“哎哟喂！”月老登时嗷叫一声，丢开问卷，整个人一下从躺椅上弹了起来，捂着眼直奔太上老君处，一路上嘟囔着这算工伤，要讨颗免费的丹药补补之语，末了还唉声叹气地感慨着世风日下。

“现在的后生晚辈都这么激进的吗？感情得慢慢谈的呀，一下就全五星了，八成是什么非礼勿视的操作哟……”

第十二章

归来复宠下崇州

◆
◇

谣言与真相之间，有时往往只隔着一个美好的误解。

沈长青深夜现身天子寝宫，与帝王次日身体抱恙不早朝，很快就成就了一段令人浮想联翩的宫闱秘史。概而言之，大约便是善妒的沈侍君不满后宫采选，消失几日再归来，竟习得狐媚妖术，一夜之间便重获了帝心，甚至令帝王耽于其声色，为之罢朝。

恰巧找回沈长青的周粥只想一心讨他欢喜，转日身子才见好些，就强打精神下了旨意，取消侍君采选，并把原本暂时留了牌子的采选郎君都退了回去。用的理由自然是之前早就想好的那套先人托梦指点之说，朝野虽都不太信服，但也没人敢出来胡乱质疑。

如此一来，青月殿那位便更坐实了媚上有方，迷得帝王神魂颠倒的“妖君”之名，一时间在阖宫上下传得沸沸扬扬，甚至还有不少入宫以后就再没正式得见过一次天颜的小侍郎就着那些添油加醋的传闻，竞相模仿，每天板着张冷脸，穿得比御花园里的青草地还青，头发也不知用什么法子染了几绺绿。

还有些不甘于只模仿外在的，便一心想要找沈长青讨教秘术。

周粥担心沈长青会不胜其扰，特地命小灯子派最得力的人去青月殿周围守着，绝不允许那一群如狂蜂浪蝶般的小侍郎踏进前院半步。有敢翻墙入内

者，就借着此事以不守后宫郎君德行之由，直接遣了三五个出宫，放还回夫家去了。

杀鸡儆猴之下，后宫里的东施效颦之风才总算消停了些，没人再敢冒头在帝王面前刷存在感。唐子玉和燕无二经此一事都十分挫败，害怕自讨没趣，公事之外便也很少找周粥独处。

倒是百里墨的心态没受什么影响，就是周粥尚且气虚体虚，挢引之术无用武之地，京中又十分太平，不需要他这个仵作来验尸，闲得有些发霉，只能日夜烧香祈祷自己能比燕无二与沈长青活得都长，也好在他们身后解剖一二。

对这后宫的诸多变化，沈长青倒显得很无所谓，不置一词。对待周粥的态度也就如那晚从昆仑山回来时差不多，不冷不热，不远不近，会平心静气地与她说上两句话，会替她探查气力经脉恢复的情况，也还会照着从前的习惯在御膳时给她一片柚子。

可周粥知道，他嘴上不说，心里对她表现出的这“独宠一人”的姿态，还是相当受用的。

比起能够克制的眼神，尤其是周粥送走罗言并当场与他拜了把子，客客气气令其代为问候洞仙掌门师尊时，沈长青那无从掩盖的醋香才是真的不会说谎。

简直就是柠檬精红透了脸，转世投胎成了苹果精，仿佛酸只剩下一点儿，醋里也带了令人心旷神怡的果香。

日子在一系列的波折后变得四平八稳起来，但也逝去得飞快，沈侍君的“再次得宠风波”过去没多久，周琼的生辰就近了，早就议定的微服私访计划也实施在即。

参与计划的几人难免要碰头合计，但除了跃跃欲试的百里墨兴奋得像个第一次被长辈带出踏青的孩子，其余三个男人间的气氛就颇为沉闷了。

燕无二嘴笨，也不懂崇州一案内里的波诡云谲，只负责守护陛下安全，便光听不说。沈长青是个少开金口的，就连他能用传送术日行千里，以及需

要其余几人各拿出一样平日常用，沾染过气息的物品用于施法点化为“人”，更方便赋予各自的言行特征，以假乱真，也都是周粥代为解释的。

如此一来，唐子玉反倒成了此去路上最“没用”的一个，文人出身的他手不能提肩不能扛，就连打点车马行装最为细致谨慎的这点优势，都在沈长青的神通之下显得可有可无了，心中更是郁郁，只和周粥再次确认了几个细节后，便取走了她事先拟好的钦差密旨，回去为掩人耳目的避暑之行做准备了。

大周境内，帝王可用于避暑消夏的行宫有两处：一个是位于京城以北的箐安避暑山庄，一个则位于东南沿海的醍醐园。但由于两地距京路途较远，无论是帝王携后宫前往，还是京官带着家眷跟随，都较为不便。自周粥曾祖辈起的帝王就很崇尚节俭，很少劳师动众地前往避暑行宫，多半是在京郊或京城附近择处环境清幽的庄子住上两个月，度过酷暑便是。

有此先例，此番周粥借着为周琼庆贺生辰为名，带着四个侍君前往其京郊的王府别院小住一段时日纳凉度假，倒也并不突兀。

这座琼王府别院依山而建，山中绿竹如海，还藏有一处天然温泉，规模虽不算极大，但也容得下轻装简从的帝王仪仗。伴驾而来的只有平时在御书房参议政事的大员，也可安置在山下的几座农家小院中，偶尔返璞归真，体会山水田园之乐，也是趣事。

周粥对这一次出行也还是颇为期待的，唯一不尽如人意的，便是冯老太医念念叨叨着要每日泡药浴逃不掉。听小灯子说，老太医还顺便深谋远虑地往益气补血的方子里头加了点有利于早生贵子的药材……

总之那大杂烩药汤的气味闻起来着实是有些上头。每次泡在里头，周粥就想着自己若丧失的是嗅觉，而不是味觉就好了。

沈长青此前无聊，翻阅过不少太医院的藏书，了解到凡人医者口中所言之气，与修士们所御的气海之气是不同的，用凡品药材就能补上。故而他也不打算闲操这多余之心，更乐得看周粥每天泡完药浴后那捏着鼻子，自我唾弃的表情。

她是符印在身没几日便可下地蹦跶了，劳累的可是他，还得每日都需凝练清气注入她体内，以维持符印运转不停。因此确也不该就这么便宜了她，现下给她添些无关痛痒的堵，也省得她日后还敢头脑一热就一意妄行。

周粥原本想着到了小姨的地盘，就把冯老太医安排在距离别院最远的小农庄里，叫她常去农户家中走走，多多义诊，转移注意力，自己也好逃过几次药浴。却不料小姨自发自觉地从冯老太医身上接过了重担，日日不忘催促御药房送来足量的药材，并让伙房用最好的柴火烧上一大锅药汤，盯着周粥泡上半个时辰才肯放人出来。

直到生辰宴过后，周粥向她透底，打算趁夜溜出别院，学祖辈们微服私访，带上几位得宠的侍君去附近城镇转转，体察民情为主，游览风光为辅，请她帮“替身”打打掩护。周琼这才不得已作罢，只能将几份药材分别装包，叮嘱她带上。

“出门在外到底不比宫里，你身边那几位啊也不是懂得照顾人的主儿。这一路舟车劳顿，身子若是不舒服了，就记得泡泡药浴，知道吗？”

“小姨，朕还以为你会阻止朕偷偷出行……”周粥却没想到她会答应得这么轻易。

周琼摇头失笑，不无慨叹地道：“阻止什么？说句不该说的，你从小便拘于宫中，别说是皇城门了，便连宫门都没出过几次，心中怎会对外边的天地没有好奇？如今你自己做得了主了，想出去走走便走走吧。别院这里有臣替陛下守着，普通政事有裴老丞相代理，出不了乱子。”

“小姨真好！”周粥嬉笑着，一脸卖乖讨好的模样，和小时候一样，亲昵地挽过周琼的胳膊晃了晃。

时光似乎有片刻的错位，周琼忍不住怔然，等她回过神来时，手已经循着当年的习惯屈指在周粥鼻间轻刮了一下。

“这次出去一定给你带礼物回来！”周粥却没留意到她变得复杂难辨的眼神，只自顾自地盘算着，“好吃的好用的，新鲜的有趣的，都带一点儿——”

“好啊，那就多谢陛下了……”周琼笑应着，起身执意要自己送她离开才安心。

好在唐子玉也做足了要赶车驾马行路的表面功夫，早在别院偏僻的一处后门外备好了车马等候。周粥于是没有推拒，只当饭后散步，和周琼状似漫不经心地一点点从灯烛通明的内院，转悠到了昏黑无人的后山偏院。

“小姨就在这儿留步吧，唐爱卿他们都在外边了。”周粥看向半掩着的门外，停下脚步，对一脸忧色的周琼歪头一笑，“朕只是绕着京城附近的地方转转而已，风土都差不多，算不上什么远行，不会有事的，你就放宽心吧！”

她没有说出此行真实的目的和去向，也只让周琼以为被安排继续住在别院中的“自己”和“唐子玉”等几人都是事先找来易容仿妆的替身。隐瞒前者，除了唐子玉当日嘱咐的人多眼杂，周粥私心里是希望小姨能够安心静养，不被牵扯进这些烦人俗务。隐瞒后者，则是沈长青这法术若真传了出去，未免有几分骇人听闻，保不齐人人都得怀疑一下身边人的真假了，故而多一事不如少一事，就让周琼误会着便是。

“在外凡事仔细着些总没错，也千万别露富。”周琼蹙眉，仍是觉得不妥，“小灯子在你身边伺候那么多年，真的不带上吗？你这身边没一个体己的人，多不方便……”

“带上他就太明显了，里里外外还得他来应付呢。再说了，有手有脚的，也不是非得有人伺候。”周粥不以为意地摆摆手。

况且在替自己遮掩的这件事上，没有人比小灯子更熟练了。沈长青变出的“仿人”毕竟不具备有真正属于人的思想，遇事只能做简单的应对，就会说那么几句常用的词儿，少不得小灯子这个机灵鬼代为“传达圣意”。

似乎是听到了门里传来话别的动静，正逗马的百里墨最先按捺不住，丢了草梗，索性从外将门推开，低声催促：“陛下，若被打更的经过撞见可就麻烦了，快走吧！”

“朕走了——”周粥也不再耽搁，松了周琼的手，走到门外冲她挥挥胳膊道别，“小姨你快回去吧！”

“王爷万安，回见。”百里墨语调轻快，冲周琼一笑，不伦不类地行了个礼。

随着“砰”一声轻响，门就被他顺手关上，视线彻底隔绝。于是周粥收回目光，正要转身坐进马车，却见沈长青隔着马车几步立在那儿，还盯着门里的方向不动，双眉微敛，不由得奇怪。

“沈长青？你看什么呢？”她下意识也扭头看过去，普普通通一扇门罢了。

将清气从双目中撤去，沈长青若有所思地与周粥对视片刻，最终只是抿着唇一摇头：“没什么，走吧。”

“行，先走一段吧。”

这哪里是“没什么”的样子？周粥当然不信，但思及这里也不是说话的地方，故而追问的话到了嘴边又咽了回去，只是点点头，被坐在车辕上的燕无二握住胳膊，跳上了马车，钻进车厢坐稳。

几人此行的地位与分工从一开始的站位就很明确：燕无二坐在车辕上，自觉充当了马车夫，唐子玉、百里墨各乘一马，在前引路。

周粥其实也很想看沈长青在月色下骑着高头大马向自己走来会是什么样的光景，但也不知是不是马对醋味特别敏感，总之没有一匹肯让沈长青近身的，于是顺理成章地，这人便也只能选择坐马车了。

“唉，沈侍君的命就是好，可以和陛下同坐，不像咱们带路的带路，赶车的赶车……都是工具人。”百里墨性子顽劣，说起风凉话来连自己都不放过，“你说是吧，燕统领？”

燕统领不想理他，并对着他高高举起了马鞭——

“驾！”

一声低喝，马鞭落下，一行人的队伍装模作样地在夜色中走了一段，竟不是直接走的下山路，反而是往山林的更深处而去。

王府别院中有一处高阁，视野极好，掌事女官碧水从周琼手中接回远望筒，有些不解：“王爷，陛下他们怎么不下山，反而越走越深了？”

“这是防着人呢。”周琼负手冷笑，穿过高阁的风扬起她鬓边的一绺发，“进了密林中再绕上一圈，谁能还盯得住他们真正的去向？”

“您是说……”

“醉翁之意不在酒。恐怕之前把崇州案直接交由刑部复核，也就是个障眼法。”尽管那队车马已经在夜色中彻底模糊，可周琼还是眯着眼望着那个方向，“小丫头这是长大了，沉得住气了。”

跟在周琼身边多年，碧水立刻想到了什么，手在脖前比画出个动作，把声音压得更低了：“她身边只有几个人，不如一不做二不休……”

然而她话未说完，就因周琼侧首横来的冰冷目光噤了声。

“在外人眼中，陛下可还住在本王的别院。若她此时出事，百年之后本王在史官笔下也只能是个篡位小人——本王要的是名正言顺。”

“是奴婢一时糊涂！”碧水忙敛眸垂首，顿了片刻，才又问道，“那要不要通知那边的人早做准备？”

“这风一会儿就该停了，鸽房里养的那么多鸽子也好久没放出去飞过，该闷坏了。”周琼抬手，浅笑着将被风拂乱的碎发勾回耳后，眼神却依旧是冷的，“做事不干净，为一个庸碌无为的知州惹出这许多麻烦，若还善不好后……本王不留废物，明白吗？”

碧水神色一凛：“是，奴婢知道该怎么做！”

“嗯，顺便也给家里捎一句，该处理的别留下痕迹，小心驶得万年船。”

“奴婢会的。”

“天不早了，回去吧。”周琼满意地点点头，转身下楼前最后望了一眼马车进入山林的方向。

若当年的小丫头最后没有长大，哪怕只是假意，她这个疼爱外甥女的小姨也算是当了一辈子的真戏来演。只可惜，天不全人愿……

“此处山势有清气汇集，就在这儿吧。”月光透过密林的枝丫筛落零星的光点，沈长青掀开帘子，叫停了马车。

燕无二应声勒马，跳下车辕，返身伸手想将周粥接下马车，却被跃下的沈长青面无表情地挡开：“她在里头待着就行。你也坐回去。”

话毕，沈长青也不理吃瘪的燕无二表情有多尴尬，又侧头对前面的两个人道：“你们两个靠近一点，到传送阵的范围以内来。”

他说着，单手已然结印，掌心翻覆间向下一压，以马车为中心的地面上霎时间便显出了一个叶形光阵，青光顺着“绿叶”的脉络徐徐流动，光华内敛。

饶是再怎么与沈长青不对付，几人亲眼见了这阵仗，还是不免叹为观止。

周粥也从马车的窗子里探出脑袋来，好奇地发问：“沈长青，你确定你是醋精……啊不，醋仙，而不是什么草木仙吗？怎么连法阵都是叶子形状的。”

“顺手学了一些木系术法罢了。在林中用木系的传送阵，五行相合，也不易引人注目。”沈长青单掌收至身前，维系阵法，随口解释着。也不知她是之前叫顺嘴了，一时改不了口，还是心中仍旧半信不信，只是嘴上学乖了，对着自己阳奉阴违。

“我进来了！”百里墨对新鲜事物最是好奇，直接跳下马，牵着缰绳踏进了光阵中，还低头跺了跺脚，发现“叶脉”中的流光是踩不断的，“这玩意儿真能把我们一下子都带去崇州吗？”

唐子玉则稳重得多，除去一开始的惊诧，很快便默然策马进阵，也没多话，只是拿余光瞥了眼此刻正靠坐在车辕上，一脸痛不欲生的燕无二。

这位大周第一快刀统领，大概是终于明白了何为“生命中不可跨越之鸿沟”，而唐子玉居然对着那阵竟也升起了些难以望其项背的同病相怜。

“敛神静气。”

沈长青可不管他们各怀的心思如何，沉声吐出四个字后，掌中青光暴涨，犹如卷起了一阵风暴，合目间横袖一拂，光阵疾速聚拢，转瞬寂落无踪，林中重回暗谧。

只是这传送术虽然看起来效果震撼，实际上也可瞬行千里，但若并非同时于来处和去处布下阵法，那么落脚之地就很难把握精确——尤其是像沈长

青这种对大周地理并无概念，全靠看地图的。

“错了错了，这城门上写的是胡川，再往南点！”

“不对不对，这还是崇州东边的余江中游，还得再往西翻几座山。”

“这……这是哪儿？沈长青你过边境了！这是别国，快回去，被发现就惨了——”

几经折腾，燕无二居然是最先晕传送阵晕到吐的，被搬进了马车里躺着。唐子玉和百里墨也没好到哪儿去，都是脸色发白。唯独周粥得益于沈长青还留在她体内的那道符印，负荷这点出于同源的传送术不在话下，还精神百倍地对着地图给沈长青出谋划策。

只是这位大门不出二门不迈的一国之君，在方向感上着实没什么天赋，核对来核对去，直接把一行人给倒腾出了国境，险些惊动邻国边城的哨卫。

最后还是当初好歹跟着老仵作出过几趟远门的百里墨强撑着眩晕，指挥沈长青东几百里北几十百里地重回了大周西南境内，眼见着差不离了，沈长青便以神思纵探了方圆百里的山脉与城郭，准确地将众人传进了崇州城内的一间客栈里。

月过中天，后半夜里的客栈后院四下悄然寂静。

燕无二也顾不上现在在哪儿，腹中翻涌，挣扎着从马车里爬出来，趴在车辕边作势要呕，却被沈长青并指射出一道青光点中了穴道似的，呕声卡在了喉咙口，一张脸憋得更青了。

“他这样没事吗？”虽然知道沈长青是怕燕无二出声惊动了客栈里的伙计和掌柜，但这方式未免也太过简单粗暴了些。周粥既同情又担心地上去给燕无二拍背顺气。

“和他们两人一样，睡一觉便好了。”沈长青眉峰微挑，袍袖一挥，四下便接连有门锁轻开而传出的细微响动入耳，“这座小院相对独立，吾刚才探查过了，伙计都在院外东边偏房，此处无人。你们各自挑一间先休息一晚吧。”

说完，他也不管几人反应，径自选了西厢走去，到了房门口才站定回身，斜睨着还愣在马车边的周粥：“你跟吾进来。”

“哦。”周粥应一声，琢磨着今日还没引过清气入体，多半是为了此事，便也不耽搁，示意百里墨照顾好燕无二，就倒腾着小碎步跑到了沈长青身边。

推门进入前，她低头看了眼，发现那房门的锁果然在没钥匙的情况下自个儿开了。

屋内陈设倒是一应俱全，雅致得很，也没有落灰，想来平时都有打扫，是为不住普通客房的贵客或是不方便抛头露面的女客所备下的独立小院。

“坐好，吾为你将符印取出。”沈长青弹指点亮烛灯，抬了抬下颌，让周粥去榻上盘膝坐着。

周粥一惊：“这么快就取出来？”倒并非她怕死，而是总觉得有这每日都要注入清气的符印在，沈长青留在自己身边的理由就多了一个。

“这种符印只为救急，本就不能长期置于体内。”沈长青也不多与她解释，率先盘坐到榻尾，以行动催促她快些。

见他一副没得商量的神色，周粥双唇嗫嚅片刻，就乖乖坐到了他身前。

“静心。”沈长青出言叮嘱罢，便将单掌覆于她后心埋入符印处，默念法诀的同时，五指逐渐收拢，那符印便仿佛被隔着衣裳从周粥体内一点点拔除，最终透出的青光渐渐暗淡，隐没在他掌间。

“可以了。”

虽然身体上没什么特别的感受，但随着沈长青收掌起身，周粥还是感到一阵若有所失，不太甘心地伸手去够了够后背的那个位置。

“我之前照过镜子，觉得那个青色印记还挺好看的。现在符印取走了，是不是就没有了？”她问。

沈长青被她问得一愣，竟也认真回想了下那夜将丝被为她挡上时，那片肌肤上头的符纹只有女子的半个掌心那么大，莹白中的一点翠色，确实美得干干净净……

周粥见他连这么简单的问题都显得爱搭不理，不悦地一撇嘴：“沈长青？

我问你话呢！想什么呢？”

“你喜欢？”沈长青却忽然垂眸反问她。

“啊？当然喜欢啊！”周粥反应过来，先是肯定地脱口而出，随即又没什么底气地找补了句，“就……好看的东西嘛，女孩子当然都喜欢。”

只不过她再喜欢，还不是被他没收走了。

谁知她才在心里嘀咕完，就见沈长青指尖状似随意地在空中划了几下后，一片青色的薄光倏地凌空朝她飞来，越过头顶往下拐了个弯儿，就不见了！

“嗯。一会儿你泡药浴的时候可以照照，还一样。”沈长青面色淡淡地瞥了眼竖在妆台上的铜镜。

这是给她现场贴了个文身吗？周粥眨眨眼，对他这突如其来的有求必应感到诚惶诚恐，便选择了顾左右而言他：“有药没浴桶，泡什么药浴？”

“只要崇州城里有的，吾都可隔空取来。”

“别！”周粥陡然拔高音调，激动地弹了起来。

让这么仙气飘飘的一坛醋大半夜搞溜门撬锁的勾当就已经很过意不去了，周粥实在不想再添一笔偷盗浴桶的“光辉”——这说出去多丢仙啊！

大约也是没想到一个提议会让她的反应这么大，沈长青默了默，才道：“你身体……泡些有益气血的药浴，聊胜于无。”

“哎呀，我看那药主要还是用来滋阴的，我又不打算早生贵子，不泡也罢。”周粥才出口，便见沈长青眉心一动，随即两人间的气氛就变得有些古怪起来。

这些日子，她隐约能感到沈长青始终有个在意的心结没解开，对待自己才刻意保持着一种不咸不淡的态度，虽然对她的好与照顾看似和之前并无二致，可周粥就是觉得少了点儿什么，总隔着一层隔膜。

思及此，她就想干脆借着今晚这无意间挑起的话头，把事情再摊开说明白：“其实关于子嗣，我早就——”

“还缺什么其他的吗？”沈长青却出言打断了她，也不知是觉得不需听，还是不想听。

见他又拿侧脸对着自己，周粥低头无奈地叹了一声，再抬眸时又调整好了心态，重拾笑意地问他：“你知道人这一辈子离不开的两块板是什么吗？”

“什么？”沈长青不知她葫芦里卖的什么药，回身瞥她。

“一个是床板，一个是棺材板。”周粥眯眼一笑，说着就直接往床榻上一倒，舒展开四肢伸了个享受劲儿十足的懒腰，“所以啊，这里什么都不缺，有块床板能躺着睡一觉就好啦。”说完，她还扭着身子往里头挪了挪，给沈长青腾出外边一侧，伸手一拍，“你要不要也躺下来睡会儿？总不能整日都拿入定当睡觉吧，精神受得了，腰也受不了啊。还是说醋是没有腰的？”

“咳咳咳——”

沈长青无疑是被她的最后一句呛到的，还没咳完，袖子就已被周粥伸长胳膊拽住，整个人被强拽着坐了下来。

“厢房还多，吾自有去处。”他扭头用硬邦邦的语气勒令她，“松手。”

周粥委屈地撇撇嘴：“可我长这么大还是第一次没人陪着在外边夜宿，有点儿害怕，害怕了就睡不着，睡不着第二天就没精神，没精神就……”

“睡吧。”沈长青眼角直跳，打断了她的词语接龙，袍袖一挥和衣躺下的同时，屋内灯烛熄灭，只剩今夜格外澄明的月色透进窗牖。

躺下后的沈长青仰面闭目，耳畔先是传来女子得逞的轻笑，随即又是一阵窸窸窣窣的声音，不由得皱眉道：“折腾什么？再不睡天都要亮了。”

“沈长青，这是你第二次和我同床。”周粥翻了个身趴着，双手支着脑袋，侧脸借着月光细细勾勒他面部的轮廓。

相处这许多时日，周粥还是第一次有机会这么安安静静地瞧他。月色之下，沈长青的出尘与清贵之气更浓。她想吟几句酸诗表表心意吧，却顿觉十年寒窗都喂了狗，只剩“好看”二字在心头。

“第二次？”沈长青睫毛微微颤动了下，只重复道。

“对啊。第一次你不记得了吗，就是你吃了甜食后的那晚，你不知道你当时还——”

差点儿被美色所惑说出秘密，周粥及时噤声。沈长青却几乎是同时睁开眼了，对上她的视线追问：“吾当时还什么？”

“还……还——”周粥眼珠飞转，扯出句废话来，“挺主动的！嗯，对……是你主动要求同床的，还想侍寝！”

“是吗？”沈长青逆着光，审视她片刻，轻飘飘地吐出两个仿佛不需她回答的字眼，又闭上了眼。

怕再不小心说漏嘴，周粥吐了吐舌头，打算就此老实了，重新翻身躺好，扯过床里头的被子，轻声问：“你盖不盖被子？”

等了半晌，身边没有回应。

“好吧。那我就当你要盖一点。”于是周粥自说自话地把一个被角扯过自己身上，分给沈长青，这才面露疲色地合了眸。

这一天白日和晚宴时诸多应酬，夜半又经历了几番传送，闭上眼没多久，周粥就沉沉地入睡了。

感到身边人呼吸变得平稳，沈长青才又缓缓睁开眼，转头看她睡得小嘴微张，幽深沉静的眸底，不禁染上了些许生动的温柔笑意……

第十三章

侍君天团本领强

◆
◇

转日鸡鸣，唐子玉等三人睡饱一觉，果然又恢复了神清气爽。周粥醒来时，沈长青已不在身旁，分享出去的那个被角孤零零地在床的外侧耷拉着。

但她也没多少时间可失落，因为院外很快就传来了客栈伙计们“进贼了”的惊呼声。毕竟是他们几个连声招呼都没打过就深夜“借住”，理亏在先，周粥急忙起身，把自己捯饬了一番后才跑出厢房，大老远就看到五六个伙计拿笤帚的拿笤帚，使鸡毛掸的使鸡毛掸，团结一致堵在院门口，气势汹汹地嚷嚷着要把几人送官。

而反观自己这边的侍君队伍，就显得十分松散了。

百里墨秉持着“宫斗我不斗”的原则，靠在一旁的马车边拿磨刀低头修着指甲，俨然是事不关己高高挂起的态度。马车另一侧的沈长青惜字如金，又自矜身份，更不会去与这些凡人解释来龙去脉，也只一副袖手旁观状。

燕无二倒是想解释，奈何嘴不如刀快，几次才开了个头就被牙尖嘴利的店小二抢白骂了回来，跟着便是其他伙计七嘴八舌的口诛，一来二去难免恼了，就想拔刀。

最后还是姗姗来迟的唐子玉喊住了他：“燕老二，不得动粗。”

此行几人都是扮作唐子玉的随从与属官，少不得得用上化名，燕无二的改起来最简单，把“无”改成“老”，自带出门在外的打手气场，身份一目了然，就是御史中丞唐大人的私人护卫了。

还未完全拔出的刀又被燕无二“锵”的一声归回鞘中，但短暂露出的那半截雪亮刀身晃眼得很，店小二并几个打杂伙计都不由得忌惮地后退了几步，不敢再摆出方才咄咄逼人之态，只是戒备地盯着慢条斯理走上前来的唐子玉。

“你……你是主事的？”店小二见唐子玉斯斯文文的贵公子模样，便壮着胆子问他，“你们怎么进来的？想做什么？”

这住进来的法子不足为外人道，唐子玉自然不会多与他们废话，也不遮掩官居高位的威压，负手在后道:“方才我听你们说，要把我们几个送官？正好，我此行就是要找柳凌志的。”

“柳凌志？”几个伙计面面相觑，觉得这名字耳熟得很，重复着琢磨了好一阵子，才同时一脸震惊地重新看向唐子玉，异口同声，“你找柳同知？”

柳凌志乃崇州府衙内亡故的魏贺之下的二把手，在崇州任从四品州同知一职已有五年之久，前阵子托周粥那道掩人耳目的旨意的福，如今暂代着知州职务，基本算是府衙内的半个主官了。

“不错。不妨劳驾带个路吧？”唐子玉单侧眉毛一挑，唇含薄笑，也不等伙计们再反应，就侧头招呼剩下几人跟上，自己径直拂开了愣在院门前的店小二，穿门而出。

“还愣着干什么？跟上去看看啊，别是诓我们，半路跑了——”

店小二自以为抖了个机灵，一路且跟且引着唐子玉等人，发现他们竟真不惧，还特别从容地路边的摊子买了早点。除了那个拿刀的，其余几人哪怕当街边走边吃，吃相都还透着斯文贵气。

于是店小二并另外几人心中底气越发不足，见府衙近在咫尺，就停在对街不肯再往前了，只眼巴巴地在街角窥着那一行“贼人”先是被守在府门前的衙役拦下，紧接着那穿玄色锦服的为首男子从怀间取出一掌方印亮了亮，

那两名衙役当即脸色就是一变，转身跑进府衙。

没多久，出来相迎的就从皂服衙役变成了绯色官袍的柳凌志！

“不知唐中丞驾临，下官有失远迎啊！”

京城之外的百姓，见过的最大的官儿无非就是当地的知州，如今见柳同知对着那人点头哈腰地作揖行礼，店小二和两个跟来的伙计只剩下满腹的悔不当初，一面暗自祈祷唐子玉“贵人多忘事”，一面脚底抹油，先溜为敬。

唐子玉自不会去与这升斗小民计较什么冒犯之罪，淡笑着同柳凌志寒暄两句，便头也不回地进了府衙大门。

到了府衙，这位当朝亚相兼查案钦差立刻找回了自己的主场一般，一扫此前心头的憋闷，把京中高官那三分冷淡，三分漫不经心，外加四分威严的气质拿捏得恰到好处，加上身后一干随侍，从府门到前厅这几十步路的距离，三言两语间道明来意，过问案情，就把措手不及的柳凌志弄得额上冒汗了。

“唐大人从京城远道而来，这一路定然是车马劳顿，不如还是先在官驿中住下休息半日，也好让下官率这州府中的官吏们为您接风洗尘啊。咱们崇州地界虽比不得京城那么繁华，但也有些特色佳肴与美酒，唐大人不妨——”

“多谢柳同知好意，只是皇命在身，不敢怠慢。本官只想先行将案情了解分明，定了这颗心，可回去面圣了，再与柳大人畅饮不迟。”唐子玉一脚跨进正厅门槛，没等他说完，就截口笑道，“柳同知以为如何？”

来之前他就调查过柳凌志，此人出身官宦世家，但祖上大多也只是品阶中流的地方官，没有地位显赫者。行事为人圆滑老练，从弱冠之年起便在官场混迹，至今近二十载，算得上左右逢源，懂得媚上，也善于御下，与忠君爱民的直臣是沾不上什么边了，却也挑不出什么贪赃枉法的错处来。

碰了个不软不硬的钉子，柳凌志只连连称是：“唐中丞言之有理，您身负钦差之任，还是皇命重要。是下官考虑不周了。”说罢，他又往檐外一望，“不过这天色着实尚早，不知大人是否用过早膳？不如下官命府衙伙房再加做些来，好歹也将早膳用了再查不迟啊。”

“有劳费心了。不过本官来这府衙的一路，看街边不少早点摊子上所卖饮食都颇有特色，已经尝过，所以就不必劳烦伙房了。”唐子玉这是王八吃秤砣——铁了心不让府衙里的任何人有任何时间再去做任何手脚或是准备。

他仿佛没瞧见柳凌志那险些挂不住的笑意，又挑眉指了指跟在身边的百里墨，有些阴损地嘱咐道：“这位是本官特地从大理寺借来的白仵作，你着人领他去验尸房验一验本案相关的尸体。白仵作，千万不要放过任何一个可疑之处。”

“这大理寺仵作的本领定是咱们这偏远府衙那帮混差事的难比的。下官这就派人为白仵作领路。”柳凌志习惯性地奉承了一句，这才扬声叫来负责看守验尸房的衙役带人前去，交代了白仵作要什么就备什么，再把府衙里的老仵作叫去打下手。

“不用，我验尸的手法特别，不习惯旁人在侧——”百里墨一拍自己的腰带，故作神秘地凑近柳凌志，压低声音道，“怕被偷师学艺。”

“晓得晓得，是柳某考虑不周了……白仵作自便就是。”

于是百里墨露出一个“你很上道”的表情，就跟着衙役走了。

柳凌志送走百里墨，视线又落到了始终手握佩刀的燕无二身上：“这位器宇轩昂不知又是在京中担任何职啊？”

“哦，崇州不是山匪横行不太平吗？此番又是奉密旨前来查案，不宜声张带太多护卫，所以就向陛下借了个大内高手。”唐子玉笑笑，“唐某毕竟只是个手无缚鸡之力的文人出身，该防还是得防啊。”

“唐大人考虑得是。下官一会儿就再加派一班衙役去官驿守着。这官驿和府衙之内，那还是很安全的！您放心！”柳凌志先是一副深以为然的模样，进而又殷勤地打了包票。

“那是最好不过了。”唐子玉状似满意地一颔首，又抛出一问，“对了，之前看卷宗，此案除了在魏府查抄到的物证，不是还捉到个混作魏府伙房杂役的山匪吗？不知如今他收押在何处？

这大清早暑气还不太厉害，但柳凌志却像是个怕热的，抬袖抹了抹额角

的汗：“对，是有这么个人，还在府衙大牢中呢。”

“如此倒方便了。还劳烦柳大人陪本官去牢里会会这个大胆包天，敢谋害朝廷命官的山匪——送上来的案卷中有几处口供不太翔实，还是再问清楚为好。沈主簿，你也跟来做个记录。”唐子玉说着，点了一下沈长青的名。

之前几人商定兵分三路，因为要保护周粥安全，那么燕无二就必须形影不离地跟着。百里墨负责验尸自不必说，沈长青在查案方面却没什么一技之长，跟哪队都显然起不了作用。所以唐子玉宁可便宜了燕无二与周粥独处，也要把这家伙放在自己眼皮子底下才放心。

沈长青也很不负众望地在神游太虚，还是周粥偷偷拿胳膊肘顶了他一下，挤眉弄眼，才让他敷衍地吐出一个“是”字。

对此，唐子玉只当未觉，继续把安排说完：“至于他们两个——周御史，你带着她先去一趟魏府勘记情况，回来禀告。柳大人不介意再派个人带路吧？”

“没问题，自然没问题。魏府不远，走几步就到了。”

今早出厢房前，周粥就把男装扮上了，虽然身量是小了些，但西南之地的男子身量大多也并不高壮，她这个御史台小文官自然也不必长得和燕无二一样英气威武。加上衣着普通，论张扬不如百里墨，论气场不如燕无二，论气质又比不上沈长青出众，所以柳凌志也没把太多的注意力放在这位乔装改扮了的天子身上——周粥真不知该欢喜于自己微服的成功还是该懊丧于这天子当得失败，居然脱掉龙袍就完全没人关注到她了。

在深刻的自我反省中，周粥心不在焉地跟着柳凌志派来的衙役出了府衙，穿街而过，不到半盏茶工夫，就抵达了魏贺府邸。府门上贴着官府的封条，走近细看，还能瞧见那门上触目惊心的暗红已经干了，还有被火舌燎过的痕迹。

“两位大人请。”两个引路衙役中高瘦的那个上前代为揭了封条，推开门，示意同伴留下守在门外，自己则在将两人请入内后，就寸步不离跟在两人身后，看似恭恭敬敬的视线不离，实则却带了几分监视的意味。

周粥不自在地蹙了蹙眉，决定放松一下对方的警惕，于是拉着燕无二在这也不怎么大的魏府中像没头苍蝇似的乱转了好几圈，拉着衙役问这问那，中途又说口渴出了魏府，在路边茶摊小坐片刻后才回去继续翻箱倒柜，提笔在小册子上记下不少无用的废话，然后丢给已经不耐烦的衙役，询问：“烦请这位衙差大哥帮忙瞧瞧，还可有什么遗漏的情形？本官想能事无巨细地汇报给唐大人。”

衙役大多都是武夫，粗人一个，看到这密密麻麻的蝇头小楷，登时觉得耳边苍蝇嗡嗡乱飞，绕得人头昏脑涨。但周粥毕竟是京城来的上官，他虽得了柳凌志某些方面的眼神授意，但也不敢公然表露不敬，只得赔笑着接过，状似认真地看了起来。

“哈……不急，慢慢看。”周粥打了个呵欠，像是早上没睡够，又溜达进了魏贺的书房里。当时杀人者起先该是只在整个府邸的外围位置放火制造混乱，阻止有活口逃出，随后衙役赶来灭火，火势没能蔓延多大范围，书房就完全没有被火烧过的痕迹。

于是周粥舒舒服服地在书案后的那张圈椅上坐下，摆出一个懒散的姿势以手支颐：“本官小憩一会儿便醒。”

燕无二则是抱臂跟在旁边，往桌沿一靠，也闭目养神起来。

日头近午，手里的小册子早看完了，衙役想等周大御史自个儿信守诺言地醒来，艰难地又熬了一炷香的工夫，最终还是敌不过腹中轰鸣的不可抗力，略一犹豫就溜去了茅厕。

反正通过这一上午全然不着边际的命案现场勘验行为，周粥在他的心目中已经沦为只会坐在御史台公廨里浪费纸墨的酒囊饭袋了，压根儿查不出什么来。至于另外那个拿刀的，从头到尾也就是个出力气的，趁这两人睡着离开一会儿去解个手，也没什么大不了。

可他前脚才走，后脚两人就都霍地睁开了眼。

“药效总算起作用了，脖子都僵了……”周粥按了按后颈，起身对燕无二一眨眼，“练快刀的果然不一样，我事先知道都没看到你下药的动作，做

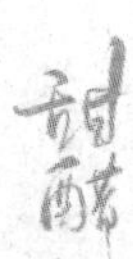

得好。”

突然被夸，燕无二憨笑着挠了挠头：“属下也没有别的本事了，能为陛下分忧就好。”

“不过咱们没下多少药量，还是得抓紧时间——”

无论柳凌志是否清白，勘察现场必然要有衙役随行，因此这支开衙役的法子是他们早就预设好的。早在一个月前，燕无二就装上火去太医院开了药性缓和的泻药，控制着量下在茶水里，一般人只会觉得是自己忽然想要大解，不会起疑。

“好！”

燕无二闻言，便疾步离开，去书房之外的其他房间搜找是否有什么密室暗道，抑或是受害者是否曾在临死前留下过什么还没被发现及未被抹除掉的线索。他轻功好，耳力目力也胜过常人，有什么风吹草动都能赶在旁人之前回到书房报信。

书房之内的蛛丝马迹，则交由周粥来寻。

其实来之前，周粥心里就很清楚，如果真有别有用心之人想毁灭证据，书房肯定会成为其重中之重的处理对象，还能留下可用线索的可能性反而很小，甚至这内里的情形都很可能已被作伪过一遍，早就面目全非。

同卷宗送上京城的物证里，就有号称是从魏贺书房中查出的魏贺与恶商往来的书信和其多年来收受好处的字据。

与之相佐证的，便是魏贺这书房那些摆满了博物架的珍奇古董与贵重金器。

一个出身普通的知州若只靠着朝廷俸禄，是断不可能这般财大气粗的。唯一的解释就是他勾结了恶商与山匪，黑白通吃，压榨民脂民膏，赚了不少脏钱。

书桌上还摊着的文房四宝，她方才也趁着假寐细细检查过了，没什么破绽，用纸与用墨和信件一致。随意抽出书架上的书，里头做的批注字迹也与信上的笔迹没有出入。

可一个背地里枉法的官员，会这样把露财的收藏大摇大摆地陈设在书房中吗？会在与勾结者秘密通信时不换纸换墨，也不改变笔迹来防患于未然吗？

这一切的证据未免与其罪行太过严丝合缝，没有任何被遮掩过的痕迹……

周粥不肯放过心中变得越发清晰的古怪感，抿唇沉思间，眼神只下意识地盯着一处。那是博物架上正好被此时的阳光照射到的一处，在光线之下呈现出条条金丝——

她忽地瞳仁一缩，像是想到了什么，再次凑近博物架，发现这架子所用制木并非什么好料，只是表面上做的伪还不赖，不多仔细看两眼还真能糊弄人。

这让周粥不由得想起了以前还是皇太女时听过一桩茶余饭后的谈资：前丞相顾雪在世时，擅字画，家中号称收藏了不少名家的真迹，每次来客人都要带人家进自己的九希堂里参观一番，显摆藏品。

顾家世代官宦，顾雪又位极人臣二十余载，有些积蓄能收得起这些字画，倒也没什么不妥，更无人怀疑这些字画的真假。直至一日有个祖上家传裱画手艺的地方官进京，无意中识破了其中一幅画装裱做旧的破绽，众人这才晓得，原来顾雪乐善好施，俸禄大多拿去捐了，囊中羞涩得很，可她又是个极好面子的，觉得不能失了丞相的富贵姿态与风雅气度，这才买了一室的今人仿作来打肿脸充胖子。

但其实人同此心，只在京官中，像顾雪这样用赝品充门面的官员就绝不在少数。

屏风要不似黄花梨胜似黄花梨的，瓷瓶要看起来就有好几百年历史的老古董，书房里没悬幅前代书圣的狂草，也得挂幅画圣的山水花鸟……总之，不是内里穷酸的，哪个会这般处心积虑地“讲究”外在？大家彼此心照不宣，谁也不戳破谁罢了。

这么多货真价实的古玩与金玉贵器，其主却弄了个假金丝梨木做的博物架来摆着？

就算假架子是添置于敛财之前，凭着这把值钱东西都摆在明面上的作风，魏贺也应该是一发财就会把这玩意儿换了才对，怎会留到今日？

况且别说以次充好的普通木料，即便是真的金丝梨木也需要保养，不宜长期暴露于日光直射，因此光看这摆放位置就知道屋主心里头门清，并非是花了大价钱却被人糊弄，自以为买了真货。

这阳光晒得到的木面与被压在器物接触面以下晒不到的，必然产生色泽与纹理上的改变。为了证实自己由此得出的猜想，周粥一连从木架上拿起了七八个古玩玉器，凝神细看之下，每个架格的中心都有两圈印子，一道清晰些，看起来日久年深；另一道则十分浅，带着一种将成未成的模糊。

而那些器物底部形状显然更与那道模糊的印子吻合——这些古玩和金器玉器，都刚被替换上去没多久！

要不是这一个多月已然入夏，光照强度大，且这间书房的采光时间变长，恐怕还留不下什么痕迹……

周粥将手里那尊沉甸甸的纯金佛像放回了原处，微微眯起眼，暗道这制造伪证的人还挺下血本。要知道，这些东西在正式结案后，是要全部当作赃物充公的。

"来了，来了！"

时间仿佛掐得刚刚好，周粥才坐回书案前，燕无二就和一道风似的刮了进来，两人同时摆出了那衙役离开前的姿势……

这厢里进行顺利，地牢那厢的光景却颇有些道高一尺魔高一丈的意味。

唐子玉带着沈长青一起下到府衙地牢，转过两处拐角的牢房，在柳凌志的亲自引路下直奔最深处那间审问被擒的山匪。

那山匪蓬头垢面，瑟缩着半躺在角落的草堆里，身上的囚服布满新旧不一的血迹，显然是经过拷问的。

"把门打开。"

"是。"

唐子玉一行三人站在牢门外，等着狱卒摸出腰间那一大串钥匙中对的那一把来开锁。

趁着这间隙，柳凌志喊了那山匪一声："吴老三，陛下派了钦差唐大人下来亲审知州府灭门一案。一会儿大人问什么你就答什么，若有欺瞒，那便是欺君，罪当凌迟！"

这种先恫吓犯人几句，好让他明白厉害，老实交代的做法，在刑讯中很是常见，本也没什么。

山匪听到最后两个字时，身子猛地一震，随即肩膀剧烈地颤动了好几下，嘴里反复念叨着什么字眼。

唐子玉不由得又走近牢边一步，才听清是"逃不过了"四个字，尚来不及细想，角落里那人影竟骤然从草堆中弹起，发出一声嘶哑的悲吼，一头撞向了青石砖砌成的牢墙！

"快拦住他！"唐子玉惊怒，一声暴喝，但显然已经来不及了。

只听得一声闷响，山匪保持着面向墙壁的姿势，顺着墙软了下去，只在青灰的墙面上拖下一道触目惊心的血痕。

"快……快去准备，把人送去医馆——"柳凌志也是一脸的大惊失色，对着在旁当班看守的两个狱卒催道，"快去啊！"

然而冲进去的狱卒将那面朝下的山匪翻过来，探了探鼻息，又摸了摸脖颈，在另两个同僚抬来木板搬人前，就摇了摇头："两位大人，他已经没气了。"

"这……"柳凌志眉心拧出了个"川"字来，有些焦躁地在原地来回踱了两步，才勉强站定，跟看主心骨似的看向唐子玉，"都怪下官看管人犯不力，竟然给了他畏罪自尽的机会！唐大人，这可如何是好啊？若陛下怪罪下来——"

唐子玉不答他，面沉如水地走进牢房，在那山匪身前半蹲下来，握拳在其心口隔着手掌捶击了几下无果，垂眸默然，眼底暗光流转片刻，这才站起回身，冲柳凌志露出一个颇为无奈的笑："本官就在这里亲眼见证，也没能

及时阻拦，若陛下真要怪罪，本官也脱不了干系。”

“下官应该更谨慎些……”柳凌志一脸愧色，像是对连累唐子玉一事很是自责。

“但你方才也说了，犯人是畏罪自尽，那便是认罪了，怕杀害朝廷命官被处以极刑，这才自戕在你我面前。”唐子玉却又话锋一转，无不惋惜地摇头叹道，“可惜了，原本这案子你若配合本官办得漂亮，少不了你仕途上的好处，本官也乐得成人之美，成己之事。可如今情形，天不遂人愿，本官也不好与天斗……”

这弦外之音，柳凌志听得分明，眼中精光一闪，又很快将犹疑的视线投向从头到尾没有发表过一句言论的沈长青。

御史台主簿论理只是人微言轻的小小京官，单凭官阶而言，柳凌志还在其之上。只是他观其气度，唯恐是什么初入官场磨砺的望族之后，那底气就不容小觑了。

“本官能带出来，自然是信得过的。”唐子玉也捕捉到了柳凌志这一眼中暗含的审视，了然一笑，走出牢房，踱到他身边，抬手拍了拍这位同知的胳膊，“倒是不知柳同知之前说的还作不作数？本官这千里迢迢的，也不想白来一趟啊。”

柳凌志当即会意，自以为伎俩得逞，将笑堆了满脸：“大人心系查案，连日辛苦，但人是铁饭是钢，下官款待一二也是应当的！”说罢还很是恭谦地侧身一让，道了声请。

“柳同知太客气了。”唐子玉露出心照不宣的笑容，做了个相请同行的手势，而后抬步往外走去。

沈长青依旧像个青色的影子似的，在这火光明灭的牢中无声地跟在二人身后，一言不发，面色淡然如常。

在仙神眼中，凡人本就是朝生暮死的蜉蝣，各有各的命数，况且以万年之身而观之，人之一生，呱呱坠地既非生，合目长辞亦非亡，都不过是一时一弹指的变幻，无尽回环往复罢了。

山匪触墙自尽的死法固然观之惨烈，却也没有在他心中掀起多少波澜。只是望着那失了生气的残损躯体，躺在阴冷潮湿的牢狱里，显得那样不堪而污浊，连最后的尊严都没能留住多少……

沈长青不由得忆起了在青帝神识所构虚境中的所历所感。无论是倒在牢门里的吴老三，还是几步之外走在前边的柳凌志，都在青帝宁弃神位不惜殒身，也要救下的万千苍生之列。

当日在虚境中，沈长青借了青帝之身，感他所感，愿他所愿，化身青光决然对上劫雷时并无半分的犹疑。

可今时今日，沈长青盯着柳凌志那一看就寡廉鲜耻的背影，不由得陡然而生出一股困惑，千年前的青帝究竟只是感佩于大巫女周氏的抗争之心，一时起了凛然同赴之意，还是当真清清楚楚地知道自己想要守护的苍生是什么模样？这其中确会有良善之人，便也会有罪恶之身，他们可能在浩劫之前就蝇营狗苟，也自然会在幸存之后丑态百出……

这人世间的欲望太多，藏污纳垢，并不如想象。

青帝在天外重天上住得太久了，若真能来这凡尘走一遭，还会做出同样的选择吗？

就这么漫无边际地遐思着，沈长青再回神时，已随着唐子玉一道进了官驿安顿下来。

官驿表面上自然不能修建得多么堂皇，所有的心思门道都只能做在内室里。唐子玉所住的主厢就很是别有洞天，陈设精巧、雅趣横生，既不显奢靡，又能使得暂时落脚的官员感到住着有面子、有档次。

沈长青和唐子玉是最先到官驿的，在房间里相对无言地等了小半时辰后，一身皂角、苍术味儿的百里墨神清气爽地推门而入，才要开腔，便被唐子玉勒令先回自个儿那屋沐浴更衣了再来说结论。

于是百里墨哼哼唧唧地又退了出去，一直泡到午膳时分才慢悠悠地再次来到主厢，还想着能让姓唐的多干等一时是一时，却不料周粥和燕无二不知什么时候回来了，一桌四人，有三个已经吃上饭了！

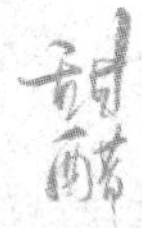

“好啊，你们也不派个人来喊我？”百里墨一下蹿到桌边坐下，先送了一块肉进嘴里，口齿含糊地问，“怎么着？是吃完再聊，还是边吃边聊？”

见他一脸“我可是有大发现”的表情，周粥不由得勾唇，随即冲沈长青眨了眨眼。

只见沈长青收到她的眼色，袍袖一挥，冲门外甩出一道若有似无的青光后，便颔首道：“可以了。”

“可以什么？”燕无二摸不着头脑地问。

沈长青言简意赅地给出解释：“吾已施法，外边盯着的人听不到我们在说什么。”

“真的假的？我试试！”百里墨咬着筷子，不怀好意的目光落在唐子玉的脸上，突然亮开了嗓子，“不好了！这菜里有毒，唐中丞口吐白沫晕过去了！快来人啊——”

最后一个“啊”字拖出了一唱三叹的功夫，但愣是一个人也没唤来。

这下百里墨信了：“沈侍君，你这本事不赖啊。之前那罗言在的时候，用法术帮了我不少忙，也不错。你和他比到底谁更厉害啊？听说他是被当作洞仙未来掌门培养的？”

闻言，沈长青的薄唇抿出一个锋利的弧度，微冷的眸色如同刀子削来，愣是把原本挺直腰板吃得正香的周粥削得一缩脖子，哈腰赔笑。

就这么无声对望了半晌，沈长青才仿佛满意了她的态度，收回视线，用最平淡的语气说着最傲慢的话：“非要比，那便是萤烛与日月争辉之别。”

周粥见状，暗自松了口气，顺便狠狠剜了一眼对面的百里墨。这家伙真是哪壶蔫酸提哪壶，故意要挑得人争风吃醋吗？还是时过境迁的陈年旧醋！

虽然她当初确实起过要找个替身，从而忘掉沈长青的心思，但那不是一时赌气，加上也还没认清自己对他的感情吗？

罢了罢了，少不得要另外找个独处的时候，与沈长青再好好解释一下

她与罗言之间纯洁的半路同门情谊。周粥觉得同意把人找来的毕竟是自己，也不冤，遂收起了满腹牢骚，低头专心地把全无味道的饭菜扒进肚子里填饱。

“好了。说正事吧。”从头到尾冷眼旁观的唐子玉适时出声，摆出了大家长的姿态，“百里墨，验尸结果如何？”

一听要说验尸的事儿，燕无二就非常自觉地放下了筷子，双手按在膝盖上。

百里墨很满意他如临大敌，哦不，是认真听讲的模样，冲他挤了挤眼，才说道：“放心，今天我不展开讲那些血淋淋的，就简单说说刀法的问题。像燕统领这类大内的高手或是行伍中的佼佼者，如果要砍杀一个全不会武功的普通人，只需要一刀，对吗？”

“对。他们来不及躲闪和反应，一刀毙命就够了。”燕无二立刻点头。

“那山匪呢？”

“要看是什么出身的山匪吧……”对于这个问题，燕无二稍作思量才答道，“如果也只是那种打架斗狠强些的恶霸出身，没什么章法，一下子砍不到要害，可能需要多补几刀，失血而死的情况更多。”

“这就是问题所在了。大夏天的尸体保存不是很好，皮肉和内脏多少都开始腐烂了，但作为大周第一金牌仵作——”百里墨的吹嘘之辞硬生生被剩下四人用眼神逼回了腹中，扫兴地换掉了说书般的语气，“总之，致命刀伤都是入骨的，这些家伙基本都是被一刀毙命后，才再又被人在身上补划拉出几道口子，做出乱刀砍死的假象。”

“这些致命刀伤砍入身体的角度和力度，都十分相近，但就算这些家伙都被下在饭菜里的迷药彻底迷晕，像只吓晕了躺在砧板上引颈待戮的菜鸡，普通山匪下刀也不可能剁得这么整齐划一。”百里墨说着，还用筷子比了比摆在最中间的那盘白切鸡。

白切鸡显然不会再活过来为他这浅显易懂的举例拍翅叫好，其余几人也一脸冷漠地等着下文，百里墨只好自个儿又往下接：“所以，这种刀伤绝不

是出身不一、良莠不齐的山匪一通胡乱砍杀可以造成的，哪怕有一两个山匪在落草之前曾是行伍乃至武林高手，可全府上下死了那么多人，却找不到一具尸体上有刀法稀松的痕迹，那可就说不通了——这一看就是训练有素的高手所为，说不定还是专门培养过的杀手。”

百里墨的这个验尸所得，印证了此前周粥和唐子玉的推断。山匪如此行事并无多少好处，纵使魏贺身前打算派人进山围剿，也算不上什么“不是你死就是我亡”的绝境。但凡有点脑子的，都会选择转移寨子，化整为零躲进深山避过风头便罢，哪个会选择狗急跳墙地先下手为强，冲进城来把知州全家宰了？

更何况，西南匪患多年难以根治，不就是因为这些匪寨都滑得很吗？看看匪中前辈怎么做，自己还不知道该怎么做？

无非是那背后之人吃定了山匪这见不得光的身份，不可能出来与其对簿公堂地喊冤，这才毫不客气地将黑锅甩了过去——山匪是接也得接，不接也得接，若本就是狼狈为奸，有所勾结，那人便只需再许以一些利益拿捏着，就足够让这些贪图富贵的匪贼冒点风险，担下罪名，继续合作了。

人为财死，鸟为食亡罢了。

周粥和唐子玉眼神一对，后者略一点头，将地牢中发生的事拣着重点说了遍。任谁都看得出，偏偏挑在这个节骨眼上，还就在唐子玉的面前，一句话都还没问上就自戕而亡，吴老三的“畏罪自尽”大有蹊跷。

“应该和柳凌志说的那句话有关。”周粥的脸色比之前添了几分严峻。

唐子玉赞同道：“有卷宗存档的一些罪案中，就有过类似的记载。证人在事先受到了某种威胁，为了保全家人或是旁的什么，不得不按照约定，在看到某人以特定方式做出某个动作，或是说出某个字眼时自尽，来个死无对证。大多案子会因此搁置成无头悬案，只有少数受害者能遇到某些才能突出的办案官员，另寻到别的线索突破案情，最终使真相水落石出。”

“假设吴老三是被胁迫，接到柳凌志那一句话中的暗示自尽。那么柳凌志这么做无外乎两个目的：一是为了永绝后患，死人比活人更能让他放心，

二是试探我的态度。”唐子玉冷静地分析着，“如果我还要往深了查，后边就会有硬手段等着我；如果我就此止步，透露出明哲保身之意，柳凌志就会用些软法子来笼络我，留我在崇州待上一段，走个过场后回京复命。”

“软法子？你的意思是贿赂？”百里墨摸着下巴问。

“朝官间行贿，无非就是财、色、权三个字。我权位在他之上，又已……”唐子玉顿了顿，侧头望向周粥的眼神有些深，“是陛下的人。所以他多半是会送点钱财。”

周粥被他望得心里“咯噔”一声，脑子里空白了好一会儿，才赶紧扯回话题：“你如今给他留了话口子，柳凌志肯定会上钩，算是暂时麻痹住他，又能在崇州名正言顺地待上些时日来暗查。”

“但这钱要是真送来，你收不收？”

“收。”

见唐子玉答得毫不犹豫，百里墨不由得“啧”了一声：“这要是传出去，你御史中丞清正的名声可就荡然无存了——”

“别说是一时的骂名。只要陛下明白臣的心意，臣纵使青史含冤，也无妨。”

若是在方才那一眼之前，周粥定会毫不怀疑地认为唐子玉这就是在表臣子对帝王的忠心，可现在，她却莫名觉着他是别有所指，话里藏话。

“凡人周身之气有清浊之分，一个人若常行善事怀善念，则气清；若多行不义或心存恶念者，则浊气尤甚。”

正当周粥略感无措时，沈长青忽地没头没尾地插话进来，论起了什么善恶清浊，把各怀心思的几人都给整得一阵茫然。

“什么意思？”燕无二最老实，不懂就问。

“吴老三身上清浊平衡，柳凌志浊气缠身。”沈长青依旧惜字如金。他不能干涉凡人生死，出手去救吴老三还魂，却趁着吴老三身死气散之际，对吴老三望了一次气。

周粥听完，借着“哦”一声拍掌的动作避开唐子玉的视线，说了句正确

的废话：“这更证明了那吴老三压根儿也就不是什么山匪，完全是被找来当替死鬼的普通人。而柳凌志这人不得不防，就算不是他派人杀害魏贺一家，也必是同谋，帮着遮掩。”

百里墨忍笑道出四个字：“陛下英明。”

“咳……”周粥发窘地清清嗓子，很生硬地接过话头，“虽然人证一死，对我们不利，但我和阿燕这趟去魏府，也有些收获。”

就这样，周粥三言两语把自己的发现说完，做了个官府里有股势力在伪造假证栽赃魏贺的结论，并笑着指了指自己的脑袋：“那些博物架上的东西我都记住了，回头可以查查都过过谁的手。这么多东西，要做一套完整的假来历，总有破绽。”

“陛下英明！”同样四个字，燕无二嘴里说出来就真诚多了，“不像属下……”

“没事没事，你还得顾着放哨，书房之外的范围又那么大，找不到什么线索也很正常。”周粥连忙安慰他。

燕无二却是一愣，随即从怀里掏出了一个油纸包：“陛下，其实属下发现了这个。回来路上都有外人，不方便拿出来。”

“这是什么？”百里墨好奇地接过去，打开纸包，里头只有一张地图，便索性把面前的碗筷推到一边，展开在桌上细看，“画的好像是崇州西南边的山地形貌。这些标记是什么意思？”

于是除了沈长青依旧安坐原处，剩下几人都凑到了百里墨身后端详地图。

地图应该是近些年才绘制的，勾画笔触都还很清晰，山脉、水文等一应地貌详尽，还在其中的四五处山体范围，用红色的朱砂做了标注，只是没有任何文字说明。但光从地图上来看，着实看不出这四五处有什么联系，更不知标记所指之意。

“这莫非是一张藏宝图？这宝藏各方势力都想夺得，才给拥有藏宝图的魏贺引来了杀身之祸！”百里墨琢磨半晌，大胆畅想道。

唐子玉眼角一抽，很没好气：“哪日不当仵作，你不如改行写话本子吧。”

“那还能是什么？你说！”百里墨不服地驳回去。

“不知道。”唐子玉答得干脆利落，“改日寻个机会，甩开柳凌志的眼线，去那一带的山里探探情况。”

燕无二自告奋勇地起身：“让我去吧，今晚入夜我就悄悄离开官驿，天亮之前再悄悄回来。”

“对，对，凭你的功夫那帮衙差肯定发现不了——”周粥双眼一亮，连连点头，就要将那桌上的地图收起来折好交给燕无二，却被一只修长的手覆住了腕子。

“不必那么麻烦。”她抬眼，对上沈长青不以为意的目光，“吾用神思探看一番便是。”

周粥闻言，恍然地抽手一拍脑袋，她怎么给忘了这儿还有位方圆百里都在眼底的沈仙君呢！

“阿燕，你不用辛苦跑一趟了，咱们现在就能知道那些地方到底有什么猫腻。”周粥笑盈盈地说着，转而将那地图倒了个方向，方便对面的沈长青看清标记所在的方位，“那就有劳沈仙君了？”

这一句“沈仙君”，沈长青倒是许久不曾听闻了。仿佛忆起了什么有趣的旧日光景，沈长青下意识地牵动了一下嘴角，随即又抿成一条直线，淡淡道：“吾未睁眼前，不要出声打扰吾。”

话毕，他便合目凝神，右手掐诀抚至眉心处，隐有青光浮动，顷刻间神思已远至百里之外。随着神思于山脉中疾速游走，沈长青眼前画面纷繁闪逝，大致到标记处才略略放缓，如此过了二三十息的工夫，就已将地图中的区域全部探看过一遍。

只见他右掌五指一拢，便似将什么重新从眉心收回了体内，随即徐徐睁眼。

“看到什么了？”百里墨比周粥还迫不及待地问。

沈长青的视线却径直越过了他，只看向周粥道：“那几处的山体里确实

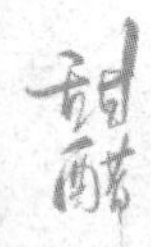

有不一样的东西，吾给你取来。”

然后他也不等周粥有什么反应，袍袖就已在空中一挥，像是凌空抓握到了什么，转而收回身前，翻掌向上递出，叫对面的几人都看了个清楚明白——

“这是……”百里墨探身上前，拇指和食指把那一小块石子从沈长青掌中夹起来，举到眼前对着光打量，不由得睁大了眼，“铁矿石？”

“所以那几座被特别标记出来的山体，其实是铁矿山。”唐子玉沉吟着，略一思忖，难得主动开口与沈长青沟通，“沈……侍君，你在这些矿山附近可还看到什么可疑的？”

沈长青倒像是知他所指，答得很快：“这些山附近都有寨子，规模都还挺大。”

“山匪的寨子？难道说这些山匪在私采铁矿？”周粥蹙眉。

“私采铁矿这可是大罪啊！”百里墨将那矿石又交到唐子玉手里，让他细看，“喏，你掂掂。我看这东西的含铁量应该不低，杂质也少，值钱的。”

大周实行盐铁官营制度，不容许民间私采，地方上若意外发现铁矿与盐矿的存在，都应立刻上报朝廷，或开采或暂填，都统归盐铁司管理。虽然私自采炼的事儿在民间屡禁不止，但那点儿私人规模与崇州山里这几处铁矿比起来恐怕就是小巫见大巫了。

唐子玉对这东西没什么研究，只随手一掂就丢还给了百里墨，面色凝重：“这么多矿石的去处，必须查清楚。”

“这地图出现在魏贺家中只有两种可能，要么是他勾结山匪，授意私采，从中牟利；要么就是他发现了这个秘密，才丢了性命……”来之前，周粥原以为至多是地方上官官相护，搞些欺压百姓的勾当，却也没料到牵涉出私采铁矿来。

看来这潭水比她想象中要深。

“燕统领，你怎么发现这玩意儿的？咱们这趟兵分几路，你的斩获最大啊！”

百里墨其实也问出周粥心中的疑惑，按理来说对方想杀魏贺灭口，必然

是掘地三尺也要确认魏贺是否还藏了什么证据，竟会被燕无二就这么捡了漏？

“就是一开始什么都没找到，看着时间也差不多了，我就跳上了书房外的那棵大树上给陛下放哨。”燕无二不好意思地挠挠头，“碰巧见那树上被枝叶遮住的主干上有个不深不浅的空洞，里头塞了个纸包就顺手拿了……”

这个发现过程听起来可以说是相当偶然且无趣了。百里墨于是干笑两声:“这样啊……嗯，这或许就是傻人有傻福吧。”

对他这种夸中带损的做法，燕无二涨红了脸，想发作又不知从何发作。周粥难免抱不平地替自己这过分憨厚的竹马瞪了百里墨一眼：“不会说话就少说点儿！”

百里墨也就是和死人打交道，才不用担心对方会被他气死吧。

“我看差不多了，一顿饭也不能吃太久。至于查矿山与那批古董的事儿，我会传信给信得过的眼线去办，我们这几日只需要配合柳凌志演戏，让他麻痹大意就好。”唐子玉有始有终地充当完了大家长角色。

“吃喝玩乐不用演，天生会——”百里墨抬手一拍胸脯，眉飞色舞，“你们谁要是不会，我包教包会！”

只是话音未落，他就已收获了全场同性的白眼。

唯一没冲他翻白眼的异性周粥皮笑肉不笑：“朕谢谢你啊。”

第十四章

不若求此生朝暮

◆
◇

吃喝玩乐这事儿当然不需要什么人来教，除了不沾红尘的沈仙君，纵使是呆头呆脑的燕无二，都懂得找几个衙役来陪练刀法，消遣时间，愉悦身心。

周粥呢，毕竟是女扮男装，若总是在官驿、府衙内与地方官周旋应酬，觥筹交错，容易露出破绽，所以就担负起了出门玩乐的“重任”，遛着身后的“尾巴”满崇州瞎逛——柳凌志也是只老狐狸了，表面上接风宴办得隆重，推杯换盏间客客气气地给唐子玉塞了不少银票，但扭过头却依旧不认人，唐子玉这一行但凡有离开官驿的，暗地里都要派人盯梢，可见还不是全然放心，怕被摆一道暗度陈仓，谨慎得很。

崇州街头之景与京都炯然不同，少了半城冠盖如云的华贵气势，多了一些生气盎然的市井气息。一碗泛着茶沫的热茶汤，一包甜甜软软的桂花糖，一只被桥边卖艺者抖向头顶的空竹，一段夹着西南腔子的评书，铺成了一幅绘声绘色、百看不厌的画卷。

置身其中，周粥第一次发现原来江山社稷有着千万种模样。或许只有帝王在宫中活成一块枯燥乏味的磐石，百姓在宫外才能过出诸般不同的快活。

“粥儿，母皇给你取这个名字，便是希望你常怀一颗施粥以济天下之心。你要记住，天子之怒，伏尸百万，流血千里。同样的，天子之恩，哪怕只是

粥碗之量，对天下子民而言都将是江海福泽……”

一阵眩晕袭来，恍惚间，母皇驾崩之前最后的谆谆叮咛再次回荡在周粥耳畔，紧接着脑海中嗡鸣作响，对着唇形，她才费劲地听清了燕无二关切的询问。

“陛——周御史，您怎么了？您脸色有点难看，是不是逛太久，累了？”

燕无二时刻谨记着守护天子安全的己任，所以周粥出门，他必找理由同行。这一连出门溜达了三四日，他眼见着周粥眸中含笑的次数越发多了，可脸色却频频发白，便想拉着她去医馆看看大夫。

“别节外生枝。”周粥拦住他，抽回手腕，低声道，“大概就是有点儿水土不服吧。我们不是正好带了好些药材吗？泡泡药浴也许就缓过来了。”

这些日子他们对官驿中提供的饮食也都留了心眼，每壶水、每道菜都要先由握着一整把验毒针的百里墨扎过了，没变色才敢饮食。说是根据他多年的尸检经验，银针变黑之法并不能验出所有的毒，才需要调配各种药剂抹在各个针尖上，全面试毒。

再加上她这眩晕之感，其实是在客栈晨起时就犯过一回，所以周粥猜测多半也和符印被从体内取出有关。之前她算是凭借着符印这道外力，才能在被万巫鼓反噬的情况下，那么快就能恢复如常，如今乍一离了，产生了依赖的身体难免会有些不适，也说得过去。

“那我们赶紧回去！”燕无二说风就是雨，立刻掉头就回。

周粥无奈：“别急啊。等晚上再泡也不迟，现在这样突然回去，反而会引人猜忌，以为我们有所行动。”

她可不想岔子出在自己身上，于是顿了顿，又板着脸交代道：“回去以后你也别咋呼，你一个人知道就行。我沐浴时候，你就守在外边把风，别让任何人靠近。”

被委以重任的燕无二也不知想到了什么，顿时耳根一红，成了个没主意的，讷讷地点点头：“是，属下遵命。”

自从看了那两本禁书后，进了燕无二脑子里的那些废料就没再倒出来过，简直比她的龙袍着色还持久鲜亮。周粥嘴角一抽，忽然很好奇沈长青当时到底往脑子里装了多少进去？

就这样，周粥怀揣着这巨大的疑问，逛完了今日份的市集。

回到官驿中，她经过沈长青房门前，看见他那盘膝而坐的身影是那么清心寡欲，就知道自己这辈子恐怕都无法知道答案了，不免油然而生出些许悲伤，最终只能捧心发出一声长叹。

燕无二还道她身子更不舒服了，将她催回榻上躺好，自己就急匆匆地踏着暮色去准备药浴的事儿了。

约莫是怕有人在药浴里头动什么手脚，燕无二亲力亲为地折腾了足有一炷香多的时间，才有些灰头土脸地重新出现在周粥房门外。

周粥见他脸上沾着灶灰，好笑又窝心，忙把他拽进屋来，拧帕子给他净了面。可把燕无二给感动得虎目盈泪，默默把这帕子给揣进了袖子，像是偷到了什么明知偷不来的心意，不给周粥再开口的机会，只匆匆转身又去把两个浴桶一扛一拖地往内室走。

“陛下再等一下，马上就好了……”

两个浴桶并排摆好，药汤兑着热水将其中一个及膝高的木桶灌了大半，剩下一个则盛着清水，用来泡了药汤后沐浴的。

屏风后一股难闻的药味伴着雾气蒸萦而上，周粥皱眉捏着鼻子对燕无二道了声辛苦。

“那……那属下先出去了，陛下安心泡着，有事一定——”

话还未说完，燕无二的瞳仁便是一阵骤缩，一抹猩红毫无预兆地冲入视野！

“呕！”别说燕无二了，就是周粥自己也当真猝不及防，只觉一股心火烧上来，甜腥从喉间难以抑制地涌了出来，随即五脏六腑都被灼得锐痛难当！

“别……别慌……别声张……”她透过血红一片的眼前看到了燕无二惊恐的神色，气若游丝地吐出几个字，就陷入了无尽的黑暗……

常年习武让燕无二的身体反应先于中断的思绪，他一个箭步上前，一把将周粥接了个满怀！这一接，他才发现周粥的体温高得吓人。他还记得她晕倒前的叮嘱，死死咬住了牙关，没让自己喊出声来。

血还在顺着周粥的嘴角不断溢出，刺得燕无二很快找回了些理智，将她打横抱起，放回榻上，将自己沾了血迹的前襟拿帕子微挡着，绷住一张全无表情的脸，仿佛什么都没发生般从屋里出来，关好了门，视线在各个厢房间一扫，强压着只想再快些的步子，走向了其中一处。

燕无二推门而入的时候，沈长青刚从入定中醒来，见他神色不对，也没有同他计较闯入的失礼。

"怎么了？"

"沈长青——"燕无二的声音好像压在了嗓子眼里，"陛下……陛下出事了……"

"别跟来！"

寒霜凝进沈长青的眼底，只丢下三个字，人便已经化作一道虚影消失在了屋中。

他靠着本命醋的感应，根本不需燕无二再多说。周粥房中地面上那摊血迹尚未干涸，枕边又已斑驳了许多殷红。

不省人事的周粥像是全身都疼，整个人不知是在痉挛还是在发抖，已然蜷缩成了小小的一团，脸色惨白，眉心痛苦地蹙着，印堂间压着沉沉的死气。

沈长青一贯泰然的眸光狠狠地颤了颤，半跪到榻前，一把攥紧了她的手腕，将法力顺着经脉探进去，又很快收回。不是被人用鬼蜮法术暗害，也不是魂力动荡失控，更不可能是急病至此，那么就只可能是中了凡间的毒。

"周粥？周粥？"沈长青扶她坐起，将清气从其背心处源源不断地送入体内，想以此暂时缓解她的痛苦，同时脑海中不断回忆着是哪里出了纰漏。

百里墨这些乱七八糟的银针，他自然信不过，所有的饮食他都自行留意

探过一遍，确实并无不妥。至于其他下毒手法，要想神不知鬼不觉地瞒过沈长青，更是无稽之谈。莫非是有人专门挑在她出官驿的时间里下手？那燕无二又是干什么吃的？大周第一摆设吗？

清气入体，便犹如汩汩清泉浇在了肺腑之上，灼烧之感褪去大半，只剩下些隐隐作痛，反助着周粥疼醒了过来。

“沈……长青……”她几乎没什么生气，张口的第一个字音轻到几不可闻，听起来就好似亲昵地只唤了他的名。

沈长青忙从愠怒中回过神来，沉声应她：“吾在这里。”

“是阿燕找你来的吗？他们……”

“吾让他留在吾房里了。其他两个还不知道，也没惊动官驿里的人。”沈长青仿佛知道她想问什么，抢过话答了，才又问，“你可知自己着了什么道？什么时候着的道？”

“应该是什么慢性毒发作了，从……从到崇州起就时不时有些头晕耳鸣……但我在外边……都很小心，想吃什么也是买回来找百里墨验过毒才吃。”周粥摇头，强撑着心头的一丝清明回忆，话音断续无力，“而且也不止……不止我一个吃了……每次我都带四份回来……”

被她这么一提，沈长青也想起来了。周粥到了宫外就不再特意掩藏自己的偏好，总是会买些桂花糖、桂花酿、桂花酥之类的吃食回来，所以他都只能远远瞧着众人分食，自己心领了。

周粥原意是想专门为他买些不甜的，但西南一带百姓的口味好似就是酸酸甜甜的，做什么都得放点儿糖进去，唯恐沈长青又吃坏伤了元神，这才作罢。

寻不出什么东西带毒，是什么毒，解毒就会变得十分困难，无法对症下药。这是沈长青之前从太医院“借”来翻过的那些医书里的说法。

“吾去找大夫来试试。”

“不行——”周粥用尽全力一挣，拽住了他的衣袖，生怕自己慢了一步。

沈长青皱眉：“为何不行？”

“生病便罢了，中毒说不清……况且大夫一诊就会知道我女扮男装……

大夫的口风未必多严……”刚才那一够，把周粥的力气消耗掉大半，只听她顿了半晌，才喘匀下一口气继续道，“柳凌志谨慎又敏感，万一觉察什么，闹不好会徒生事端……”

“所以呢？你想躺在这儿等死？”沈长青静静听完，竟怒极反笑。

“当皇帝嘛，都会有这种风险。我学过一点医术，偷偷去抓点儿药熬服下去，应应急……这种毒一时三刻，一般要不了命，就和烧蜡烛似的……可以拖到离开崇州……”

周粥这听上去居然还有几分骄傲的语气，却只换来沈长青冷冷的回应。

“你倒是会做梦。”

是啊，她真像是在做梦，自在昆仑山巅敲响万巫鼓，从他重回自己身边起，就好似只是在看一场隔着雾气的梦。周粥觉得自己的身体和思绪一样，变得有些轻飘飘的，抓不住。

“沈长青……你到底……到底气我什么呀？”她再也没气力像平日一样瞻前顾后，努力撑着沉重的眼皮问出来。

闻言，沈长青微愣，望着她的眼神变得更加复杂。他知道，这些时日，周粥一直在因自己的绝口不提而小心翼翼。他不知道是否有人生来便懂得如何去付出与体味这世间的情爱，曾经他只相信自己在姻缘镜中看见的听到的。可而今，他越发明白这世上耳听为虚，眼见也不一定为实之物，情爱必占其一。

虚言之下，未必没有真相，也未必没有真心。

时间在沉默中变得漫长，正当周粥以为沈长青不会回答她时，眼角余光里青裳微动，沈长青侧坐到了榻边，将她揽在身前，不答反问：“你相信转世吗？”

“相信啊。”倚着沈长青，仿佛比之前靠着枕头要舒服许多，周粥不再抵挡倦意，轻轻缓缓地合上了眸，话音也变得虚渺，“我神仙妖鬼都信……怎么会不信来生呢？”

“那你想象过吗？来生也许你不会有帝王的尊贵地位，却能长命百岁。”沈长青继续问着，伸手与她十指相扣，两人掌心相合间隐有青光闪动。

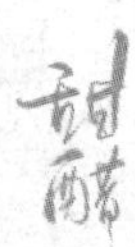

似乎有两股暖流自掌心探入，一路向上护住了心口存着的那一点儿热气。周粥眉头松开些，歪了一下脑袋：“嗯……没什么好想的。都说转世投胎，转世投胎……都投新胎了，那个人又不是我，我还有什么可想的？”

“你就不是你了？”

也不知沈长青这一句是在追问，还是单纯在重复自己的话。周粥只觉原本越来越轻的身体似乎又找回了些带着实感的重量，困意却越发强了，启唇如梦呓：“对啊……千年万年，天上地下……周粥就只是这么一个，就是现在的我……”

而后恍惚间，她听到沈长青好像是自嘲地轻笑了声，又似是喟叹：“是啊，你只是现在的你。也只有现在的你才是你。”

“好好的……为什么突然……问这……”周粥很想再睁眼看看他的表情，可下一瞬，虚无的混沌已经铺天盖地地吞没了最后的意识。

沈长青微微抬首，下颌便垫在了她的发顶上，那么柔软，一如他此刻的心境。

“你说得对。是吾痴了……”明知道周粥的心神已经在他探入其体内的元神温养下进入了另一个境界，感知不了周身任何存在，沈长青却还是自顾自地低喃。

仙凡有别亦殊途，究竟是否该迈出这不可退却的一步，给她这一世可即的幸福，也成为她这一世难测的变数？还是守在命数之外，守着她此生如期终了，于千万载中无数次新生里修全魂魄，望着她终有一世能顺遂康健，寿终正寝？

后者虽于他而言固然漫长无望，她却能循着既定的命途得望平安喜乐。

凡人书册中，似乎有两情若是久长时，又岂在朝朝暮暮的说法。沈长青自诩仙生无涯无边，从前只道自己更应能体悟此间心境。可周粥的三言两语，却才是真的将他点醒了过来。昼夜更迭，便已不再是昨日昼夜；江河流过，便也不再是昨日江河。所谓的久长，或许只是一场诡谲的骗局——

他生朝暮，又岂还会是此生所求的朝暮？

周粥的魂力先天不足，命数未卜。他又何苦再为那虚无缥缈的挂碍，无端蹉跎她这本就须臾的一生呢？沈长青只恨此前的朝夕就这么被自己堪堪辜负！

心绪几经翻覆也不过数息之间，沈长青微一合眸，片刻后又睁开的眸底已换作一片笃然之色。他袍袖一挥，屋外四下便有无形的屏障拔地而起，迅速朝着厢房正上空拱卫交汇，形成隔绝结界。

随即沈长青起身，将周粥重新放平在榻上，自己则立在床头，一手并指抚在眉心，另一只手结印覆掌，青色的巨大法阵就在周粥身下旋转着光芒炽盛起来，将她整个人都笼在了其中。

与此同时，天边突然毫无预兆地滚过几声闷雷，沈长青薄唇紧抿，唯恐不及似的加紧催动法阵。片刻后就见有黑气从周粥心口而出，缕缕而上，只堪堪飘至半尺来高，便被什么力量碾碎不见，消散在法阵之内。

烛花跳了几回，周粥气色大为好转，沈长青松了一口气，收了法阵，抚在眉心上的指尖移开，竟隐隐有一缕黑气从那处没入。

尽管方才心中的所思所愿对仙而言，已称得上离经叛道，但沈长青也无意这么快就明目张胆地与天威叫板。用仙法解去凡毒，不过是弹指一挥的工夫，但他却大费周章只将那毒引至自己体内生受着，便是赌周粥这一难就算他不出手，最后也是有惊无险，并非死劫。

他没有直接解除这劫数，只是将其代受，从某种程度上来说，也算不得插手改了凡人命数，违了天道。故此引得几声天雷干打，聊以震慑，便也罢了。

现在还不到捅破这一层窗户纸的时候，纵使终有一日要为自己今日踏出这一步的选择拼去一身仙骨，那也得是他沈长青握着周粥的手走到了最后一刻的穷途末路之时——

不是凡人这一生凄短，而是仙神的岁月太过漫漫。

沈长青不想做第二个灵威仰，只情愿用数万年来日方长的枯井无波，换一场去日苦多的良辰美景。

“咳……”

一声轻咳唤回了沈长青又有些飘远的思绪，他坐回榻边，正与周粥睁开的眸子对上，不由得轻挑嘴角，言语间却还是讽得毫不客气：“蜡烛烧短一截了？”

“好像——”周粥闻言，抬手按住心口体会了片刻，五脏六腑都没异样，火烧火燎之感全无，她撑身就坐了起来，“好像不烧了啊！你给我解了毒？”

沈长青没打算与她细说：“算是吧。”

“这么一说，醋好像确实也能解些毒。”周粥先是故意玩笑，煞有介事地点点头，随即看清了烛光下沈长青的脸色后，脸上顿时笑意全无，“你怎么了？脸色这么难看——你中毒了？”

也不知是不是和沈长青这个她心中的“待定醋仙”待久了，周粥竟也能看出些神神道道的门道来了。此刻，她只觉沈长青面色灰败得很，印堂好像还有点儿发黑，心中禁不住一紧。

“无妨。凡毒对吾不起作用，过几日便好。”

萦绕在周遭的人间浊气都尚且会对沈长青造成侵扰，更何况是将这至浊之物留滞仙体之内，运息受阻，元神不适，也很正常。待过几日逐渐化解便无事了。

“那也不行——”周粥哪里肯信他这轻描淡写之辞，忽地想起了那桶药浴，起身就将他往屏风后拽，“正好大热天的，药浴还热着，你泡一泡也许能好受些。”

沈长青觉得周粥才从毒发的摧残中缓过来，这脑子还不太灵光，简直是病急乱投医。

不过他也有意观察她体内是否留有余毒，或是还有其他不适，便任由她拉着自己到了浴桶边。确定她现在手脚灵活，四肢协调且还有几分蛮力，沈长青才放心地抽了袖子：“毒对吾无用，凡间的药自然也是。”

“你不试试怎么知道没用？那凡间的糖当初不也弄得你神魂颠倒？”周粥白他一眼，转过身子，换了方向，由拉变成把人往浴桶里推。

沈长青竟一时被驳得语塞，只能用行动抗议，只杵在那儿，不管她怎么

推就是岿然不动。

“算了算了，你不泡，我自己泡！”周粥推了几下，像是终于罢休地一摆手，自己走到浴桶的另一边，赶人出去，“出去，出……啊！”

燕无二也是个没伺候过人的，一通忙活顾头不顾尾，居然带落了一块胰子掉在桶边，周粥没留神踩上去，就直接往浴桶里一个倒栽葱下去了！

“周粥！”

沈长青本能地勾指想用术法一托，将人托住站稳，却不料心口一滞，竟只为周粥缓冲了半息不到，那道弧光就从中直接给她砸裂了！

“哗啦——”

水花登时激起一片乱响，周粥呛进好几口难闻又难喝的水，双手胡乱扑腾着想把脸朝下的姿势调整过来。下一刻，带着熟悉醋香的有力臂膀圈住了她的腰身，天旋地转后，周粥才得以靠坐在了桶壁上，大口大口地喘着气，却在看到对面沈长青的一脸郁色时，忍不住笑出了声。

没了衣袂飘飘，没了仙风道气，他一头飘逸的墨发与一身出尘的青衣此刻都泡在褐色的药汤里，看起来黏糊糊的，好不狼狈。

没由来地，她觉得这一刻沈长青才离得自己最近。

“这就高兴了？”沈长青松开手，绷着一张脸。

“得逞了当然高兴啊。”周粥倒是一点儿不粉饰自己的得意，伸长手去拍他的肩膀，笑眯眯道，“现在既然都下来了，还是安心泡一会儿吧！”

她这一探身前倾，药汤也随着动作起伏波动，水面时高时低间，少女衣裙湿透后裹出的曲线便隐约可见了。

浴桶本就不大，此刻两人离得这般近，沈长青没有瞥不见的道理。

周粥的手僵在他的肩头，一时间竟不敢动了，只是怔怔地与沈长青四目相对，药汤的热度不降反升似的，蒸得这方寸之间的气氛陡然暧昧。

沈长青向来冷淡的眸光也沾染上了深沉的温度，灼得周粥脸颊发烫。

“我……我先出去换身衣服，你慢慢……”

“等等！”

她撤身欲起，却被沈长青一把握住了腕子。他掌心的温度也比平时要高，仿佛能透过肌肤烙进周粥的心里，激起又羞又喜的酥麻感。

“虽然但是……这……这不好吧。”她承认自己有些双腿发软，只得咬紧牙关，用最后一点理智和骨气来拒绝沈长青。

鸳鸯浴什么的，要泡也得找个正儿八经的大汤泉啊！药浴什么的味道太冲，容易坏了兴致。她堂堂一国之君，可不是这么随便的人！

语气谈不上义正词严，神色却算得上浮想联翩，沈长青就知道她想歪了，不由得眼角微抽：“这药汤有问题，你呛进去多少？”

“有问题？不可能，这是阿燕准备的，他——”周粥扭回脸，才说了半句，就从沈长青肃然的神色中明白过来了，“你是说这药汤的方子？”

她沉吟着蹙眉，随即又摇了摇头：“也不太可能，不说冯老太医是从我母皇还小时就在后宫当值了，这么多年都没什么异样。单说这太医院的流程，所有方子都要经同僚誊抄后存档，若真有毒药混杂，其他太医怎会看不出来？”

“吾也看过方子，是赤凰竭。”

“赤凰竭只是……只是那种有利于绵延子嗣的补药，寻常人用不起，宫中存量也不多。”

“但它的药性若和另一样同样单用无害的草植大量且长期所混，就会产生致命的慢性毒。”

“什么？”

“心酉草。”

两人一来一回对答极快，直至沈长青吐出这熟悉又颇有些久远陌生的三个字，周粥才愣住了。

“有一事，吾始终没有机会与你详说。”

沈长青端详着周粥脸色，再次凝气在体内勉力运转，施术将二人的衣发都恢复如常，才扶她出了浴桶，重新坐回榻上，才继续道：“吾为周琼望过两次气，一次是她带点心进宫那回，一次是她在别院送你离开之时。”

周粥问得有些艰涩：“结果呢？”

“浊气颇重。”之后的话，沈长青没有再往下说，他看到周粥仿佛疲惫地闭上了眼。

良久，他才听到她极低的话音：“我知道了……”

说这话时，周粥没有睁开眼，睫毛轻颤，像是在压抑着某种猜测所带来的情绪。沈长青知道她此刻内心复杂，多说无益，于是无声地熄灭灯烛，扶她躺下盖上锦被。

周粥也只是配合着他，仿佛怕冷一般，整个人缩进被褥，魂儿却不知飘回到了多久之前……

那是周粥不到二十余载的人生里，最快乐无忧的一段日子。

灵花给了她第二次生命，母皇与父后都在，小姨也还住在宫里的琼花殿，与她的东宫隔得不远。不用上书房和做功课的时候，周粥总会往琼花殿跑。有时两人会嗑着瓜子看同一本话本子，有时周粥会纵着不敢在母皇面前放肆的野性子，在小姨院里“不成体统”地捉瓢虫捉蝈蝈来玩儿。

她玩累了，琼花殿的小厨房里总有新奇的糕点能一饱口福，都是心灵手巧的小姨自个儿琢磨出来的。周粥便央着与她一道动手创新，试做出来的东西无论好吃不好吃，都是份能消磨一整日的乐趣。

“哎，咱们小粥儿这回可是亏了，在桂花糕里加上心酉草末的法子分明是你想出来的，却叫外边那些铺子名利双收！”

“母皇每日辛苦理政，我还帮不上什么忙，这下也算为大周的美食事业做了点贡献嘛。只要百姓爱吃，铺子生意兴隆，我就不亏——”

“你呀，人小鬼大，这么快就开始忧国忧民了？小心少白头……”

或许只是巧合吧？又或许心酉草的秘方传了这么多年，知道的人越来越多，传到有心之人那里被利用来暗害于她，也不无可能……

可那次送糕点进宫，当着她的面指鹿为马，又当真只是在为她试探沈长青的忠心吗？

浑浑噩噩间，与小姨相处的点点滴滴仿佛都化作了飞逝着的光怪陆离的

碎片，碎片锋利的边缘一下下割过她的心口，阵阵抽痛。

“别想了，睡吧。”察觉到她的气息微乱，昏暗中，沈长青抬手抚上她的后背，一下一下轻拍着。

“沈长青……”

“什么？”

她多希望是望气术不准，是沈长青看错了，可当局者迷，旁观者清，他又怎会错看？周粥启唇，又自嘲地默然地缄了口，最终在一室的静谧中倦然睡去。

周粥入睡时，夜还不算太深。

柳凌志刚在酒楼应酬完，回到自己的歇处，书房里已经等着一人了。正是他白日在州府里抬头不见低头见的师爷。

“不是说了，最近衙署之外，少往本官这儿跑吗？”柳凌志当即眉头一皱。

师爷一脸的愁眉不展：“柳大人，小人也是没办法啊。那王老大又派人来狮子大开口了——要这个数儿！”

他说着，张开一掌在身前，前后一翻。柳凌志见了，怒极反笑：“他倒是好大的胃口，也不怕把自己撑死！”

“他说什么担了罪名担了风险，之前我们给的那一点儿不够安抚寨中兄弟的。”师爷顿了顿，才觑着柳凌志越发阴沉的脸色继续道，“言语间还有点儿威胁的意思，要是不给够钱……”

柳凌志挑眉截断他：“好啊，你给他回个信，就说这钱本官答应给。但数目太大，得容本官些时日筹措，让他再等等——”

“可这拖着也不是办法……”

“怎么不是办法？再等等，本官奏请剿匪的宁天府府兵可就该到了。”柳凌志冷笑。

师爷一愣后会意，面上的愁色一扫而空，半张脸在烛火的阴影里阴恻恻的：“原来大人早先是为此计啊！大人高明！这西南山岭中最不缺的就是匪

寨，少了吴老大一个，再扶他个李老大、郑老大做大来替我们挖矿便是，如今还不都是大人一句话的事儿？”

“嗯。该怎么稳住他，你自己看着办。”柳凌志像是不打算在这个话题中多纠缠，转而问道，“这几天唐子玉有什么动作吗？”

“没有。我们的人全天都盯着官驿，那个周御史每天逛的街铺也都派人清过场子打点过，他们没可能往外和自己人传递消息。”师爷答得很肯定，哪里知道这一行人里沈长青想做什么，凭几个凡夫俗子哪能察觉？

柳凌志闻言，面带讥讽地冷哼一声：“都道当朝御史中丞是个硬茬，京官都不敢随意招惹他，搞了半天也就是个欺软怕硬，沽名钓誉之辈。既然他在这件案子上没打算和我们对着干，也就不用京里那位出面了。过两天早点把人送走，省得夜长梦多叫他发现山里的事。”

师爷搓手一笑：“是，送客的法子多了，小人有数！”

柳凌志此番送客，倒正中了周粥下怀。

一行人在沈长青的传送下，进出官驿有如无人之境，故此山中矿场的情形基本已被摸透，至于一批批的铁矿开采出来后，被秘密送往何处又做何用处，单靠几人在崇州地界待着也查不出所以然，回京等御史台遍布各地的情报网传回消息就行了。

于是转日一场送行宴后，唐子玉很是识趣地顺坡下驴，启程返京了。为了做戏做全套，周粥让沈长青把一行人传送到京中附近的大城镇里转了大半天，采买了些吃食和特色小玩意儿，当作此前答应为周琼带的礼物。

见一行人不到一旬便折返，周琼颇有几分讶色，询问缘由，周粥只道外边不如想象中好玩，客栈住不惯，身旁也没人伺候，索性就早早回来了。

这理由对一个从小养尊处优的帝王来说，合情合理。

周琼只是不免疑惑，自己这个外甥女居然当真只是兴之所至去游玩，而非借机去崇州探访。京城与崇州之间路途遥远，来回一趟，将马催得再急，也得花去半个多月，这会儿只怕她飞鸽命人送去崇州的信都才刚到，更别提

他们此行还驾着马车。若这几人真去了崇州，绝对不可能在一旬之内就回来，更别说能逗留查探案情了。

看来还是自己将这双十年华都未到的小姑娘心思想得太深了……

如是一番思量，周琼便也放下了戒心，专心致志地捡回了一个疼爱外甥女的小姨该操的心，衣食起居，一日一问，花样翻新的糕点可口与否，解渴的饮子会否太凉伤脾胃。周粥也像什么事儿都没发生一样，全盘接受她的关心，在别院中消着暑泡着温泉，看花逗鸟地消磨时间，偶尔批复几本裴老丞相拣选过需圣意定夺的折子，日子过得倒确实比在宫中时惬意自在多了。

只有那每日按时按点送来的一桶药浴在提醒着周粥，此刻的温馨与安逸，或许不过是一场粉饰极佳的假象。

直到这日入夜，唐子玉将密报面呈，周粥的心终于不可抑止地彻底沉了下去，仿佛沉进了传说中海外极北之地的冰潭，在这大夏天里激起一阵冷战。

“陛下，您……”唐子玉忧心地上前一步，想扶住周粥，却被周粥侧身避开了。

她走到书案前，将那一纸密信伸向烛火，火苗瞬间就沿着一角贪婪地舔舐而上。片刻之后，信纸燃尽，只余空气中一点儿灰烬的味道。

“朕想一个人待一会儿。有什么事，明天再说吧。”

“是……陛下若有吩咐，随时派人叫臣一声。”唐子玉也知她与周琼感情深厚，谈论对策也不急于这一时，虽然很想留在她身侧宽慰，但见周粥神色冷然，语气不容分说，也只得应诺退了出去。

唐子玉走后，周粥在书桌前定定地又站了许久。

书桌后便开着一扇圆窗，窗外月色明亮，竹影依稀，一缕夏夜的热风吹进来，烛光随之晃动了一下，周粥却抬手搓了搓胳膊，好似有些畏寒。

“有结果了？”熟悉的暗香自身后萦来，沈长青拂袖将窗子落了。

周粥像是并不意外他的到来，收回视线垂眸，不答反问：“你怎么知道那两样东西合起来就会成毒的？”

“闲来无事，吾便找了些太医院里的藏书来读。有本被火燎过的《毒经》，

放在角落积灰，吾用术法大致复原后碰巧读到了。”

周粥闻言眨眨眼，似乎回忆了片刻，才点头道：“我小时候似乎是有个医正，不知为何在太医院当值的夜里自尽，打翻了烛台，烧了不少藏书。母皇怜恤他亲人伤怀，赐了世代的恩荫。至于具体的，那时我病得正重，迷迷糊糊的，记不太清了……”

说罢，她又转身，抬眸望着沈长青沉静俊逸的面容：“闲来无事，可看的书很多，为什么偏偏选太医院里那些枯燥的医书？你说过，凡间药石对你也没什么用处。”

“想找找会不会有灵花的记载。”沈长青目光笔直地回视她，竟没有一丝躲闪，也不打算遮掩。

周粥心中一动，扯出一个笑容：“谢谢你还记得……”

“在吾面前，不想笑的时候可以不笑。”沈长青抬手，指腹抚上她微微发红的眼角，触到了微凉的泪。

“魏贺无意间发现了柳凌志一党勾结山匪，私采铁矿，锻造兵器牟利。他不愿狼狈为奸，甚至暗中收集了证据想上报朝廷，这才被斩草除根，累及满门。”周粥合眸，顺势将侧脸贴近他温热的掌心，话音仿佛堵在嗓子里发着颤，“而那些兵器，尽数被秘密卖到了小……琼亲王的封地。昌西府是大地方，没人能长期买入这么多刀兵私藏却不被府衙发觉，除非……”

沈长青默然。亲情一词，于他而言太过陌生，既然无法感同身受，那么再多的言语宽慰便都会显得索然无味。

“你帮我从宫里取个东西来吧。”好在周粥似乎也没指望他能劝出什么感人肺腑之辞，很快就再次睁开眸子，拜托他道，“就在勤政殿的匾额后，有个匣子。”

“好。”沈长青应下的同时，右手已隔空做探取状，眨眼间，一个黑色木匣就出现在了他掌中。

那匣子不大，正好装进一道圣旨。

周粥将它接过，放在书案上打开，取出那道圣旨缓缓展开，最先映入眼帘的是左首正中赫然写着的两个大字：遗诏。

“小姨从前总说，像母皇那样活着太累，大小朝政，殚精竭虑，头发白得快也老得快，她只想当个闲散王爷，过快活日子。还叫我也别那么早就上赶着操心国事民生——”周粥自嘲地摇摇头，“我竟真的以为她是不愿的。还想着自己能撑几年是几年，别太早就把天下这一大摊子丢给小姨，能让她多得两三年的自在也是好的……”

沈长青的视线在遗诏上扫过，只觉很是刺目地皱了皱眉。遗诏的前半段周粥以寥寥几语自言以凉德缵承大统，然天不假年，难与天下更新，愧对祖宗之托，后道是身后无有子嗣，故此在大行之后，将皇位传予琼亲王。

“所以我早早备好了这遗诏，却只是藏在勤政殿的匾额后边，并没有告诉她。要知道是这样，倒不如朕一开始就与她言明，兴许也不会走到今日这难堪的境地……”周粥伸手抚过绫锦的墨迹，这一笔一画都是她自己亲手在夜深无人时写下，自以为用心良苦，而今却成了天大的笑话。

“欲壑难填，更何况‘等’之一字，最是多变。”沈长青语调平淡，不给她逃避的机会，“夜长梦多，她未必会等。你心里也很清楚。”

他的话音落下后，是一段长久的静默。

直至几滴泪无声地砸在遗诏上洇开淡痕，周粥才低哑着嗓音开口：“沈长青……你帮我把它毁了吧。”

“好。”沈长青应着，甩手放出一团青焰将遗诏付之一炬，不过转瞬，就连一把飞灰都没留下。

“你不问我，就这么毁掉遗诏的后果吗？若不打算传位给她，我后继无人，又该把江山托付给谁？”这话与其说是在问沈长青，倒不如说是周粥在问她自己。

为夺帝业，周琼触犯律法，不择手段，甚至包庇纵容党羽草菅人命，周粥不可能放心将大周交到这样一个人手中。但这两代皇族的子嗣单薄，旁系中都再无成年女子……

“没什么好问的。只要吾还在，无论你决定怎么做，都可以放手去做。”

沈长青答得不假思索。

周粥闻言，浑身不禁一震，一时间欢喜与悲凉交错着漫溢过心口。

她这一生，困于短寿，囿于帝位，与情之一字的缘分甚是寡淡。

起先唯独几份亲情珍之又珍，重之又重，却是大梦一场。后才幸知所爱，却终究如高天悬月，可望而不可即。

对于周琼，她亲之信之，却被欺骗被背叛，已是苦不堪言，却又不能只想着自己心头的那点儿苦，还得念着他日所托莫再看错，免让百姓受苦。

而对于沈长青，初初欢喜时，周粥也曾肆意撩拨，无所顾忌，懵懂莽撞竟至险些错失。及至如今，失而复得，便只剩下爱而不敢言的患得患失。

周粥不知道沈长青如今对她究竟怀着怎样的感情，这句毫不犹疑的诺言又在暗示着什么。她分明已再经不起一次打击，却又在这一刻听到了自己心中的渴求在沸反盈天!

见她忽然僵在那儿，肩脊都绷得直挺挺的，一言不发，沈长青怜惜地将手搭上她后背轻拍了几下，等她放松些许，才将她扳向自己，放柔了语调:“怎么了？一时想不到人选也无妨。天下之大，泱泱众生，只选一人最是艰难，也最是容易。”

对上那如清潭幽澈的长眸，周粥的睫毛颤动了一下，而后屏住呼吸，小心翼翼地认真问他：“沈长青，你能不能……能不能分一点点喜欢给我……很少很少也没关系，少到就算我死了，你也不会伤心那种就好……”

她话音低怯，卑微如同乞求，沈长青的心口竟似被人狠狠掼了一拳，片刻间似有千言万语想要答她，却都因疼痛蜷在了心口，难以吐露，只下意识抿紧了唇。

可他的这一反应，看在周粥眼里，却成了一种无言的抗拒。她神色一黯，忽地想起了那日在崇州，沈长青曾问起过的来世。

曾经她以为自己可以自私地占有他漫长一生中的弹指一瞬，哪怕他难过个百年也就是抹去了寿数中的一个零头罢了。然而现在，即便只是想到沈长青会因自己的身死而皱一下眉头，她都于心不忍。

周粥垂下眼，自己先摇头反悔了：“那还是不要了……哪怕只有一点的喜欢，也会伤心吧……”

好似全程都是她一个人的自说自话与自怜自伤，沈长青依旧没有给出任何回应，只是抬手抚上她的发顶，袖间带出一缕幽光，沉声道：“你累了，别胡思乱想，先睡一会儿吧。”

“我……”周粥还来不及抬眼，浑身的倦意就骤然袭来，眼皮发沉地往前跌去。

沈长青不动声色地将她牢牢接住，抱向榻边轻放，为她掩好薄被后，才转身对着虚空淡淡开口：“下仙已施术令她昏睡，上神可以现身了。”

他第二次不答周粥，任由她黯然，只因在那刻忽地感知到了神的威压，自知不是说话的时候。

果然，他话音甫落，一段绣烫金星斗纹饰的袍袖便在眼前抖落了身形。

来者是南斗司命星君，主天子寿命，也主宰相爵禄之位。

沈长青这等仙班的末流只曾远远在天庭盛会上见过被从天外重天请下来赴宴的这位上神，并未有过交集，但听其他同僚都称赞其性子温文，不像很多上神要么端着架子生人勿近，要么就是一副臭脾气。

“下仙见过南斗司命星君。”对他的突然下界相见，沈长青只是宠辱不惊地先施了一礼，“不知上神此来所为何事？”

南斗司命星君也客气地颔首还了一礼，才徐徐道：“沈仙君，你可知自己随时都可能越过违背天道的那一条界线。”

“下仙知道。”沈长青神色坦然。

“你此番下界只为这女帝解决后宫吃醋一事，不该再插手其他。”南斗司命星君听他应得全无愧惧，竟也不讶不恼，只是好言劝止，“人各有命，天子亦有其寿，吾等守序天道，不可轻改。好在此前之劫，原就只是其命数中的一段小波折，她的应劫之期还在三个月之后。望沈仙君悬崖勒马，为时未晚。”

若来的是个态度蛮横的上神，高高在上地叱他堕落，讽他暗生凡心，与

蝼蚁为伍，令他即刻返回天庭自省，沈长青或许还会为了留在周粥身边，强忍着虚与委蛇一番。

可南斗言辞恳切，无论这相劝之情因何而来，沈长青反倒不愿相欺：“请恕下仙不——”

“沈长青，本君不需要知道你的决定。”像是知道他会说出什么大逆不道的话来，南斗抬手截断了他。

“是下仙考虑不周。”沈长青当即了然，自己若当其之面言明，南斗就不得不采取行动来维护天道秩序，“多谢上神提点。”

心中暗承了这一分情，沈长青转而又起了思量，觉得自己一个仙班之末，为凡人转移劫数之事虽不算小，但若说到了直接惊动天外重天的南斗星君出面，似又有些过了。随便派下两三位身持法宝的天将，都足以将他这个修行阻滞多时未破瓶颈的小仙押回去处置了。

“只是下仙仍有一事尚不明，想请教星君。”

“你说吧。”

“这一代大周女帝周粥，是否就是上古浩劫时为苍生登闻，力竭而死的大巫女周氏转世？”

南斗星君未料他会有此一问，目光微闪，只默然以对。

“下仙明白了。”沈长青见他如此，便知自己是言中了。

先天神看似自在，无所不能，却也有一点比不得小仙自由，那便是受着天劫约束，不可诳语。南斗想是不愿道破，但又碍于约束不能否认，便只得沉默不答。

“当年青帝以先天灵气化花，为她此世留下一线生机。”沈长青追问，“如今便没有别的法子，能将她的魂魄与寿元就此补全吗？”

南斗皱眉：“沈仙君，事有其时，此世难成，他生未必不可为，何必强求眼前？莫要执着太甚。”

“在长青眼中，周粥就只有这一生一世。”沈长青看似恭敬地拢袖垂眸，话音却铿然坚毅，“他年之约，便已非她，亦非我。”

“唉……痴人。罢了，你好自为之吧。”摇头一叹，南斗清雅的身形渐隐，最终消于无形。

沈长青对着虚空处执礼相送，待上神的威压彻底弥散，才缓缓直起身，神色如常，未有分毫动摇。

榻上传来衣物窸窣的响动，和衣而卧并不舒服，周粥拧着眉辗转反侧，没个安分。沈长青见状轻笑着坐回榻边，衣袖一拂替她解了法术。

“嗯？”周粥抬手摁住脑袋，迷迷糊糊地撑起眼皮，入目是床顶的绣锦帐子，“我怎么忽然睡着了？我……”

对了，沈长青——

她昏睡之前还在和他说话，要他试着给她一点点喜欢，他不肯回答，然后她眼前就浮过了一片青光，他是不是不愿再与她纠缠不清，才施法让她睡下的？

“沈长青！”

仿佛兜头被浇下一盆冰水，周粥一个激灵猛地弹坐起来，却被一只手按住了肩头。

周粥迟疑着转过头，望向他的目光中犹如潮汐起落，太多情绪如惊涛拍岸，最终却只剩下一片含泪的浪花：“沈长青……你没走啊……”

沈长青直直地回视：“吾一直在。”

“我不问那么多了，没有答案也没关系！”周粥如同再次经历了失而复得一般，欢喜地牵住他的手，紧紧地握着，“只要你能像现在这样陪在我身边就可以——我这样的身子，也不会让你陪我太久了……”

沈长青却摇摇头，道：“不是没有答案，只是吾方才不知该如何说与你听。”

“方才？”周粥紧张地一咬唇，“那现在呢？”

像是故意要让她悬着一颗忐忑的心，沈长青好整以暇地另挑了个听起来全然无关的话头：“你说吾曾为你把天境搬到人间，但那次吾不记得了。”

“那是你自己想不起来，还怪我喽？”周粥想起自己在那一夜上还私藏

了点记忆，下意识嘀咕了句。

“自然不怪你。”沈长青失笑，“只是忽然想到该带你看看真正的星河。”

说罢，他也没等周粥应声，长臂将她揽入怀中，便化作了一道青光飞掠过夜空，像一颗倒坠的流星，落进了星云密布的苍穹深处——

“你的法力进步了？能带我上天了？”

短暂的眩晕过后，周粥睁开眼，才发觉自己已置身云端，四周星辰如屑，荧荧闪闪，如梦似幻。她正想跳起来伸手够下一颗，却被沈长青箍着腰按住了。

“这星子比你想象中要重，不可摘。”沈长青冲她微一摇头，拥她老实就着一片层云坐定后，才解释道，“此处只是星河。星河之上才是天，天之上，还有天外重天。”

“这样啊。我们凡人都说，人死了以后会变成星星，那我以后要是变成星星了，应该离你住的地方还挺近的吧？”周粥歪着脑袋，双脚在云外一荡一荡的，对着无数流萤般的星子憧憬了一会儿，又很快收回视线，严肃地盯住他道，“不过前提是你没骗我，你得真是神仙！”

沈长青无可奈何，怕她又找自己要为仙的证据，忙转回之前的话题，正色道：“周粥，接下来是吾的回答，你听好。”

一颗星子从身畔擦过，却静得没发出一点儿声音。

而后，周粥屏住呼吸，听清了他的一字一句。

“吾不会分给你一点点的喜欢。”

“嗯……这样啊，我有心理准备的……”周粥的双手在袖中攥成了拳，强忍鼻间酸涩，笑着点了点头，“我……我明白了……”那晚沈长青毕竟吃错了糖，和喝醉了就说的胡话一样，作不得数。

“你不明白。”沈长青却带着几分强硬，用双手托起她低垂的面容，“吾的意思是，吾既为你动了情，便是倾尽了这颗心中十成的欢喜——”

他深色的眼瞳中本就盛着浓稠夜色，此时更是将星芒都连带着锁进了眼底，深沉无边也温柔无垠。

脑海中一片空白，周粥好似听懂了每一个字，又好似什么都没懂。

她呆呆地与沈长青对视，好像被卷入星河的旋涡，身不由己，也不愿由己，只看着他一点点向自己靠近，低下头，凑近她正徒劳无功地翕动着的唇。

“还不明白吗？你要得太少了……”

呢喃散进醉人的醋香中，指腹摩挲过周粥的侧脸，沈长青单手托在她脑后，拉近了最后一寸距离，以吻为讫，繁星入怀。

合眸搂向沈长青脖颈的那一刹，周粥想着纵使脚下浮云骤散，哪怕从万千星河跌入万丈深渊，她也不想挣扎了。

那一定是最灿烂的坠落，和陨星一样。

这一吻寂静而绵长，周粥脸颊微红地与他分开后，就将脑袋靠在沈长青肩头，继续看星星。

沈长青侧头凝视着她唇边的弧度，笑问：“在想什么？”

“嗯……”周粥眼珠一转，“我在想星星真好看——”

还有，被一坛醋吻过之后的味道，居然是甜的。

第十五章
一梦黄粱一枕空

◆
◇

今年的盛夏随着暑气消去如飞，去得有些早，还未至流火七月，周粥就已携了后宫诸人自京郊琼王府别院摆驾回宫。

临行前的那晚，周粥和小时候一样抱着鬼怪话本，在周琼的屋里秉烛夜话。周琼亲手给她打着凉扇，会认真地听，会宠溺地笑，也会亲密无间地同吃一块糕点，一切仿佛都没有变，可她却悲哀地、清楚地知道，一切都回不去了。

“小姨，我明天就要走了。”

“陛下这是怎么了？莫不是臣这别院太好，舍不得了？”

“是啊，舍不得……”

“若真这么喜欢，陛下叫人按着这景致在后宫再打造一处便是。”

那夜的周琼只是掩扇轻笑，将依偎进自己怀里的周粥揽过，拍着后背，还当是小女儿家撒娇，并不知这是一场怎样的告别，也未预料下次再见又是何等光景。

周粥的不舍，是回首已惘然，是终究要走出的年少时虚幻的梦，是再不舍也要抽离的那段与小姨间温馨美好的过往。

若周琼只是对她用毒，那么她可以不吝啬自己的命，可以装作什么都没

有发生过。可偏偏周琼不止是一个深藏在魏贺满门命案背后的刽子手，几十条无辜的性命枉死，周粥做不到视若无睹。

圣驾回宫的转日，早朝之上，御史中丞唐子玉铿然谏言，自禀赴崇州暗查，同知柳凌志贿其款项三千两，质西南巡抚并宁天府上呈崇州一案卷宗中疑点重重，其中未尽未实之处，足有二十一条，奏请三法司介入，重查魏贺灭门案！

由此龙颜震怒，当即下旨彻查，任命唐子玉为钦差御史，抽调三法司数名四品以上官员协查，还死者清白，严惩案犯，绝不姑息！

入七月，唐子玉持钦差金令并巡按官员一行快马加鞭抵达崇州。

当夜，同知柳凌志于家中畏罪悬梁，留下遗书一封罪己，尽书自己勾结山匪，私采铁矿，牟取暴利，贿赂命官，诬陷并杀害忠良的桩桩罪行，自知难逃一死，但求陛下对其家眷能网开一面。唐子玉虽不信他是出于本愿自缢，遗书的交代也是露九藏十，藏下的那一条才是京中的“大鱼”。

不过巡按使一行由柳凌志遗书所供，顺藤摸瓜，一路深查，也颇有所获，竟牵连出了笼罩在崇州乃至整个西南大半地区的一张巨大的利益网，上下勾连，官官相护，官匪相护，官绅相护——

多年来匪患难平，百姓困苦，朝廷拨款赈兵无数，却不知中饱了多少西南官员的私囊！

下到笔吏衙役，上至知州府丞，除去已经自尽的柳凌志，其余涉案官吏三十四人均被押回京城下狱候审。

一时间朝野震动，大周已有十几年不曾办过这样轰动一方的大案，两袖清风之臣心中快慰，山呼万岁，藏污纳垢之官则惶然自危，噤若寒蝉……

唯有封地距崇州最近的琼亲王宠辱不惊，径自守着京郊的别院，不问世事。好似朝堂上的风雨飘摇都与她无关，封地再近，也是身正不怕影子斜，无甚好上表陈情，自述清白无干的。

事实也仿佛确然如此。私采所得铁矿一路贩运至崇州与昌西府交接处的山中秘密冶炼锻造，炼出的普通铁器散卖，但多数所炼都是禁止民间私造的

刀兵。这些利器一锻造出来，就会被一个神秘的买主买下，低调地送入昌西境内。这是唐子玉此前便已查得的，只不过时机未到，怕轻举妄动，打草惊蛇，才并未将耳目深入昌西一探究竟。

此番他借着巡按使一行，顺理成章地进了昌西调查取证，这才见识到周琼做事可比柳凌志之流要缜密得多。那些被分批运入昌西府的兵器可谓“蒸发”得彻彻底底，官衙内刀兵的出库与入库，借外与收回，再加上运输途中与剿匪过程中的耗损，左手转右手，再右手转左手地这么一倒换，账面上便抹得很平平整整，不留一点儿破绽了。

望着那一库的刀兵火器，唐子玉心知肚明，这就是从崇州山岭里采出的铁矿所造，却拿不出任何证据，也找不到多出来的那些究竟被藏在了何处。

昌西府幅员辽阔，除东部繁华的城池，大半都是山地交错，沟壑纵横的广袤山林，整个大周朝过半的木料使用都出自这一带的林地。纵使唐子玉有耐心抽丝剥茧，掘地三尺，这场兴师动众的大案也不能再拖下去了。

若将一次雷厉风行的突袭变成了旷日持久的拉锯，到头来还是一无所获，反是涨了他人气焰。

故此当朝御史中丞与琼亲王的这一次交锋，最终是前者败下阵来。但唐子玉却也没有就此罢休的意思，以退为进先定案，结束明查后立刻转为暗中推进，留了人继续潜伏在昌西境内，自己则随着其余官员一同返京。

唐子玉抵京时，正值七月末。

他离宫在外的时间不长也不短，搅动得前朝风起云涌，挣出了一派明镜高悬的新气象，可谓官场得意，然而后宫情场的情势却有些不容乐观了。

主张联合争宠的主心骨不在，四侍君中的另外两位实在没什么作为。百里墨本就是瞎掺和，图个热闹有趣，于周粥并无男女间恋慕，没人鞭策，难免懒怠。至于燕无二则属于有贼心没贼胆的典型，结结巴巴开口说句喜欢都说不出来，更遑论自荐枕席了。

因此，一句被改得不伦不类的俗谚，就在热衷于嚼舌根的宫人们流传开了——“宫中无亚相，仙君称大王”。

沈长青不知道自己哪点气质像那山大王，但念着这词儿背后暗喻着后宫正主的地位，他也就睁一只眼闭一只眼地忍了这帮凡人的有眼无珠，只一心一意地与周粥过着凡间恋人那样相爱相守的神仙日子。

什么后宫吃醋问题，早就和那张满意度问卷一起被他留在了那夜吻住周粥后的九霄云外。

初与周粥情定时，沈长青还忧心她与自己此前波折不断，惊心动魄时难免情深意笃，但若只是平凡相守，会否真得了那朝朝暮暮，才发现着实无趣。毕竟他当了五百年的醋仙，每日只知修行打坐，偶尔俯仰之间，看看苍穹与山河壮阔，便也再没旁的可做。

不过很快，沈长青就发现自己的担忧太过多余。

哪怕只是午后一道阳光斜照进一室静谧，她枕在他膝上，他为她在指尖催出一线青光随意变换花样，周粥眸里的光芒都会诉尽千言万语，双颊上的笑意也终日不知疲倦。

仿佛他只是为她做了一点，她就已得到了全部……

当年青帝自持神凡有别，与大巫女周氏相念千年无言，也相别千年不见，最终蹉跎岁月，空留余恨。沈长青既已决定不重蹈灵威仰的覆辙，便不愿在两人间留下任何遗憾。

他总问她想去哪儿，想看什么，三界之内，凡所能至，他必倾尽全力许之。可周粥却也每每只答他一句，她只要能看着他就很好。

原来这就是仙神眼中不值一提的情爱，即便是旁人听来痴傻的甜言蜜语，在情人耳中都会变成最烈最醇的酒，唯愿一醉方休。

可沈长青还没能放任自己醉上多久，碍眼的就回来了。

唐子玉回京的第一晚就连夜入宫，周粥单独召其在御书房觐见复命。魏贺案虽已算得上水落石出，沉冤得雪，但西南情势与昌西府的勾连却比想象中要错综复杂许多。所以君臣这一谈，便近了子夜时分。

尽管周粥临走前就交代过，说唐子玉此行必然带回千头万绪，恐怕要有一番长谈，可沈长青催着内息在经脉里都游走了好几个周天了，还不见人回

来，便放出神思在御书房外逡巡。只见屋内灯烛明亮，窗纸上两个人影交叠，靠得极近，心下不由得越发吃味。

普通人吃醋不打紧，可沈长青不是普通人啊，他这一吃味，整个皇宫的人都得陪着他一起酸！

偌大的皇城都像是被倒扣进了一个巨型醋坛子里头似的，可怜了离得青月殿最近的那些侍卫与宫人，一个个的胃里泛酸，满口牙疼！

御书房虽离得远，但也受到了一定程度的波及。

“依微臣看，昌西府中必有秘密的藏兵练兵之处。但凡是人就得食五谷，要养那么多兵就得供出那么多粮来，所以微臣离开之前，已命手下从大宗粮食买卖入手探查，应该很快就……阿……阿嚏！”

唐子玉对醋味很不待见，正说着呢，就忍不住一连打了好几个喷嚏。

“嗯，昌西府那边谨慎为上，不必操之过急，只探清虚实便可。她会放着朕微服离开时不下手，就说明她要的是名正言顺地登临大统。如今崇州案刚毕，正是朝廷大获人心之际，她不会莽撞发难。”周粥也觉得这柠檬醋太倒牙，揉了揉腮帮子，暗道沈长青这是变相在催她回去呢，只得长话短说了，“倒是有另一事，朕需要你去办。”

“陛下只管吩咐。”

“朕要你动用御史台的暗桩查一查，东平王是否如初。”周粥食指在书案上轻叩了一下，没什么语气地说。

唐子玉拧眉：“陛下怕他也……”

“那倒不是。”周粥摆摆手，打断他，“先帝在时，曾叹过皇舅不是女儿身，母皇也常在朕面前赞许皇舅的仁义与智勇兼具，是她年少崇敬之人，也是极宽厚的兄长。只是朕那时还小，与他关系不亲，这些年也疏于联系，想关心关心他身体是否康健，治理封地是否遇到难事罢了。”

“是，臣会尽快去办的。”唐子玉心知周粥不曾坦言，但帝王心思本不该揣测，当下便要领命退下。

周粥却起身喊住了他：“等等。”

朝政既已议罢，天子却还想再留他。唐子玉回身时，眼中的光变了变，带着几分期许：“陛下可是还有话想与臣说？”

“这份诏书，你若同意，朕就择个日子发下去。”周粥故作轻松地从旁边的匣子里取出一卷圣旨，递给他。

“陛下是一国之君，有什么还要臣来同意？”唐子玉笑着接过，展开看清时，不由得面上一僵，默然许久，才抬首问道，“陛下……心意已决？”

“是。你回来前，朕已与百里和阿燕都谈过了。”周粥点点头。

越是欢愉的时光，逝去时就越是难以捉住一息半瞬。周粥也不想迷信所谓直觉，但她真的感到自己在这个世上所剩的时间不多了，她越发感到沈长青似乎是急于想用他万年寿命里的短短一刹，来圆她一个至为漫长也至为短暂的幻梦。

一种清醒而又幸福的悲伤在周粥心头萦绕不去，但她依旧满足。

她希望在有限的时日中能与沈长青没有旁骛地相守，除去不能诞育儿女，再累得他在她身后百年还要困于凡尘与朝堂纷扰……其余的，周粥只愿与他一如民间一对平凡的夫妻，朝夕相伴，再无旁人。

以充盈后宫来暂时维系前朝与后廷那所谓的稳固，本就是权宜之计，眼下初登基时的动荡已经过去，无论这后宫诸君中有多少存了真情，有多少敷衍假意，又或只是被家族送来邀宠的一个工具，甚至是小姨塞进来的眼线，她不愿继续拿宫墙与位分框住他们的自由。

她对那些见过寥寥几次，记都记不住的面孔都尚且心怀一丝亏欠，更遑论对唐子玉他们三人了。

历经崇州一行，他们于周粥而言，是君臣，更是知交。既是知交，便更要坦然相对。

“他们都同意了？”唐子玉握着圣旨的指节有些发白，仿佛手中的并非一道轻飘飘的卷轴，而是千斤的磐石难以承托。

“对啊，虽然他们两个年纪也都还轻，但良缘总要花点时间寻觅，早日恢复自由身，也好早日找到自己心仪的姑娘嘛。”周粥似是没看出唐子玉的

异常，轻拍一下他的胳膊，做足了一副开解臣下的君王样，“唐爱卿也是啊，也不要总想着那位已经成亲的姑娘了，出宫去看一看，咱们大周的好姑娘还很多呢，总能碰到有缘分的——”

唐子玉垂眸，视线仍在那圣旨上停留着，话音很低：“陛下说的是……如今那位姑娘身边已有相爱之人伴着，比从前欢喜许多。臣见了也不由得跟着欢喜，是不是与臣在一起，也不那么打紧。”

“什么时候真遇着了可别害羞，尽管和朕说。”周粥一挑眉，话意十分慷慨，“朕替你们赐婚！”

“那微臣就先谢过陛下厚爱了……”唐子玉扯了扯嘴角，终是把目光从诏书上那“自今放还，各生安好”八个字上生生揭了下来，将圣旨重新卷起，双手奉还。

两人像是达成了某种默契，一个躬身递得极为认真，一个低头接得目不斜视。自始至终，周粥与唐子玉的视线都不曾再交会过。

“爱卿此去崇州查案辛苦，奔波多日，早点回去休息吧。”

“是，臣告退。”

匆忙入宫单独面圣复命，唐子玉没来得及除去上朝时所着的紫袍金带，转身融入御书房外夜色时，那背影竟晃眼得有些刺目。

强撑在唇边的笑意终于偃旗息鼓，周粥闭上眼，思绪飘回了几年前，十四岁的自己在中秋宴上初遇唐子玉，正好是他的弱冠之年。

那年裴老丞相还不太老，唐子玉还是个刚刚立功擢升，意气风发的少年谏官。

灯火通明的宴会上，周粥还记得自己随母皇坐于阶上，他就立在阶下与群臣一道举杯遥敬，清明澈亮的眼底映着一簇小小的烛焰正越烧越烈——

那是独属于少年人的心焰，烧着对未来仕途的无限憧憬，对匡扶社稷与辅佐明君的无尽热忱。

自与二十岁的唐子玉初见起，周粥就笃信这个五品的小小侍御史总有一天能站在朝堂上实现他的理想与抱负。

如今她料想成真，可有一事，周粥却是想错了。

那晚御书房中，唐子玉口中提及的那个及至近来才发觉可爱的姑娘，从不是旁人，只是那一番倾诉衷肠于彼时的周粥而言还太过晦涩，竟至误解。

也就是与沈长青在一起后，周粥体察人心的功力才突飞猛进，比之前糊里糊涂近二十载人生中的心思都要细腻了百倍不止，这才在回顾过往这段时间唐子玉的种种言行表现后，明白了他那份被自己视若无睹的心意。

但她终究没有什么可回应他的，便只能继续选择视若无睹。只盼唐子玉在陷得还不算太深之时，早早淡忘，再觅佳偶……

周粥也怕自己会等不及那日，曾想过要为唐子玉留下一道空着女方姓字的赐婚诏书。可提笔才写了个开头，转念思及哪有活人奉死人之命成亲的道理？算办喜事还是办丧事呢？着实晦气，便及时悬崖勒马了。

“陛下？”

小灯子见周粥在御书房的门前合目立了许久不动也不言，忍不住出声轻唤。

跟在天子身边这么多年，他能观察到她近日的眉宇间总掂着几分“生年不满百，常怀千岁忧”的思量。从前她也不是没有过这般神色，却不曾这么频繁显露于面。

仿佛山雨欲来的不安前兆。

“无事。”周粥睁眼，对上小灯子隐忧的目光，勾唇轻笑间，笼在面上的愁纱又如同海市蜃楼般不见了，只余促狭，“沈侍君想必是等急了，赶紧摆驾青月殿吧。可别整出一出醋漫皇城来——”

“是！”小灯子也笑应了，一个平平无奇的单音听来都明朗许多。

他家陛下与沈侍君待在一处时总格外欢喜，他也就跟着沾光。

但今夜的沈侍君脸色奇黑无比，殿内那么多琉璃宫灯都没能照亮多少。小灯子可不敢掺和，动作熟练地为自家陛下关紧殿门，非礼勿听地招呼着手

下宫人都躲远点儿伺候。

“现在几时了？”这是沈长青开口问周粥的第一句话。

特别像是那民间小丈夫等着外出应酬深夜未归的妻子，一脸气势汹汹的幽怨与醋意，倚在自家的小破屋门外质问，就差手里再拿个搓衣板了。

“都是我不好，让沈仙君久等了——”周粥也不慌，给他倒了杯水，过去坐到榻上，给人递到唇边，笑得特别欠收拾，“来，喝点儿水去去酸？”

沈长青冷笑一声：“君臣彻夜商议这么久，想必口干得紧，还是你自己喝吧。”

“哎，再这样下去，明儿这附近的宫人都得去看牙了！咱们别伤及无辜呀。”周粥于是把杯子搁到一边，又去拽他衣袖，委屈巴巴的，“再说我牙也疼了，晚上牙疼睡不好觉的……”

此言一出，果然奏效，沈长青总算收敛了些，并赏给她一个眼角余光：“真的？”

他问的自然是她牙疼的事儿，周粥心虚地凑过去在他唇边啄了一口，一本正经地企图蒙混过关：“现在不疼了——刚才想你想疼的！”

但别说，毕竟是个清修了五百年的纯洁醋仙，沈长青还真吃土味情话这一套，再加上唇边温热如蜻蜓点水般掠过，更是把他本就硬不起来的心肠给点化成了绕指柔。

“以后莫要再忙到这么晚。睡吧。”他面色和缓下来，轻叹一声，正想熄了灯烛，却被周粥一把拽住！

“我想看一会儿书再睡——”周粥轻车熟路地从枕头下摸出本披着《格物论》外皮的话本子，竖起一根手指在脸前央求，“就看一章！”

“不行。”

“不看我就惦记着故事后面的发展，惦记着就睡不着，睡不着我就不舒服——”

“只一盏茶，不管看到哪儿。”

“成交！”

交涉毫无悬念地成功了，周粥欢喜地抱着话本子，大大咧咧地仰面往榻上一躺，那被施了改良过的“死缠烂打”的锦被就灵活地把她裹好了。

“这本是百里墨前几日买来送你的？”沈长青盘膝坐在榻尾，扫了一眼这挂羊头卖狗肉的东西。

“是啊。到底是仵作，手巧，造假做旧起来比小灯子效率高。”周粥起先没留意他话意里的那股子酸味，只想着抓紧时间往下读，唰唰翻过两页后，才察觉鼻间萦绕的醋香里又泡进一筐子柠檬了。

看来今晚只能使出撒手锏才能哄好这醋仙了！

周粥不舍地暂且放下话本子，也不起身，只抬起纤细的足踝亲昵地挨了挨沈长青的后脊。于是某人原本僵直绷紧的脊背松了松，扭过头用询问的目光看她，仿佛在问她又有什么幺蛾子。

“你不吃醋会不会觉得浑身不舒服呀？”周粥笑眯眯地调侃他，“后宫里只剩下你我的时候，你可怎么办？”

沈长青愣了愣：“这话是何意？”

“嗯——”她吊人胃口似的，把一个“嗯”字拖得老长，“意思就是，朕拟了道遣散后宫的旨意，只留了今年新进宫的沂州沈氏继续在身边伺候。择日便会颁旨。”

她话音落下后，沈长青抿唇默然了良久。

“怎么了？朕独宠你一人还不开心啊？”周粥故意用调笑的语气问他，又拿足踝蹭了蹭他。

这一次，沈长青却轻轻地握住了她的足踝。

由夏入秋，周粥的体质根基差，才不过初秋，这双足就已比旁人要凉上许多了。

微凉的双足被沈长青这么突然地捂在掌中暖着，周粥先是打了个激灵，随即耳根也开始跟着升温，字音飘得没有一丝重量:“你……你做什么呢？”

“吾很欢喜。”沈长青思量片刻，才又斟酌着补充，“只是怕你无趣。吾并非真的想你终日只对着吾一人……只不过……只不过是有时心中难

免……”

见他眉头越皱越紧，仿佛搜肠刮肚也找不出合适的形容，周粥禁不住“扑哧”一声笑了：“就算你想，也不可能啊。你也别高兴得太早，唐子玉和百里墨是后宫不见，前朝也得见的。阿燕也还得可着劲儿带着侍卫们巡逻呢！”

“如此，甚好。”沈长青听她这么说，反而舒展了眉头，也跟着笑了。

“等崇州案稍微平息几日，朕就把旨意传下来。”

周粥见这醋坛子的盖儿今夜算是彻底封住了，心中不免带了几分得意，正重新把话本子举到眼前，翻到下一页继续读，眼前却忽地一黑！

“一盏茶到了。”

“啊，什么嘛……”

对沈长青这过分严谨且不近人情的时间观，周粥很不服气，自己起码把半盏茶工夫都在他身上浪费了好吗？

“睡吧。明日还要早朝呢。”

黑暗中传来沈长青难得的柔声哄劝，周粥只觉一股暖意从足心传入经脉，周身放松下来，很快就睡去了。

将她的双足重新塞回被中，沈长青探身打算将她手里还抱着的那话本子抽出来放到枕边。指尖碰到那书卷时，一丝异样却从心底升起，还等不及他抓住又仿佛从没出现过似的消失了。

沈长青蹙眉，谨慎地将那话本子拿到眼前用望气术仔细察看了一番，就是本普通的凡间书卷，不由得自嘲地摇摇头，暗叹南斗司命所言的三月之期将近，本以为自己能以平常心待之，却竟然变得疑神疑鬼起来……

于是他将书卷重新放回周粥枕侧，便守着她盘膝入定了。

入秋后虫鸣不再，四下寂然无声，月光转过朱阁，低低地洒在雕花的窗上，透进些许如水的凉色，映上周粥枕边的书卷，似照出了一道如练如烟的银光，只见那银光一闪，转瞬没入枕上人的眉心……

遣散后宫的旨意这一择日再发，便拖入了八月。

沈长青初时倒也并不太放在心上，听小灯子说，中秋夜宴将至，阖宫上下都要布置准备，前朝也不消停，毕竟是团圆节，身为皇亲国戚的亲王、郡王很多都陆续从各自的封地早早启程，赴京参宴了。

那些为客套寒暄上的奏表个个都是又臭又长，比唐子玉参人的本子还丧心病狂，但亲族中多数都是长辈，一年难得上一次表来请龙体安康，自陈赴宴上京之情，周粥总不能置若罔闻，总得言辞恳切地批复上几句。

这么一来，周粥每日在御书房的时间渐长，去青月殿的时辰便日渐短了。到了青月殿也是一脸疲倦的样子，倒头就睡，几乎没怎么与沈长青说过几句话。再到后来，她甚至也不来就寝了，只托小灯子来传话说忙，直接宿在御书房了。

如此这般三五日，饶是沈长青再迟钝，也觉察到了不对劲。

从前赌气冷战，周粥都恨不能也把他搅得不得安宁，连路过都要指使着辇车在青月殿外绕上三大圈才肯罢休。如今这般能不见则不见的架势，太反常了。

白日里他偶尔出青月殿闲转，也发现宫人们背地里对他的那些指指点点不仅故态复萌，还有变本加厉之兆。尤其是当那些个以前全不受宠的小郎君，个个都面含春风，眼含讥诮地斜睨他时，沈长青心中越发难言滋味。

然而回到青月殿，宫人们又都老实本分得紧，一整天下来都不会有几句人声，像是刻意在守着什么口风。

沈长青此人有了怀疑，就会立刻去证实。

这日亥时刚至，小灯子照常来青月殿传话，正迎上一副打算出门模样的沈长青向外走来，不由得一愣，脚步下意识挪了挪，挡住对方去路地行了一礼："奴才见过沈侍君！您这是要出去？有什么事吩咐下面人一声便是了，不必亲自去办。"

"何事？"沈长青挑眉。

"陛下今晚朝务繁忙，还有很多折子没批，所以就宿在御书房了，让您自个儿休息吧，不用等她……"

小灯子的说辞无甚新花样，还以为沈长青也会像前两日那样神色复杂地抿抿唇也就作罢了，谁知眼前竟是一花！

“无妨，吾去陪她也一样。”

丢下这话，沈长青行迹已逝，瞬息间就掠至了御书房内。可目之所见，房中无人，昏黑一片，连支灯烛都没点上，莫非是鬼在批阅奏折不成？

于是沈长青面上染了薄怒，一眨眼又掠回了小灯子身前，冷声喝问：“是谁让你假传这话给吾？”

“这……这假传圣意奴才可担待不起！”小灯子一惊，说话带了点磕巴，“这话确实是陛下让奴才来传的啊！”

“她不在御书房。”沈长青强压怒意，皱着眉又强调了一遍，“吾要听实话。”

小灯子一脸为难：“唉，这……这圣心难测，陛下有陛下的道理，奴才只是照办。沈侍君就别为难奴才了！”

“是她让你骗吾？”

自打周琼一事后，为防周粥有被身边亲近之人所害的可能，沈长青早用望气术把小灯子也鉴过了，没有问题，清气还更多些，是个忠心耿耿的总管太监。

因此小灯子越是遮遮掩掩，目光躲闪，沈长青就越是觉得不妙，当即也不与他纠缠，略一感应本命醋所在，就再次原地消失了。

下一刻，一抹青影落在了一处宫灯璀璨、丝竹不绝于耳的殿阁之外。

这座殿阁距离青月殿很远，一东一西，几乎要横穿整个后宫，沈长青从未来过。然而，此刻令他感到全然陌生的，并非眼前这座不曾见过的“无极宫”，而是正在殿内满堂的缭乱罗衫间寻欢作乐的那道娇小身影。

灯盏荧煌中，有小侍郎把自己打扮得花枝招展，或起或坐，或歌或舞，只为博得圣上一顾，也有的如唐子玉那般服色淡雅，安然一处的，衬得自己与旁人不同。但最出挑扎眼的，还是百里墨那条明晃晃的大金腰带。

一身常服锦裙的周粥此刻正斜倚在矮榻上，燕无二在侧，将一杯斟满的

酒递到她的唇边，她便眼波微媚地扫去，就着杯沿饮下了。不知是不是她的朱唇不小心碰着了他按在杯沿的指尖，燕无二红着一张受宠若惊的脸，像被火给烫了似的手一松，酒杯就“叮”一声滚落在地了。

美酒喝一半洒一半，周粥也不恼，只是安抚地对燕无二微微一笑。

百里墨适时从另一侧近到御前，剥了一颗饱满莹亮的葡萄，笑盈盈地献上。还有个小侍郎看准时机，殷勤地拿着帕子跪到跟前，匍匐着替周粥拭去脚边地上的酒渍，只盼一只玉手垂怜。

然而那手才堪堪挑起他的下颌，一道琴音幽幽荡来，当即吸引了天子的注意。

眼见玉手的主人站了起来，毫不留恋地从自己身侧越过，小侍郎是敢怒不敢言。因为这弹琴之人，正是四侍君之首的唐子玉。

周粥唇边含着若有似无的薄笑，又一连越过了好几个上前邀宠的小侍郎，玉指轻点便打发了他们，最后停步在一人一琴旁，俯身抚上正合眸弹奏的男子侧脸。

肌肤相触，唐子玉指下琴音微顿，先是睁眼抬首，冲周粥款款一笑，随即陡然腾出一只手将她拉到身前，执手合奏。

天子似有些意外地低呼一声，但不知唐子玉附在她耳边说了句什么，她很快便顺意地与他一道拨弄琴弦。只可惜两人并没有什么默契，好好的一曲弹得乱作一团，周粥泄气地要起身离去，唐子玉却追上几步将她的腰身一揽，转入了坐榻之后的织锦屏风——

烛光在屏风上细细地剪出了两人交叠的侧影，与相触在一起的唇。

风拂起一层纱幔，屏风上剪影的一举一动变得越发模糊而暧昧。

沈长青第一次知道，原来妒火是冷的，心头烧得越烈，周身就越寒，竟在一瞬就将他散逸出的真身气息完全凝固住了！

“哗啦！”

等不到理智回巢，沈长青身形倏忽已至殿中，青色广袖往后一扇，那座屏风直接飞出三丈之外，在无极宫外摔了个四分五裂！

殿内刹那死寂，屏风后的唐子玉似还来不及与周粥分开，一手仍不知廉耻地揽在她腰后，另一只手却十分衣冠禽兽地整了整微乱的衣襟。

“给吾一个解释。”强压下想把唐子玉也当作屏风掀出去的冲动，沈长青死死地盯住周粥，嗓音沉得有些吓人。

被撞破的惊讶与尴尬之色很快从周粥眸中划过，又消失不见。末了，她只是拧了拧眉不语，看不出是不悦，还是有旁的什么心思。

“沈侍君，你这就无理取闹了——陛下白日政务繁忙，夜里召我等后宫诸人前来服侍，放松放松，有何还需向你解释的？”之前那擦地的小侍郎自认乖觉，察言观色后，直接上前抢白，笑得不怀好意，“啊，是了，这几日陛下都没召你来，我们也都觉得很奇怪呢！不过咱们身为后宫郎君，陛下说什么便是什么，不能恃宠而骄，失宠了更不能怨怼，得从自己身上找原因，哪能像你这么找陛下讨说法呢？陛下，您说是不——啊！”

沈长青忍耐再三，终是没忍住把这聒噪的家伙扇出去与屏风做了伴。

“跟吾回去说。”

但这小郎君的一番搅和，也反叫他稍稍冷静了下来，意识到此处众目睽睽，许多话不方便说。

于是他上前一步，不容分说地攥过周粥的腕子将她拉到自己身前，默念口诀，转瞬间将人带回了青月殿。

“吾已施术。”两人一到殿内，沈长青又立即将袖一挥，打出一道青光向外，将整座内殿笼进了屏障，隔绝声息，“究竟是怎么回事？”

像是压根儿不明白他的别有所指，周粥摊手一笑，就着那小郎君的逻辑解释道：“你又不能适应那种场面，宣了你去也是像刚才那般扫兴，还不如不宣。”

“吾问的不是这个。”沈长青眉头直接拧出了一个“川”字，语气不由得加重几分，“周粥，你到底在做什么？为什么？你不觉得这很荒唐吗？”

周粥仿佛毫不在意地迎上他复杂的目光，挑起一边眉毛，长长地“哦”了一声才问道：“沈长青，你不会还想着那天朕随口哄你说的那道放还后宫众人的圣旨吧？你当真了？”

“只要是你对吾说过的话，吾字字当真。”沈长青深深地望着她。

周粥心头蓦地一颤，险些维持不住面上那轻慢的笑意，当即借着去倒水的姿势，转身背对他，才勉强稳住语调：“或许吧，当时朕可能有几分真心。只是后来下旨前，朕突然想通了，左右命不久矣，辛辛苦苦当什么明君？史书上美名骂名都是身后名了，与朕何干？倒不如声色犬马，自在逍遥地走完这一遭，才不算白活——好郎君那么多，只守着一人多无趣。”

话音落下，身后人默然良久，再次沉声开口，竟无半分周粥意想中的愤然：“你不会这么想。”

“那你是还不够了解我们人。”周粥依旧背对着他，忽视掉手指轻颤带来的茶面波动，将杯子举到唇边啜了一口，“自古人心最易变，很多人自诩一生一世一双人，不过是因为没有生变的机会罢了。未必当真是痴情痴心。之前对你说过什么，其实朕也记不太清了，无非就是看你皮囊极佳，又与后宫别的男子有几分不同，值得花点心思征服罢了。”

下一瞬，沈长青的身形就闪至了她的面前，与她隔着一张不大不小的圆几对视。

“那看来你是自认征服成功，如今已不屑做戏了？”他问。

周粥放下茶杯，露出孺子可教的神色笑道：“嗯，沈侍君倒比从前有自知之明了。”

“既然不在意了，那吾的本命醋你也不必再留着了。”沈长青面上还是没什么表情，语调也不见起伏。

低头盯着他摊掌缓缓地伸到自己眼前，周粥忽地抬眸笑了：“那可是朕征服过你的战利品，得陪朕一起合葬皇陵的。”说罢，她还绕过圆几，倚到沈长青身前，微微仰头用食指指尖将他的下颌轻浮地一挑，“再说了，朕相信沈仙君对朕是一片痴心，怎么舍得收回赠给朕的定情信物呢？只要你乖乖地待在这青月殿，你就还是朕的宠君——帝王须得雨露均沾，你且把妒意收收，左右一有时间朕就会来陪你的。”

“不必。”沈长青扭开脸。

周粥低应一声，指尖转而往下划过他的心口，移向他的腰间：“唉，别使性子了，今夜朕留宿你这儿便是了。”

“你——”

从回青月殿起，周粥就一再出言激他，可沈长青早就不再是当日那个从姻缘镜中初窥情爱的懵懂醋仙了，哪里还会被她这三两句刻意轻忽的虚言所骗，以为自己真心错付，再次负气离开？

也是直到周粥将手伸向他腰间系带欲解时，沈长青心头才真正起了怒意，狠狠一把攥住她的手腕，不肯她再进分毫！

“怎么了？”周粥好像很不解地瞥了他一眼，又像是立刻明白了，“都这么久了，还是害羞啊？你知道朕为什么最近都不愿来你这里吗？因为你都不让朕碰啊，欲擒故纵也要适可而止，你要知道，那些小郎君可都——”

“出去！”

他看不得周粥在自己面前这般自污，也气她有什么隐衷不能与他明说，偏要如此将他逼走！截断她话音的两个字几乎是从沈长青牙缝里挤出来的！

被自己的侍君如此不给面子地下了逐客令，这位大周天子立刻变脸，笑意骤然收了，重重一声冷哼，拂袖而去，走到殿门边时还不忘透着厌恶地说了句“不识好歹”，这才快步离开。

周粥确认自己这声临时起意的低骂必定能传到沈长青耳中，从前她还真没发现自己是个如此注重细节之人——或许只是在做戏一事上颇有天赋吧。

她没有在青月殿再多停留半刻的勇气和力气，几乎是埋头往外疾走，也不搭理迎上来要随驾掌灯的宫人，及至迎面撞上一人。

“唐爱卿啊……”唐子玉手中执着的那盏宫灯中烛光安然，也为周粥定了定神，“你怎么来了？”

唐子玉不答，只是侧身让出路来：“陛下要去哪儿？臣陪陛下走一段吧。”

于是君臣二人并行在宫道上，时不时便有巡逻的大内侍卫与步履谨慎的宫人相向而来，短暂地驻足见礼后又渐行渐远。

一如这天地尘世间，谁不是谁的匆匆过客呢？

“陛下既心属沈侍君，当日也曾想遣散后宫只为他一人，如今为何不肯与他道出实情？中秋宴时若有他相助也会更为妥帖。”唐子玉先开了口，不消在场，他也能猜到一二。

“他本不属于这里，朕不能太自私。”周粥摇摇头，似不想多谈这个话题，敛了情绪转而问道，“朕已罢朝数日，可有什么动静？”

唐子玉也不再追问，语调透出几分寒意：“朝臣都道陛下日渐被妖君迷惑了心智，沉溺美色，无心朝政，颇有怨言。清君侧这把刀已经磨得差不多了——有人迫不及待想借这把刀来杀人了。”

“嗯。宫里都准备好了吗？要降低对方警觉就得一切如常，但群臣与皇亲的安危也不能不顾。还有降兵切不可扑杀，都是大周子民。”

“都安排妥当了。只是……”

唐子玉也不知周粥为何一觉醒来忽地换了雷霆手段，不愿再等御史台的人慢慢探查昌西府中所藏私兵的位置与人数，似乎等不及从长计议，竟决定趁着中秋宴前，演一出昏君无道，引得周琮按捺不住，赶在宴上动手逼宫，好反将其党羽一网打尽，彻底拔除。

“只是什么？”周粥有些诧异地看着他略显犹疑的眼神。

踌躇片刻，唐子玉还是压下了心中不祥的预感，神色又变得笃定：“无论发生何事，臣都在陛下身边效死。”

“你死了对朕可没什么用。”周粥先是一愣，随即轻笑出声来，拍拍他胳膊，“走吧，去御书房一趟，朕有东西要交代给你——”

唐子玉一脸凝重地离开御书房时，月还未攀至中天。

刚心平气和地交代完后事的周粥脸上尽是倦色，她好像没有气力再回寝

殿，只是吹熄了烛火，在昏黑的书房里枕着胳膊，伏在案上合眸浅憩，睫毛时不时轻颤，像是在抵御某种潜藏在夜色中的不安。

她已经有很多个夜晚都睡不踏实了。

那晚在青月殿中合卷睡去前，周粥从没想过那一觉会和平日有什么不同。可她却偏偏做了个梦，一个在之后的这些夜里总是支离破碎地重演着的梦，梦里那个神仙的话也一遍遍在脑海回荡……

“什么人？朕不会就这么睡死了吧？你不会是白无常来勾魂的吧——但衣服颜色不太对？”

“……本君乃南斗司命，不便现身凡尘，故而栖了一缕神思在你枕畔书卷中，与你梦中相见。”

“呼——在做梦啊，还好还好。”她就算要死，也得最后睁眼和沈长青道句别，叫他抱着自己才甘心蹬腿啊。

“此间虽为梦境，但本君相授之事皆非梦幻，你且看好了……”

周粥记得那夜的自己在梦中又陷入另一个真实到让她几乎忘记自己是谁的梦境里，梦里她再次身处昆仑之巅，看到了千年前的那场天地浩劫，敲响了万巫鼓两个日夜，然后她倒在一个男人怀里，可视线太过模糊，她奋力睁大眼睛也看不清他的模样……

只记得她唤他“青帝大人”，他则叫她“阿周”。

“你曾是千年前的大巫女周氏，为登闻请愿，解救苍生，而遭万巫鼓反噬，亡故时魂魄受损。如今虽已过了千年，但补全之期未至，这一世本应已寿尽，只是靠着青帝以先天灵气所幻之灵花封存体内续命。然而先天灵气终究不能长久离开大道之中，重回之日便是在下月十五，此乃天命不可更改——沈仙君若执意阻拦相救，逆了大道天命，只会伤及自身，且徒劳无功。”

南斗司命的话音虚渺似天外传来，周粥早就做好了短寿的心理准备，却未料大限之期竟如此迫于眉睫。

“我明白……我不会让他插手进来的。”似浓烈又似浅淡到抓不住的伤怀，在周粥心头飘飘悠悠的，难以落地。

“如此甚好。”南斗司命的身形在梦境的混沌中飘忽着渐隐渐远，语气浅淡中带着一丝悲悯，“天地不仁，万物有命，你的短寿之苦亦会有尽时，还需善自珍重。”

“司命星君您等等！”周粥急忙追过去。

“还有何事？”

“沈长青的法力好像比较弱，修炼一直不太顺利……我想在自己离开之前，为他再做点什么。我身上的先天灵气既然是天帝留下的，能帮到他吗？”

虚空中的那道白影似乎顿了顿，才开口道：“先天灵气对仙神的元神来说都是极好的滋养。至于其他，皆有缘法，不可强求……”

又一次三更梦醒，周粥没有睁眼，只是隔着衣料攥住心口前那滴本命醋的手又紧了紧，希望能再多温养它一些时日。

纵然早知所求所爱，失而复得，也不过是黄粱一梦，她却还是忍不住怪这梦实在太短，太短了。

第十六章

千年浴火共赴劫

◆
◇

天外重天上有一处星罗台，那是重天的最高处，三垣二十八宿犹如一个巨型的棋盘亘立于此台的上空，将万象映入星河，千载如一地昭示着衰亡流转，循环往复。

此时人间四季已过半，天上一日也已入长夜。

南斗司命星君立在星罗台的正中央，一手负在身后，另一只手则在虚空中划出无数道荧荧星光，操纵着夜幕里的斗转星移。

他身后的云遮雾绕里，是暗合大道的四十九级阶梯，阶梯之下，沈长青好像已经在那儿站成了一盏长明灯，执拗地等待着一个开口详询的机会。

上神若想掩藏气息，他一个小仙自然察觉不得。周粥走后，沈长青思来想去，便想起了还搁在枕边的那卷话本子，疏离似乎就是从那晚之后开始的。周粥一定是知道了什么，才会一反常态地要将他逼走。而天上仙神众多，唯一插手管过一遭的，便只有此刻星罗台上的南斗了。

沈长青仰头望向棋布的星宫，北方紫微星垣的光芒正以肉眼可见的速度暗淡下去，眉心越锁越紧。

天上难觉岁月，离开人间的时间越久，他就越难推算下界过了几个朝暮，他不敢再多耽搁下去，当即不再犹豫，硬是顶着高不可攀的威压迈向了第一

级台阶！

“司命星君，下仙有一事请教！”

南斗司命的背影动都未动，恍若未闻。

不是什么人都能登上星罗台的，沈长青等不来南斗司命回应，再次咬牙迈上第二级台阶的同时，素来笔挺的背脊迫不得已地被压弯了一截！

“司命星君，下仙有一事请教！”他顿住缓了口气，再次将法力贯注在这一声呼告中。

像一把插进岩壁的利刃，终于破开了一条极窄的缝隙。

这一次，星罗台上传来了一声若有似无的叹息，南斗司命将袖袍轻挥，沈长青便觉得压在自己身上的千斤重量卸去了大半。

“大周天子之事，本君上次就已言尽，沈仙君无须再问，回去吧。”

沈长青重新站直，脑海中是前所未有的清明：“下仙想问的不是她。”

“哦？”南斗司命微讶地转回身，垂眼，居高临下地看向他。

“下仙想请教星君，东方青帝的下落。”沈长青回视他，眼底有锋芒一闪而过。

纵使是先天之神窥视天机，欲晓未来，也会遭到一视同仁的强烈反噬。可南斗司命如今周身神力浩然磅礴，面色如常，全不似受过反噬之苦。那他又是如何在三个月之前就预料到周粥的应劫之期的？除非这位司命是由着自己本就知情之事推算而来，也算是钻了天命的空子。

那么唯一和周粥，又或者说与千年之前的大巫女周氏有所牵连的，便是销声匿迹多年的东方青帝灵威仰了——

八月十五这日的夕阳正缓缓向西沉去，祠堂内的光线昏暗下去，周粥半立在阴影中拢袖，对着壁上高悬的那幅东方木德青帝灵威仰的画像一躬到地。

画像上的老者白须白发，眉宇间染着悲天悯人之色，右手掐诀在身前，左手则执了一枝灿然盛放的桃花。

这是从周氏巫灵族祖辈那里代代传下的青帝像，都这么画。凡人嘛，总

爱让神仙与“老”字沾个亲带个故，像什么太上老君啊月老啊，都是“老神仙”的形象，所以东方青帝这种大神也合该是个老头子。

然而周粥那日在梦中尽管看不清皮囊，可从身姿来判断，那青帝绝对是个挺拔颀长的年轻男子，也不知是不是哪一代或是哪几代传得不尽不实，以讹传讹的，画师作画时就将其变了模样。不过从小到大，周粥每回见着都觉得那枝桃花在他手中开得格外美好。

孤零零的一枝桃花尚且能开出如此动人的生机，周粥便自勉着哪怕一生短暂，也要努力活得更像那么回事。

只不过人力终有尽时，周粥争了这么些年，也累了，不想再争了。可她不为自己争，也还得为大周臣民争出一个太平年代来——如今周琼养兵千日，虎视眈眈，一旦天子驾崩，后无子嗣，朝权必然旁落其手中，那么周粥苦心留下的遗诏就会成为挑起腥风血雨的第一把长戟！

但若叫周粥就此将皇位传于周琼来饮鸩止渴，却也是万万不能的。母皇郑重以待的江山，自己珍之重之的子民，交到这样的人手中，早晚都会沦为其权势之欲的牺牲品。

与其百年之后成为大周皇族的半个罪人，倒不如在今夜于青史留下最后一笔浓墨重彩。

“青帝大人，若您真能感知我族人世代虔诚的供奉，请您一定要保佑我今夜顺遂，得偿所愿，为新君即位扫清一切阻碍，留给大周一个盛世之基——”

周粥喃喃低语，直起身后又静立了半晌，才听到祠堂外小灯子的声音。

“陛下，时辰差不多了，唐大人他们来等您一道去御花园赴宴呢。”

闻言的周粥推开门，望着唐子玉、燕无二与百里墨三人全心追随的坚定面容，她最后往青月殿方向投去留恋的一眼，再回眸时，嘴角已勾起了一个拭目以待的弧度：“走吧。好戏该开场了。”

御花园偌大的空地上，君臣同乐，藩王起坐喧哗，近臣觥筹交错，近地的琉璃盏铺照之处恍若白昼，似夺了天边的星月光华。

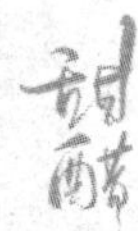

周粥端坐在上位，一一接受了各地皇亲国戚与群臣在阶下的遥祝，只等着酒过三巡，宴至酣畅，一支鼓舞阵势恢弘，鼓点急促如瓢泼，“咚咚咚”——四面八方地泼洒在御花园内，一时间将周遭所有的动静尽数掩盖！

包括一声短匕出鞘的锵鸣——

寒光直刺进周粥的瞳仁，刺客从舞者间越众而出，甩开腰鼓的同时，一把足有三四寸长的匕首已瞬间划破升平的歌舞，夺命而来！

“叮！”

燕无二的身形却更快三分，往周粥身前一挡，刀未出鞘，只反手横带出一个弧度，乌金鞘身便朝那匕尖狠狠撞了上去，登时擦出无数四溅的火花！尖锐的金石之音听得人心惊！

“砰——”

不知是谁在慌乱中带倒了一盏琉璃灯，仿佛碎成了一声进攻的号角，潜藏在暗处的甲士呼喊着一跃而起，扑向场中，席间立刻乱成了一片！

“快跑啊！”

“别杀我！别杀我！”

“后宫多妖君惑主，国将不国，还不随本王将他们一举格杀，以清君侧，以正朝纲！”

始终在席间安坐的周琼终于在这一刻露出了野心勃勃的真面目，她将手中杯盏一摔，直至阶上，数名精悍甲士闻声低喝，满脸肃杀地举剑冲了上去，不管不顾地砍开赶上前来护驾的大内侍卫——

这哪里是要清君侧？分明是要趁乱弑君！

与此同时，喊杀声从每一面外墙传来，不知何时潜入皇城的琼王私兵出其不意，一举夺下了四方的宫门，势如破竹地一路杀将进来，仿佛是承平日久养出了禁军的散漫，这些将士竟无多少反抗之力，稍失了点先机就节节败退，丢盔弃甲，无心抵抗。只有燕无二统领下的大内侍卫始终整肃有序地护卫在皇帝与一干藩王、重臣身边。

“陛下，快走——”

下界的哗变只在瞬息，天外重天之上却是一段漫长的寂然。

“帝君自在闭关，你问他下落所谓何意？”南斗司命沉默地审视沈长青良久，这才徐徐出声反问。

“青帝隐匿神迹已久，仙班中诸多猜测。下仙不久前曾斗胆潜入木德宫中，意外被青帝所留的一缕神思引入千年前的虚境中，亲历了那场天地浩劫。”沈长青目光不躲不闪，平静地将自己的猜测道来，“下仙以为，青帝当时现身承下这一劫，自感必然魂消九天，却不料只是被天劫打落神位历经，并未殒身。仙劫以五百年为期，神劫则是千年一期，如今千年之期在望，青帝这一世无论在哪一界哪一道中，都即将顺应大道，重归神位，所以那朵灵花所蕴的先天灵气才必须应劫从周粥体内抽还至他元神之中——”

南斗司命静静听完后只略一颔首，便将天界讳莫如深千年的这段旧事一口认下了：“不错。你既已推知，就该明白此劫历时千年应落，不可改。”

“纵使不自量力，下仙也想尽力一试，为心系之人破出一线生机！”沈长青面不改色，长身揖下，字句铿然，“请星君指点，青帝这一世如今现在何处！”

“轰隆！”

几乎是追着沈长青最后一个字音，天边一道惊雷挟着天威发出怒吼。

“存乎心间便也罢了，尚有回转余地，如今你却宣之于口……”南斗司命侧头望向森白的电闪，蹙眉摇头，“何苦。”

“回去吧。”这是南斗司命第二次劝沈长青离开，绣星斗金纹的苍色广袖一挥，威压重新没顶，沈长青的背脊被压得比之前更低了几分，却还是万分艰难地抬眼上望，眼中尽是决然的固执。

“万物生于世间，苦乐自当，哪怕身死魂消，长青亦甘之如饴——请星君指点！”

南斗司命与他的眼神一对，竟有片刻失神，没头没尾地慨叹了句：“还

真是像啊。”

沈长青用尽了一身仙力才能勉强在上神的威压下分毫不退，五感却因此受扰太大，一时间竟只瞧见南斗司命启唇张合，却好像一字都未能入耳。

而正当沈长青想要再上一层，听清南斗司命所言时，瞳仁却骤然一缩！

他的视线穿过南斗司命的肩头直直落在那方“棋局”上，一道彗尾正以无可抵挡之势斜坠向了紫薇垣——

客星入紫宫，光白如枯骨，有国丧！

“咳！”

分入本命醋中的元神剧震，沈长青再站立不住，单手支地跪倒在了阶上，一条刺目的血线自嘴角溢出。可下一瞬，他却拭去血迹，强提一口气，单手掐诀，化作青光跃下了重天。

几乎是同一时刻，又一道彗尾光黄似抔土，自天边而来，是地动将至之兆。

南斗司命并没有回身去看那星象变动，却似有所感般面带悲悯地合了眸。

“啧，这是要把不断修正的大道天命拧成麻花吗？我看着都别扭！”这时暗处忽地落下一道身影，装束乍看起来与南斗司命并无不同，但细瞧之下，其袍袖上却是七杀将星的金纹，面容肃杀，神色暴躁，“其他三尊天帝也没他这么能折腾！千年前就是这样——”

“混沌初开时，一切都如大道无形。如今这天与地，不也曾是与他同那样的神折腾出来的吗？”南斗司命似不以为然地笑而置之。

南斗七杀皱眉，不喜欢这话藏三分的交流方式：“大哥，你到底站哪边啊？”

“生机处处皆无，也处处可寻，端看如何抉择了……”

半炷香之前，大周皇宫里一场兵变刚刚以一种戏剧化的方式收了场。

此番周琼化整为零，令私兵陆续以贩夫走卒的各类身份秘密潜入京城集结，再在中秋夜宴上带兵逼宫的全部行动，始终都未脱离过唐子玉的暗中监

视。

禁军的失措后撤，周粥的仓皇避逃，也不过是为这出瓮中捉鳖的好戏，准备好一个足够大的“瓮”罢了！

自己从来都循规蹈矩治理着江山的外甥女，竟突然展现出这样大气的手笔与魄力，是周琼万万没有想到的。螳螂捕蝉，黄雀在后。周琼自以为带兵步步紧追深入宫闱，实则却早已落入了禁军在内，京畿卫在外的包围圈中，只待其安插朝中与宫里的势力都自以为押对了宝，将队站好时，一场游刃有余的平乱之征，才在大周第一快刀燕无二跃上飞檐的振臂一呼下，真正开始——

拼杀并没有持续多久，叛将叛兵很快意识到这不过是当朝天子早就设计好的引蛇出洞，为的就是将琼亲王的势力全部钓出、拔除。

周琼见势不妙，在亲兵的护送下在一片混乱中浑水摸鱼地撤至了琼花殿。殿中有一口枯井，井下藏着一条人为修通的密道，直通向皇宫西门外的围场，是她早年就未雨绸缪，为自己备下的后路。

只要逃出京城，逃回昌西，她就还有割地为王，卷土重来的机会！事到如今，她已经顾不得什么名不正言不顺了！

可她才狼狈地从密道中爬出来，外边却已有百里墨领着一队禁军等在那儿了。

“你怎么发现这条密道的？”被堵截的周琼心中一沉，自知没了逃出生天的可能，反而彻底冷静下来，自持地整理了一下微乱的鬓发。

“你们都怕燕无二那个‘武疯子’，却没人搭理我这个‘仵疯子’——”百里墨单手搭在自己的大金腰带上，“唉，我也是太无聊了，想着各宫里会不会有什么陈年的抛尸悬案，所以每口井里都找了找。这不，意外发现的。”

周琼冷笑：“依本王看也并非意外，是皇帝早对本王起了疑心。琼花殿怎会不被掘地三尺？”

“你也可以这么想。不做亏心事，不怕鬼敲门嘛。”百里墨无所谓地耸

耸肩，侧身让开路来，“琼亲王请吧。陛下想见你。”

“也好，该做个了断了。”

周粥从不曾想过，再与周琼一道坐在这琼花殿中时，会是这般物是人非的光景。来时满腹怨怼，相顾却只余一腔彷徨。

“小姨——”

“成王败寇，我当不起陛下的这一声称呼。”周琼打断她，仿佛已经从周粥的神色间猜到了她想说的话，不屑一顾道，“也不必与我叙什么往日温情。我可以很坦白地告诉你，我从头到尾所做的一切，都是为了取得你母皇的信任，取得你的信任，好夺得皇位。”

眼见着曾经那么可亲的一副温良面容，如今竟陌生得还比不过陌路，周粥启唇却没能出声，倒是周琼还在兀自往下说着。

“只可恨你母皇在位时，根基太稳，我无从下手，只能装出一副无心政务的模样，消除她的戒心。原还想着她自你之后，再没诞下过皇女，你又体弱多病，太医院都束手无策，你早夭之后，姊终妹及，也该轮到我了。那我等上几年，名正言顺地继位也无妨——呵，可谁想到，我一等再等，等来的却是你突然痊愈了！”

周琼脸上的笑意逐渐扭曲，怨恨与不甘在她眼底交织成一片浑浊的暗光，她还在继续，话音变得尖厉：“你知道吗？消息传来的那天晚上，我整宿都没有合眼！我恨自己怎么那么心软，不争不抢，以为等就可以等来皇位？我恨自己为什么只是庶出，连东平王一个皇子都比我更受母皇的青眼，给了他一块那么富饶的封地！”

闻言的周粥默然良久，才艰涩地低声道：“我登基后不久，就发现自己的身体其实并未彻底好转，于是留了一封诏书，藏在勤政殿的匾额后面……是要传位给你的遗诏。我一直记得你和我说过不喜欢忧国忧民，操心朝政，所以我很努力地想要再多活几年，却原来……”你一直在盼着我死。

“那好啊！你现在就把那封诏书拿出来，传给我！”周琼霍地起身逼近，引得周粥身后的燕无二防备地握紧了刀鞘。

周粥却一抬手，示意燕无二莫要上前，同样起身直视她：“已经毁去了。崇州案过后，我就下了决心，不能把江山交给你。”

“哼，冠冕堂皇。什么病弱什么短寿，你以为我还会再相信你们母女两个的手段吗？”周琼讥诮地扯动嘴角，“你今夜筹谋的这些，不还是为了自己能在皇位上坐得更稳吗？”

说来说去，总离不了“皇位”二字，周琼的执念已经太深了。

周粥忽地兴味索然起来，疲惫地捏了捏眉心，抱着最后一丝期盼问她：“假如今夜赢的是你，你会杀了我吗？小姨……”

“不会。”周琼答得很干脆，双臂交抱在身前，语调刻毒，“我没必要杀一个毒入骨髓的将死之人。留着你驾崩后我再继位，才省得有些自诩忠臣的人嚼舌根。现在我虽然输了，但奈何桥边，说不定也还能等到你。”

“赤凰竭和心酉草吗？”

周粥此言一出，周琼面上那始终倨傲的笑意终于犹如久旱的大地层层皲裂开来，变得无比丑陋！

“你——你早就知道了？你从回宫起的身体不适也都是装的？”

周粥大限将至，脸色自然不会好看到哪里去，哪里用得着装？只是她此刻也不愿再多解释什么，道：“我不明白，你是怎么让冯老太医替你下毒的？她始终没有成婚，甚至没有还在世的家人。”

“哈，原来陛下也不是什么都知道啊。”周琼抿唇半晌，忽地仰头大笑了三声，肩头抖动得厉害，末了才用循循相授的语气道，“我没有拿任何人和事胁迫她，是她自己想毒杀你。我不过是用了点法子不着痕迹地把心酉草的存在，透露给了她。”

“她想杀我？”周粥不解地重复。

周琼挑眉，不着痕迹地又靠近了半步：“太医院当年那个徐医正与冯太医同出一门，师妹爱慕师兄，师兄却另有眷属，很常见的戏码。冯太医要杀你，是为了给她的师兄报仇。他自尽时留了一封遗书，自陈医术不精，无力回天，只能以死谢罪，请求你母皇宽恕他妻女。就在你九岁病重的那

年。”

“可他没必要死啊，就算治不好我，母皇也不会——”

“你母皇当时关心则乱，天子当久了，那些问罪陪葬之流的话气急时难免冲口而出，自己不当回事儿，却不代表谨小慎微的臣子会不放在心上。当年徐医正也算是大周的杏林圣手，束手无策本就羞愤，又恐累及家人，一时想不开自尽了也能理解。”周琼说着，似笑非笑地“啧”了一声，“只是谁知道，他才刚死不久，你母皇就请了一朵皇族传下的灵花出来。你好端端地活了下来，冯太医的好师兄却就这么不值当地死了，像个笑话似的——这要换了我是她，我也得起杀心啊。”

我不杀伯仁，伯仁却因我而死。周粥紧蹙着眉，一时心头不知是什么滋味。

“哦，对了，先帝后虽然确实有些积劳成疾，忧思过重，但没几年就病重到英年早逝，我想多多少少应该也有这位冯老太医的推波助澜吧。”

周琼好似在乘胜追击般，视线犹如一条毒蛇缠上周粥的脖颈，说出的话令周粥不由得胸口一窒！

“陛下！”燕无二急忙上前横臂虚扶在她身后。

对上燕无二忧心的眼神，周粥微扯了下嘴角示意自己无事：“走吧。”

周琼喊住她：“你准备怎么处置我？”

“琼花殿就此封宫。”周粥转过身背对她，“终其一生，你都不得再踏出半步。”

身后传来周琼的一声轻笑：“到头来还是狠不下心，妇人之仁。不过既然陛下肯留我一命，作为回报，我可以再告诉你一个秘密。”

“不必。”

“关于你的沈侍君——也不必吗？”

周粥的脚步一顿，她心底明镜似的，并不认为周琼一个醉心权势的凡人可以得知什么神仙的秘密，可事涉沈长青，再怎么谨慎都是不够的。

“你说吧。”于是她呼出一口压在心口的浊气，神色尽量默然地回过身。

周琼瞥向燕无二：“此事我只说与你一人听。”

“这不行！”燕无二登时急了，“陛下千万别——”

“怕什么？”周琼截口打断他，冷笑，“你们押本王回来时，浑身上上下下不都搜过了？连支簪子都没给本王留！”

“你——”

燕无二嘴拙，被她这么一堵哪里还驳得出话来。周粥安抚地拍拍他握在刀鞘上的手，淡笑道：“无妨。阿燕，你先出去吧。”

自打得了那个南斗司命星君梦中相授死期，日子过一日便少一日，时辰过一刻就少一刻，周粥本以为自己会活在终日凄惶的恐惧与自怜里，可实际上却没有。她比自己预想中的要坦然许多，得灵花续命这么多年里，她得了知己，得了忠臣，高坐过明堂，也行走过世间，甚至还寻到了自己一生所爱，已经赚到了——现在把那一缕先天灵气还回给人家，也是理所当然的。

她不在乎是今夜就寝后长眠不醒，还是在兵变中不慎闪失，只要所谋达成，左右都是一句“天子驾崩”终了，无甚不同。

燕无二见周粥这一声嘱令音调虽低，神色却是不容二话的，只得一步三回头地走出了殿内，与其他几名侍卫一道守在院中，一瞬不瞬地盯着里头情况。

周琼也不在意他的视线，兀自笑道：“你果然很在意他啊。可今晚这么凶险的一局，他怎么不在你身边？”

“有什么话，直接说吧。”周粥心中莫名有些浮躁，不想与她绕弯子。

“沈长青那种修士在你身边这么久，你就没想过要长生吗？”周琼突然问。

周粥一时没跟上她的思路：“什么？”

“从前我总觉得那些修士神神道道的，都是故弄玄虚，说什么周氏先祖曾是巫灵族人，我也没太放在心上。可自从那回在宫中见识了沈长青的几分本事，我忽然就起了兴趣——于是我遍寻海内修士，找到了个走丹道的，从他那里弄到了颗炼化过的五百年狐妖内丹。”周琼慢条斯理地说着，抬手到眼前端详着自己手背，“别说，服下之后还真有些作用。那修士还说，只要

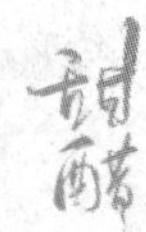

妖丹一日在我体内不耗尽力量，我就一日不会死，哪怕重伤濒死，那玩意儿也能救我一命。”

周粥的双眸微微睁大，她这才发现周琼那些细微处的异常，年近三十，保养再是得宜，一双手也不可能比十四五岁的小姑娘还细嫩，整个面上哪怕眯眼笑起来，也没有一丝皱纹。

“所以啊，你要是把我软禁在这宫里，恐怕等这琼花殿都塌了，我都还活着。呵，我周琼怎么可能甘心在这宫里当个被世人渐渐遗忘的活死人！”周琼的神色逐渐介乎森然与疯狂之间，“还好，那修士在妖丹里埋了一道咒，只要我不想再长长久久地活下去了，无聊了，就念动咒诀，‘轰’的一声——什么痛苦都没有……”

“你疯了！”周粥大惊，几乎立刻明白了她想做什么！

“我周琼就是死，也要死得轰轰烈烈，哈哈哈——”

周琼双唇极快地张合念出一串听不清的咒语，同时追上前一大步，想用双手牢牢箍住周粥同归于尽！

可周粥却压根儿没打算逃，口中高喊着示警，整个人已反应极快地反朝她猛扑过去，拽着人一起砸进通往后堂的帘内！

“外边的人快跑——”

“趴下！”

“轰！”

一声地动山摇的巨响像一支利箭直接穿透耳鼓，仿佛有整座火药库被炸毁，卷着烈焰的光柱直冲云霄，自光柱向外倾泻的妖力摧枯拉朽，顷刻间就将琼花殿无数的砖石瓦木全部碾作了齑粉！

爆炸带来的冲击将守在院内的一干人等全部掀出去打了好几个翻身，才远近不一地重重摔回地面，个个都头晕目眩，耳中轰鸣不止，胳膊腿折上几处也是在所难免，但总算都还觉察得到痛苦，便是保住了性命！

出事时，燕无二的第一反应不是往后退而是往里冲！

一迎上那妖丹自爆的力量，他身上的铠甲眨眼间分崩离析，整个人被卷

上了半空！亏得他轻功卓绝，摔下来时还是摔了个头破血流，五脏六腑都好似要被震出身体，赤膊上还有一大片触目惊心的烧伤！

“陛下！”

他扶着裂开一般痛的额头，也不知凭什么力气就地一滚又站了起来，还想往光柱中心冲。但双腿却很快被人一左一右给抱住了，他低眼一看，是同样满脸血污，狼狈不堪的两个侍卫。

“放开我！陛下还在里面——”

“那里头危险……不能去！”

燕无二目眦欲裂地踢开最先开口那个：“闭嘴！要不是陛下把周琼往殿里头扑，我们现在还活着吗？就是死也要把陛下救出来！”

被踢开的那个也不挣扎，受了这一脚闷哼着，仿佛失去了所有力气般仰倒在地上，像垂死的鱼，带着哭腔大喊。

“可这么大的爆炸，陛下……陛下早就没了啊！”

话音落下，四周一片死寂，连呻吟声都被众人咽进了肚里。

燕无二踉跄了一下跪在地上无声地呜咽。他自幼双亲都死在战场上，是先帝后领他进宫中抚养，与周粥一同长大，从未想过分离。自懂事起，燕无二就在心中暗暗发誓，这辈子永远都要像块盾牌一样护在周粥的身前，一步不退。

唯一可能的天人永别，也只是他死，她活着……

“燕统领，你快看！是陛下——”

不知是谁叫破音似的大喊了一声，所有人的目光都顺着他手指的方向望去。

一片废墟扬起的灰色尘土深处，有一团青光正缓缓自地面升起，双目紧闭，昏迷着的周粥就被裹在那一团光晕中，鬓发有些散乱，裙摆上也不知沾染的是自己的血污，还是爆体而亡的周琼的。

“是陛下！陛下还活着！”

一时间，动弹不得的便在原地热泪盈眶地欢呼，能爬起来的，则相互扶

持着朝那团光晕落地的方向艰难靠近。

“别乱动！虽然我很想把你剖了，但不完整的尸体我可不要啊——”离得更远的百里墨此刻也已经灰头土脸地跑了过来，把挣扎着还想起来的燕无二一把又摁回了地上，“我去！”

百里墨跑进废墟近前时，周粥正好被青光护着安然落了地。他把她扶坐起来，那青光就像是耗尽了力气般重新缩成一小点，在周粥的心口上转了半圈后就没入其间不见了。

“咳……”与此同时，周粥呛咳着清醒过来，眼中尽是迷茫。

方才生死关头，她知道这是自己的归宿没想要避，只是怕殃及殿外无辜，奋力一扑将周琼带往殿阁的更深处。她本以为会被炸得惨不忍睹，却不料眼前忽地青光大炽，整个人就在剧烈的震荡中失去了意识。

是沈长青留在本命醋里的元神冲出来护住了她！

“沈长青——”周粥顾不上浑身酸痛，心里咯噔一下，忙把那“坠子”从领口翻出来捧在手里察看，上边果然多出了道裂痕！

结果那本命醋居然开口说话了：“吾没事。”

“你听到它说话了吗？”周粥以为是自己幻听了，扭头问百里墨。百里墨眼角微抽地抬手指了指她另一侧：“是他在说话。”

双手被一只大掌包裹着紧握住，周粥愣了一下，看向那只手的主人，目光交汇，千言万语堵在喉间，一时竟不知该喜该悲。

“怎么回事？不是炸完了吗？”

而就在众人都以为今夜最大的惊险过去时，先是地上细碎的瓦砾发出战栗，接着连片的地面开始剧烈震动！

“不是爆炸！是地动——”

顷刻间，如天折地裂的震响声仿佛淹没了世间的一切，尘土木瓦四面飞集，房屋梁椽如落叶般纷落！

亏得周琼之前那一炸，琼花殿附近都被夷为平地，没什么可掉下来砸伤人的，可这喘息也不过须臾，脚下的地面就开始毫无预兆地断裂、塌陷！

“陛下小心！”

燕无二此番奋不顾身地扑过来，非但没遭殃，还因祸得福地进到了沈长青施术的范围内，被青色浮光一道带起升至半空。

然而入目所见，却叫人生不出一丝劫后余生之喜。

地动不过持续了短短数息，便已是颓垣裂屋，满目疮痍。宫内几座宫殿倾摇，震压冲击，蹂踏至死者，掩埋者无数，宫外房舍崩塌，多少阖家团圆成了生离死别——

周粥死死地盯着皇城内外的景象，想要嘶吼却发不出一个字音，眼眶生疼想要恸哭，却流不出一滴泪来。

“是我……是因为我还活着……那个神仙说过，天命就是如此，拦不住，躲过了一劫就要用旁的劫来偿……”

天边风雷涌动，本应盖过周粥的话音，可沈长青还是听了个一清二楚，心中陡然一凛。她果然是什么都知道了。而此情此景，也确如她所言，是大道自行在为即将偏离的部分做出的修正。

他为救一人，本也只想以一己来担，大道却偏要还在这十万人家的身上！

凭什么？

“大道为何只能是任由劫雷降世令凡界生灵涂炭，而不是滋养万物令秋菊与春桃同绽？大道是谁定下的？是天，还是我们这些神？”

虚境中青帝的质问忽地蹿入脑海，耳边充斥着凡人在这场无妄之灾过后的嘶声哭喊与痛苦呻吟，他的神思在城内一扫而过，有父母在大梁压下时把孩子护在了身下，有腿脚不便逃不动的老人还保持着最后将儿女推出屋外的姿势，有恋人至死紧扣十指没有松开……

三界之内，比起身负法力的妖仙神魔，这些凡人有如蝼蚁，经不起任何一方施为的殃及池鱼。可短暂的无声与绝望过后，第一个人徒手刨开了砖瓦，一声婴儿的啼哭从下方传来——

沈长青好似被惊醒般重新睁眼，迷惘的目光转为决然的坚定。

凡人这一世，经历满面喜怒哀怖、一心七情六欲、半生爱恨情缠……

有人放纵沉沦，就有人坚守不悔；有人机关算尽，就有人赤子丹心；有人可当千刀万剐，就有人应得无尽相酬……纵使天道不可逆，纵使力量微薄，也有人永不肯就此陷入绝境！

众生芸芸，至浊至恶却至清至善，至苦也至乐，至情亦至性。

这一刻，沈长青真正看清了苍生的模样！

大道虚无缥缈，谁都不曾得见，苍生却近在咫尺，鲜活如斯。仙神舍近求远，求的究竟是道，还是一副如止水的铁石心肠？

“看好她。”沈长青沉声叮嘱着，挥袖送出浮光，载着将其余几人缓缓向下落去，自己却尤自立在半空。

周粥整个人都被这惊变后的狼藉与疮痍刺痛得近乎麻木了，可她还没能任由自己在自责的泥沼陷进去多深，忽地发现四周光景变换，立刻回过神来，下意识伸手去够住沈长青在风中翻动的衣袂，才发现自己已离得他太远了！

“沈长青你要做什么？你和这事本就无关，不要你插手——我现在把那劳什子灵气还回大道！”

燕无二从方才起身体就已是强弩之末，甫一落地就昏了过去。

百里墨喊来太医院的人给他止血疗伤，一个没留神竟叫周粥抽走了自己仵作腰带上的小剖刀，当即惊出一身冷汗，厉喝道：“住手！别忘了你的身份！京中十万人家，多少人生死未卜，你要置皇城内外这么多百姓于不顾吗，陛下！”

被唐子玉荼毒久了，百里墨这一喝还真像模像样地把周粥喝住了。

只见她手中一松，那小剖刀“叮”一声就落在了地上。

随后她怔然地抬头仰望沈长青。他也正垂眸将视线流连在她身上，唇边浮起浅笑，双掌翻覆间青光迸耀，似正结着某个极为复杂的咒印。

周粥有片刻的恍惚，只觉此刻沈长青在风雷中岿然不动的身影，竟依稀与在梦境里所见千年浩劫中悬立天地间的那道青影重叠在了一起……

她的目光始终不肯离开他分毫，启唇却是在冷静地吩咐百里墨：

“传朕旨意，皇城禁军、京畿卫立刻点清还有多少兵士可用，一条街一条街地搜救被压在废墟下的百姓。京兆府并水龙局调集所有可用之人前往城中各大粮仓清理点数，以备发放。太医院所有医官医女未伤者，半数留在宫中救治，半数去往京中医署汇合，并抽调民间各医馆人手……”

“是！那陛下您自己小心，臣顺便把唐子玉找来，等着——”

百里墨不敢多耽搁，俯身捡起那小剖刀就跑，想着唐子玉说话比自己更好使，还是得找他守在周粥身边才妥当。

滚动的惊雷携着万钧威势往皇城上空逼近，仿佛下一刻就要对空中那道身影施以灰飞烟灭的极刑。

明白沈长青想做什么后，周粥心中反而却释然了，只是牵动嘴角，弯起眉眼，一瞬不瞬地凝视他，想将这一幕刻进心神的最深处。

一介区区五百年修行的小仙自比不上拥有磅礴神力的青帝，但好在，沈长青要救的不是天下苍生，而仅仅只是这天下苍生中的一隅。

他回忆着虚境中青帝所结之印，手中动作并不滞涩，居然有种一回生二回熟的稔然。随着结印完毕，周身仙力源源不断地涤荡开去，在空中化作片片泛着青绿微芒的嫩叶，飞向四面八方，在街头巷陌打着旋儿落下，仿佛润物无声的细雨，滋养罢旧的枯败，又浇灌下新的生机。

孩子重新唤醒了父母，儿女合力扶出了老人，恋人间紧扣的十指微微动了一下……

“大夫，他还有气！快救他！”

“快！搭把手，这下面的人还活着——”

无数人在这一刻热泪盈眶，却只有周粥一人含着泪，望见了沈长青的青丝化暮雪。

“沈长青——”

周粥攥下心口前的那滴本命醋，奔向从空中跌落的那道青影，如同奔向了自己一生最后的归宿。

方才的咒印几乎耗尽了沈长青全部的元神之力，他摔得结结实实，扬起一地尘埃，再抬首连视线都已模糊不清，只能狼狈地撑起身子凭本能张开双臂去拥住她。

可温热的鲜血先一步溅上了他苍白的面容。

“周粥！”

“陛下！”

赶来的唐子玉冲上来一脚踹翻刺客，沈长青同时上前一把接住了倒下的周粥。

“哈哈哈——我报仇了！师兄，我终于为你报仇了！”是在混乱中乔装成普通医女的冯老太医。

大家都是劫后余生，灰头土脸，为了救人来来回回地奔走，行色匆匆，根本没人注意到她在袖中藏了把淬毒的匕首，更没人想到她会在经过周粥身后时忽然行刺！

然而冯老太医那快意又癫狂的呼喊很快就低弱了下去，只剩下喉头里还在“嗬嗬”作声。等旁边的太监反应过来将人从地上拖起来时，才发现她这一跌不凑巧，被废墟中烛台的尖钉斜刺进了太阳穴。

死在冯老太医手中，这或许已经是最圆满的因果。

心口被人从后头捅了个对穿的窟窿，周粥痛得连龇牙咧嘴的力气都没有了，手中攥着的本命醋也滚落在了身侧。

“快！快找太医来！”唐子玉只愣了一瞬，立刻高喊着命人把在附近的太医都带了过来，围着周粥挨个把脉。

“唉，这回总算是要死了……”周粥见那些太医一个个皱眉摇头，转而冲沈长青笑得如释重负，“太折腾了，你千万别再救我了……”

沈长青瞥了眼天边将成的雷殛之势，轻轻点了点头，抽空自己体内最后一点儿法力来凝聚清气，汇入她的伤处减轻疼痛：“吾陪你一道。不救了。”

于是周粥就着清气的缓解，艰难地喘了口气，唤住还在逼迫太医想办法的唐子玉，话音断断续续：“唐爱卿，朕大限已至……心中早有准备，你也该有所觉察吧？让他们去救旁人吧，别再逼出第二个冯太医……”

“陛下，是臣来迟……”唐子玉跪倒在周粥跟前，悔恨自己为何要去校场处置叛兵,之后又为何转去小灯子处帮忙安抚赴宴受惊的皇亲国戚与朝臣。如果他能一直守在周粥身侧，如果他能早来一步——

周粥笑着摇摇头，又问：“皇舅如何？”

“王爷只受了一点擦伤，立刻就带着身边亲随出宫救人去了。臣已派了一队禁军护送,确保万无一失。”唐子玉很清楚她此刻为何只问起东平王一个。

“做得好。”周粥闻言欣慰，忍痛将闷哼咽了回去，“趁朕现在还有一口气，朕想听你把……把遗诏宣了……”

唐子玉眼眶已然全红了，双手死死攥紧了又陡然松开，从怀中取出一卷圣旨，起身走向众人，颤抖着手将圣旨托平，展开，每一个动作都像是要用上全身的力气。

“奉天承运，大行皇帝，诏曰……”

在场之人伏跪接旨。

唐子玉的目光落在遗诏那熟悉的字迹上，思绪重回到那晚御书房中自己第一次从天子手中接过它时的情景。

“这……陛下，大周自开国以来便是世代尊皇族女子为帝，东平王虽有贤名，也曾深受先帝青睐，但这与祖制不合啊！”

“但朕记得,其实从未有任何一条祖宗家法写明过只能由皇女登基继位,不过是陈俗罢了。皇族中若有德才兼备的男子，可堪江山大任，也没什么不能为帝的。朕看皇舅就很好，若朕有一日不测……就由你代朕将大周托付于他吧。”

“臣做不到！”

“这社稷交到谁的手中，该看准的是人，看谁能周济天下，而不应囿于是男是女，甚至也可以不囿于某一血统、某一姓氏。子玉，你辅佐明君、匡扶社稷的信仰，从不是只因朕一人而生——朕相信你。”

“臣此生有幸为陛下驱策，不敢相忘！若这当真是陛下的最后一道旨意……臣定当遵领，不负所托……”

“大哥，这一道劫雷再劈下去岂不是没完没了？”

天外重天的边缘，南斗七杀将种种都看在眼里，看得是急火攻心，还不等为此事烦恼许久的大哥司命开口，就已经反手把心头的那把火给甩去下界了！

此举真可谓完美地诠释了他在天界那能动手就绝对不动口的暴脾气将星形象。

南斗司命也是始料未及，见那神火居然正巧与天雷齐下，神色几变，最终竟是若有所悟般地笑了：“千般思量，便有千种大道。原来如此。”

神火伴着劫雷落地，惊响如裂帛，白色的火焰立时将沈长青与周粥二人吞噬其中。

这火好似没有温度，烧在身上也并不疼。周粥隔着白焰与沈长青安然相拥，却惊讶地发现他白发浴火之处竟又一寸寸变回了青丝，那天火烧得越烈，他周身的光华就越发炽目，给人的感觉也全然变了！

仿佛浴火重生，沈长青的面容眉目都没有变，眼底却染上了与那南斗司命如出一辙的悲悯之色。

千年之前，他以东方青帝之身，殉了自己悟得的为神之道；而千年之后，他又以沈长青之名，走完了自己寻得的为人之道。

而今历劫浴火重归东方帝位，他仍是那个曾悯众生挽浩劫之神，却也同样不过是一个甘为挚爱而付尽百转千回之人。

一半是物我两忘的神性，一半是牵肠挂怀的人性，看似矛盾，却在这位东方青帝的身上顺理成章地融合了。

一时间，身体里有一半的自己好像是长眠方醒，与万事万物都隔着千年的疏离，沈长青连看向周粥的眼神都掺杂了些迷惘的陌然。可仿佛是出于某种本能，他的双手却始终拥着周粥，没有松开。

他感到自己的元神还缺了一缕，最重要的一缕，就落在周粥的手边，那滴本命醋正闪烁着微弱的光芒。

周粥轻笑着向他伸出手，感到有什么东西正剥离出自己的身躯，无形地凝聚成一簇没入沈长青的眉心。可惜她伸向他脸侧的手已在白焰中渐渐化为透明，带不去任何温度与触感。

“我早该相信你是神仙的，你这样子真好看……”

那寄留在外的一缕元神似与沈长青心底的某处产生着微妙的共鸣，有什么情愫在怀中人即将消散的瞬间挣开了重重束缚，从千年时光的阻隔中破出！

“周粥——”

尾声

心有醋兮醋不知

◆
◇

枯荣流转，沧海桑田，一晃就是五百年。

大周自第一位男帝登基后，又经历了七八位帝王，其中女帝四位，贤者居之，开创过繁华一时的太平盛世，也陷入过旷日持久的战乱年代。

但这些凡尘的纷纷扰扰，已经不在大周先代帝王周粥的思虑范围内了。

当年她的肉身于神火中寂灭，先天灵气重回大道，纳入青帝归位的元神之内，这一世羁绊本因就此了结。然而生机有时便是如此，上天入地千般求索却躲着你走，待你束手就擒甘为牺牲时又会被置于眉睫之前。

本命醋中全然属于沈长青的那一部分元神，在紧要关头唤回了青帝历劫间的记忆。那一刻，沈长青的神识占据了上风，大耗神力为周粥保全下了一缕魂魄，将其牵引进了本命醋中。之后大约是损耗过甚，元神初归不稳，属于灵威仰的神识又占据了主导，自己的醋不自己看顾着，很不负责任地甩给了南斗司命注入魂灯温养后，就自个儿回木德宫闭关去了！

于是司命星君无聊的上神生活中，便添了一件更加无聊之事。

那就是天天往自己的魂灯里灌醋，直到灌溉出了一个日日不依不饶地与他谈论人生哲理的小仙娥。

“司命星君，你说他现在到底是醋精沈长青还是青帝灵威仰啊？”

“那你如今究竟是大周天子，还是从本君这魂灯里修出来的小醋仙？”

“这怎么一样？我这是新瓶装旧酒，本质上还是一个人，只不过是肉体凡胎没了，努力重修一个仙身罢了，记忆和感情都还在。他却正好相反，属于旧瓶装新酒，起码有一半儿的元神是新的，没经历过千年的神劫，更没遇见过我……”

最后一句话音渐弱，魂灯里的光也跟着黯了黯，周粥那半路修来的元神坐在魂灯的一方天地里托腮，微微出了神。

也不知道他还得闭关清修多久？这五百年来她出不去，他也不来看她……

元神归位后的沈长青虽然记忆仍在，但心性上应该已经变回了淡漠的先天神吧？会不会与千年前大巫女周氏和青帝之间那样，终日遥相思念，却再近不了一步了呢？

好脾气的司命星君没计较她主动挑开的论题，论了一半自己又先偃旗息鼓，只是将最后一滴仙醋顺着灯芯浇了进去，慢条斯理道：“听闻帝君不日便会出关，他的属神句芒正为此准备着，好似还要从下边的天庭选两三个在外院洒扫的仙娥。”

“真的？那我能去吗？”周粥这回直接忍不住从魂灯里跃到司命星君面前，还不太稳定的仙身看起来半虚半实。

司命星君摆摆手，五百年的老相识了，也不与她见外地直戳痛脚：“你这样半吊子的修为，只怕一进木德宫就得被上神的威压碾趴在地，散了仙身，谈何驭使清气扫洒，饲养仙花仙木？”

“那我从今天起更努力修炼！一个月后若能维持住仙身不散，你就帮忙推荐我去！”

“也可。”

就这样，周粥把之前积攒了五百年没用的功都花在这一个月的刀刃上，收效显著,如期通过了司命星君的考验,由他带着去到木德宫,介绍给了句芒。

直到应选那天，周粥才发现自己的“竞争对手”居然从木德宫门口排到

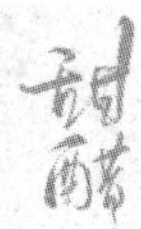

了天外重天的边缘，都是想得见俊朗上神一面的女仙。还有的不知从哪里得来的可靠消息，知道了青帝重回神位前就是天庭里的醋仙沈长青，竟扬言与之颇有渊源，要再续前缘！

听得周粥是怒从心头起，醋向胆边生，很快就把排在自己附近的女仙们都酸到了一丈之外。

哼，沈长青要续前缘，也是和她周粥续才对！

好在，你星君就是你星君，凭借着南斗司命这尊坚实的“后门”，排在队伍后半截的周粥才醋了不久，就被那句芒借青帝名义越过前面候选的仙娥，提前收下了。

可欢喜未能持续多久，周粥本是存了找机会接近沈长青的心思，可她却忘了沈长青从来就是个大门不出二门不迈的主儿，整整一个月过去，愣是没见着人影晃到过前殿，更别提外院了。

那这闭关和出关有什么分别！

周粥随手洒了把清气在一树桃花上，眼角余光却瞥见花神婷婷嫋嫋，一步一生莲地走了进去，美其名曰：孟春花期将至，特来向主神青帝请示降百花于下界。

所以还是有区别的。之前因为他清修不受打扰，整个木德神殿封于强大的神力之中，无人可以出入，如今倒是给了神女与仙娥们以种种冠冕堂皇之理由，进进出出对其抛媚眼，献殷勤的机会。

周粥为此还特地又去骚扰了司命星君，让他无论如何都要有话托她带给青帝。

然而司命星君表示自己与青帝的业务范围没什么交集，爱莫能助，索性躲到了星罗台上看星星。周粥一个根基不稳的小仙压根儿上不去，只得作罢。

眼见着花神进殿许久，周粥再次散发出由衷的醋意。她旁的正经术法是没学会多少，但当初沈长青是怎么把整座皇宫都泡进醋坛子里，令人齿酸的做法，她却学到了精髓。

能来天外重天的，当然不至于被这酸爽动摇了心神，却严重影响心情啊。

句芒觉得再这么下去，自己掌管的扶桑树都要变成柠檬树了，可无奈的是自家主神钦点，只能忍了将这小醋仙赶出来的冲动，改为十分迂回婉转地在青帝面前进言一二。

“帝君大人，您看那醋仙每天这么酸着也不是办法……”

确实不是办法，周粥心里也是这么想的。再逼不出沈长青来，嫉妒就要使她面目全非，再回魂灯里修炼五百年了！

就在周粥心神俱疲，最后望了眼内殿方向，转身打算放弃时，一道熟悉的身影却倏地飘落在她的面前，青袂依旧，眉眼不改，传入耳畔的则是一句跨过五百年光阴才被原样奉还的促狭：

“你这醋精，除了酸还会做什么？”

—全文完—